COLOSSO

TEIXEIRA COELHO

COLOSSO

ROMANCE

ILUMINURAS

Copyright © 2015
Teixeira Coelho

Copyright © desta edição
Editora Iluminuras Ltda.

Capa
Eder Cardoso / Iluminuras

Imagem da capa
Bruna Goldberger

Revisão
Bruno Silva D' Abruzzo

CIP-BRASIL. CATALOGAÇÃO NA PUBLICAÇÃO
SINDICATO NACIONAL DOS EDITORES DE LIVROS, RJ

C621c

    Coelho, Teixeira
        Colosso / Teixeira Coelho. - 1. ed. - São Paulo : Iluminuras, 2015.
    212 p. ; 23 cm.

    ISBN 978-85-7321-465-9

    1. Romance brasileiro. I. Título.

15-20869   CDD: 869.93
                                                   CDU: 821.134.3(81)-3

2015
EDITORA ILUMINURAS LTDA.
Rua Inácio Pereira da Rocha, 389 | 05432-011 | São Paulo - SP | Brasil
Tel./Fax: 55 11 3031-6161
iluminuras@iluminuras.com.br
www.iluminuras.com.br

ÍNDICE

PESAR E CULPA, 7

PESAR E RAZÃO, 67

PESAR E PRAZER, 121

POSFÁCIO, 213
Celso Favaretto

PESAR E CULPA

The perpetual idea is astonishment*
Derek Walcott

a cena é toda cinza-escuro, o mesmo cinza das rochas, e só há rochas por ali empilhadas umas sobre as outras contra um céu tão cinza-escuro quanto as rochas e contra um céu ainda mais escuro que as rochas se isso for possível, no alto de uma colina que é a ponta mais alta de Cap de Creus, em Cadaquès, depois dessa ponta mais alta de Cap de Creus não há nada, só o mar metálico lá embaixo e um vasto mar escuro à frente cobrindo todo o horizonte e as pedras e um vento inimaginável que quase não nos deixa sair do carro e cruzar o pátio cimentado antes de entrarmos no único abrigo disponível, o restaurante de Cap de Creus, lotado àquela hora por pessoas que pareciam não apenas apreciar como saudar e encorajar a selvageria do local com suas rochas cinzentas e seu vento cinzento num cenário de fim de mundo: Cap de Creus é um fim de mundo:

conheci Josep Marília em pessoa, como se diz, num meio-dia de inverno num restaurante de Cap de Creus, Cadaquès: Josep Marília era para mim naquele momento um brasileiro anônimo de entre-séculos, atolado entre o século XX e o século 21 quero dizer, um século XX que não terminava nunca uma vez que cada século só

* A ideia perpétua é o espanto.

termina com a morte de quem com ele começou e um século 21 que não terminava de chegar embora fosse visível que havia chegado, mesmo se em larga medida parecido com o século XX que se dizia encerrado mas que não terminara, uma vez que, sob muitos aspectos, talvez os centrais, o século XX apenas se repetia, e toda repetição é uma angústia muito mais que uma tragédia:

Josep Marília, que antes só me havia escrito por intermédio de um conhecido comum que eu na verdade não conhecia muito, como é comum acontecer com os conhecidos, queria que eu registrasse seu relato de um brasileiro anônimo entre-séculos sem que eu me lembre se foi essa a expressão por ele usada, um brasileiro anônimo preso entre dois séculos, ou se esse é apenas meu modo de me referir a ele, e não é bem *apenas* um modo de me referir a ele: eu, provavelmente por não ter nada melhor a fazer naquele dia, aceitara o encontro sugerido sem aceitar o trabalho proposto ou pedido: Josep Marília oscilava entre referir-se a si mesmo como anônimo, desconhecido ou ignorado: não o dizia a título de lamúria, não se lamentava, não sentia auto-piedade, mágoa, desgosto, nem tinha a alma enlutada, como se diz: talvez um pouco de tudo isso: veio-me à mente a palavra *grief*, assim mesmo em inglês, e depois que ela me veio à mente pensei nesses vídeos extraordinariamente planejados e realizados e lentos e demorados de Bill Viola e num deles em particular, a cores, "The Quintet of the Astonished", outra palavra difícil de traduzir-se, esse *astonished*, assim como o são todas as palavras de todas as línguas que não remetem a uma coisa material simples e imediata e que, pelo contrário, são anáforas perfeitas, quer dizer, indicam um *movimento em direção a* alguma coisa sem dizer *o quê* é essa coisa, algo que nada tem a ver com o sentido comum e acadêmico da palavra *anáfora* tal como a descrevem os manuais de teoria da literatura: O Quinteto dos

Abismados, dos Estupefatos, dos Estatelados, dos Maravilhados, dos Deslumbrados, no qual se veem cinco personagens como se numa pintura de Georges de La Tour ou, num nível mais elevado, de Caravaggio, expressando lentamente, cada personagem, uma estação desse estado de espírito a que se dá o nome de *grief*, um personagem que corporifica o pesar, outro o sofrimento, outro a mágoa, outro a tristeza, outro o desgosto, outro o luto, outro a dor, e já me referi a sete estações para os cinco personagens e talvez sejam mais as estações, outra a surpresa, outro a punhalada no coração como representada por essa mulher em primeiro plano no vídeo com os braços cruzados sobre o peito e os punhos enrugados (porque ela já é velha) e contraídos como a impedir que mais dor penetre em seu peito, e é curioso como a dor e o êxtase profundo penetram no peito e é exatamente um êxtase prazeroso o que um dos cinco personagens do vídeo exibe no rosto em segundo plano no que seria uma ótima imagem se esse ator não fosse um mau ator, talvez o pior dos cinco, o ator não é bom embora a ideia de Bill Viola esteja correta, pois *grief*, o pesar, inclui o prazer e o êxtase além da dor e do espanto: o fato era que Josep Marília não mostrava pesar, desgosto, tristeza, apenas queria que as coisas fossem o que são, nada mais, nada menos:

seria uma longa tarde em Cap de Creus, com o vento zunindo lá fora no pátio de cimento cinza ao redor do restaurante cinza no ponto mais alto e extremo de Cap de Creus: em algum lugar, um transatlântico iluminado e colorido atravessava, tranquilo, águas calmas mas não aquelas: um transatlântico ou um navio de cruzeiro, o que não é a mesma coisa: Josep Marília depois me diria que resolvera contar sua história, ou comentar sua história, *depois de ver* ou *porque vira* de perto um transatlântico ou um navio de cruzeiro emborcar perto da praia numa noite calma e tranquila de um inverno italiano calmo e tranquilo até aquele instante e tranquilamente quente e acolhedor mais parecendo uma noite de primavera, uma dessas noites de inverno italiano que parecem cenário de filme romântico ou turístico-romântico a ocultar atrás de si um amontoado de situações contraditórias das quais nunca se tem notícia porque tudo fica oculto pelos gestos rápidos dos garçons indiferentemente atenciosos e pela indiferença dos porteiros de hotel rapidamente desatentos e tantos outros indícios mais: um desastre, ele disse: um desastre ridículo numa noite em que nada poderia dar errado: um acidente ridículo: um desastre da História e ele Josep Marília estava lá para vê-lo: ele disse assim mesmo, *um desastre da História*: Josep Marília sentia, me disse depois, um verdadeiro *medo da história*, que muitas vezes descrevia como um *horror à história*: nos desenhos repetidos que fazia de modo quase inconsciente por toda parte, em páginas vazias de cadernos de notas, em guardanapos de restaurantes quando suficientemente sólidos para suportar a pressão da ponta da caneta ou do lápis, alguns dos quais depois me mostrou, nesses desenhos repetidos traçava sempre estas duas iniciais entrelaçadas de diferentes modos, os dois H de Horror à História, ora como dois agás mesmo, ora como algo mais parecido a duas claves de sol, ora duas colcheias soltas no espaço, ora duas colcheias unidas, que se pareciam, estas sim, de fato, a um H ou dois Hs:

Josep Marília repetia esses desenhos indefinidamente, repetidamente: não todo o tempo, o tempo todo (se o fizesse o tempo todo, todo o tempo, seria apenas um neurótico) mas a cada tanto, em determinados períodos de tempo: em períodos indeterminados de tempo: Josep Marília podia ser muitas coisas mas não um maníaco-obsessivo, nem com outras coisas, nem com esse mesmo desenho: mas esse desenho aparecia com frequência sob sua mão quando deixava seus pensamentos fluírem soltos ou pouco antes de deixar seus pensamentos correrem soltos, como me disse: dois H, sempre o *Horror à História*: não eram desenhos automáticos, assim como se dizia que os surrealistas faziam desenhos automáticos: se fossem, provavelmente não demonstrariam a preocupação estética evidente sobretudo no traço das notas musicais que Josep Marília dizia representarem os dois Hs: em todo caso, por um desses azares da história ele *estava* naquela noite fresca de janeiro no povoado italiano de Giglio, ao sul da Toscana, para onde tinha ido prosaicamente em busca de vinhos e vinhas e terras de vinho, não de navios, olhando para o mar quando o navio se aproximou como se fosse aportar: e viu o navio iluminado hesitar, depois dar uma volta sobre si mesmo e lentamente emborcar sobre os rochedos: uma cena espantosa, aterradora, com ele distante demais para poder fazer alguma coisa, tão distante que tinha a impressão de poder erguer a mão no ar e, por um efeito de perspectiva, ter a impressão de envolver o navio com os dedos e endireitá-lo, assim como as pessoas se postam diante de algum monumento como a torre de Pisa e esticam a mão para que a fotografia tirada pela namorada, pela mulher ou por um estranho as registre no ato de evitar o desabamento da torre: Josep Marília disse-me que no dia seguinte à da catástrofe do navio sentiu-se atônito, espantado ou alguma outra sensação que não era bem essa, ao ver o nome do navio nos jornais: era o mesmo que servira de cenário para Jean-Luc Godard rodar dois anos antes, em 2010, boa parte, talvez a maior parte ou a melhor parte de seu *Film Socialisme*, quem sabe seu filme mais radical, mais próximo à pintura e que mais combustível dava a seus detratores:

disse que conheci Josep Marília naquele dia, naquela restaurante de Cap de Creus, mas o fato é que já havia recebido alguma informação dele sobre ele mesmo, por escrito: mais adequado seria dizer que o conheci *melhor* naquele lugar naquele dia, dia em que as histórias e notas mentais começaram a se depositar umas sobre as outras na desordem ou descoordenação habitual que é a minha, mesmo quando uso computador, e que era a dele também, como é comum na vida de todos que vivem uma vida: naquele mesmo dia suspeitei que nunca iria ordenar essas notas de modo a com elas compor um relato orgânico que se pudesse identificar como a história de Josep Marília: mesmo porque suspeito que não era isso que lhe interessava, quero dizer, *ter uma história*, talvez quisesse apenas que alguém contasse uma história que nem era a dele, mas de Júlia: então o que queria exatamente Josep Marília quando começou a me contar sua história, exatamente para mim que já havia decidido muito antes em minha vida que jamais dedicaria minha vida a contar a história de outra pessoa, a refletir sobre a história de outra pessoa, a divulgar a história de outra pessoa como fazem os acadêmicos e os escritores profissionais talvez na esperança de que suas próprias vidas alcem voo junto com o voo das vidas a cuja história se dedicam, do mesmo modo como os egípcios pediam para ser enterrados perto das tumbas dos faraós, ao pé delas, na areia ao pé delas, ao pé das pirâmides, na esperança de que as almas dos faraós, ao subirem em revoada aos céus, criassem um movimento de arrasto capaz de levar junto suas próprias almas menores ou vulgares pois era sabido que só os faraós tinham esse poder de elevarem-se aos céus num amplo e arrebatador movimento que tudo carregava ao redor, seus carros, seus bens, seus escravos mumificados, talvez seus escravos recém-sacrificados de modo a não poderem revelar os segredos do túmulo, e também levar junto os desenhos e pinturas feitos nas paredes da tumba, os dinheiros, os vasos, os recipientes, tudo enfim: até mesmo a memória da felicidade e da infelicidade experimentada: tudo:

eu não contaria a história de Josep Marília porque não queria dedicar-me a esse tipo de tarefa por menor ou mais limitada que fosse: mesmo porque as memórias de Josep Marília eram as mais desmembradas e soltas e frouxas possíveis: como fazer de tudo aquilo um relato orgânico, eu não imaginava: na mesma época desse encontro com Josep Marília eu lia *Thinking the Twentieth Century*, do historiador Tony Judt (e de mais alguém que assinava o livro como coautor, embora esse segundo nome aparecesse em letras menores dando a entender que o autor era mesmo Tony Judt, como de fato era): lia esse livro sem um objetivo particular, apenas porque era de Tony Judt e o tema era o século XX e porque eu conhecia a história trágica de Tony Judt com seu pensamento brilhante e sua esclerose lateral amiotrófica deixando-o paralisado do pescoço para baixo antes de matá-lo mais jovem do que eu, e lia esse livro porque eu conhecia ou acreditava conhecer o século XX cuja fotografia por outra pessoa eu queria confrontar com a minha, minha fotografia virtual, quero dizer, uma vez que não sou fotógrafo: talvez eu lesse aquele livro também na esperança informe e incerta de ver como se poderia fazer um relato orgânico de um tempo passado: mas o fato é que não havia no livro de Judt um relato orgânico, apenas uma soma de impressões que, de resto, não podem ser diminuídas pela sensação negativa que esse "apenas" possa suscitar: são memórias poderosas de Tony Judt sobre o século XX mesmo não sendo ou mesmo que não fossem uma história: o fato é que, se havia um modo de resolver esse problema da fragmentação alucinante dos fatos de uma história, coletiva ou pessoal, eu não estava interessado em encontrá-lo para meu uso pessoal, ler o livro de Tony Judt talvez fosse apenas um *exercício espiritual*: naquele momento eu estava mais interessado apenas em Cap de Creus, com seu cenário atemorizante de fim dos tempos e de tragédias teológicas como poucos que pude encontrar embora para ali eu tivesse ido alegremente e entusiasticamente em busca de uma comida reconfortante e de uma conversa de uma ou duas horas com esse personagem Josep Marília sobre o qual eu nada conhecia, literalmente nada: por vezes há essa ideia que sim, que algo se conhece sobre alguém ou alguma coisa: apenas para em seguida ficar claro que não:

eu não pensava falar dele porque naquele momento estava interessado em falar *sobre o presente*, não sobre o passado, pensar sobre o presente e não sobre o passado, viver o presente e não o passado, menos ainda o passado de uma outra pessoa, o que era ainda mais grave: queria escrever sobre o presente e sobre o meu presente: o passado me parecia *tema de exilado*, e nisso eu concordava com Brodsky, o poeta russo com um prêmio Nobel e que era estupendo apesar do prêmio que Sartre recusara por não querer ver-se institucionalizado, como ele dizia, Brodsky que era tão estupendo quanto tantos outros poetas sem prêmio Nobel: e talvez fosse mesmo um tema de exilados: Joyce escreveu tudo que tinha de escrever fora da Irlanda, de onde fugiu quase em desespero diante da vida provinciana, imagino eu, que deveria ser a sua e a de todos ali: fora da Irlanda escreveu sobre a vida na Irlanda e sobre a vida em Dublin e nesse ponto se pode ouvir o riso sarcástico da História uma vez que Dublin voltou com força em tudo aquilo que Joyce escreveu fora de Dublin: a única coisa que se pode dizer a favor dessa operação de distanciamento é que a vida provinciana e rançosa de Dublin voltou nas páginas dos textos de Joyce *sob a roupagem excitante de literatura*: a literatura seria então isso, escapar pelo imaginário daquilo de que não é possível escapar nunca, e tanto que seria possível dizer que a vida de Joyce foi medíocre e teria sido medíocre em Dublin como foi medíocre e mediana em Paris mas que sua literatura, não?, é uma pergunta:

a resistência a ordenar o relato de Josep Marília num todo coerente talvez tenha me acometido (é bem essa a palavra) quando percebi, logo cedo em nossas conversas, que talvez o próprio Josep Marília estivesse ordenando seu relato, ou sua história desconexa, segundo títulos de livros que ele havia lido ou visto de relance, e isso me ficou evidente aos poucos, livros como *A lucidez, A arte de escolher uma amante, A tristeza dos anjos* ou *Sentimentos em desordem*: não sendo um filólogo, nem um crítico ou historiador da literatura, não me interessava saber se essa pista, essa intuição, era correta, e eu não perderia tempo localizando os livros que poderiam ter esses títulos e outros como esses: apenas era a sensação ocasional que experimentei a certa altura e que me confirmou em minha decisão de não procurar organizar o relato de Josep Marília: mesmo porque os relatos sem claros elos entre si me atraem mais: o melhor seria dizer que *não consigo* me sobrepor ou me impor a relatos sem elos claros entre si ou que simplesmente nunca consegui e nunca conseguirei impor uma ordem a relatos parciais: ou à vida, para resumir tudo numa palavra precisa e expressiva: os motivos pelos quais eu afinal simplesmente faço este relato do qual pouco sei é ainda um mistério para mim:

o fato é que o relato de Josep Marília *era* interessante, em si mesmo e em suas diferentes partes: para mim, pelo menos: nenhum crítico (não me refiro a um crítico literário mas a um crítico historiador ou ideológico, um crítico da história ou das ideologias), nenhum crítico, como dizia, poderá me acusar de não sentir simpatia pela figura e pela história de Josep Marília: pelo contrário, poderão dizer que essa simpatia é mesmo excessiva, que dei crédito excessivo a suas palavras, que segui perto demais as perspectivas que ele me abriu, o que ele me contou: tudo isso é possível, menos que não senti e não sinto simpatia por ele e pelo que me contou: posso não querer dedicar minha vida ou mesmo uma pequena parte de minha vida à vida de outra pessoa mas *não* posso dizer que *não* senti profunda simpatia pela história e pelas histórias de Josep Marília: como esta, a verdadeira história de sua primeira mulher: fico atônito com o fato de que as pessoas se ponham a contar ao primeiro desconhecido que passe pela frente, no caso eu, suas histórias mais íntimas: é assombroso, pelo menos penso assim: eu jamais poderia e poderei fazer isso, minha crença na separação completa entre a vida privada e a vida pública, minha crença e minha *prática* dessa crença, nunca me permitiriam algo assim, contar a outros minha vida, episódios de minha vida ou da vida de pessoas que de algum modo estiveram ou estivessem ligadas a mim: mas a maioria das pessoas faz isso sem a menor cerimônia: é espantoso, eu penso: e Josep Marília também fazia isso ou pelo menos fez isso comigo, sem que eu possa recriminá-lo porque seu objetivo, quando me convidou para aquele restaurante no alto de Cap de Creus, num dia tão cinzento que parecia um apocalipse de El Greco sobre Toledo (e todas suas pinturas mais tenebrosas eram sempre um apocalipse sobre Toledo, que ele poderia ter pintado), era exatamente o de me fazer um relato sobre o que eu imaginava pudesse ser sua vida, como de fato era embora fosse antes um relato sobre a vida de sua primeira mulher: claro que Josep Marília poderia ter imaginado que eu poderia vir a relatar sua história para outras pessoas, mesmo sendo poucas as pessoas que ainda leem livros desse tipo no país Brasil: mas, ele assumiu o risco de algo que no fundo ele desejava e, por isso, não posso fazer nada, apenas observar que sempre fiquei e fico surpreso com a radicalidade com a qual as pessoas já me contaram alguma vez, em minha vida, coisas de suas próprias vidas, relatos bem íntimos e tudo:

os relatos de Josep Marília eram interessantes, para mim pelo menos, como por exemplo *a verdadeira história de sua primeira mulher*: a história que Josep Marília me contou vinha aos borbotões, sem começo nem fim à vista e acima de tudo sem ordenamento cronológico, e não seria eu quem poria essa história numa linha do tempo, como se diz, eu menos que qualquer outra pessoa: sendo assim, não posso afirmar ter sido essa a primeira história que ele me contou naquela tarde: nem tarde era, era meio-dia quando chegamos ao topo da colina onde se construiu o restaurante, talvez anteriormente um velho farol ou lugar de observação, um mirante mais provavelmente: e o fato de ser meio-dia ou próximo dessa hora torna ainda mais dramático o cenário escuro e assustador daquele dia: claro que eu *queria* ficar assustado com um cenário de fato insólito mas que não me assustava tanto assim: me dá prazer, porém, imaginar que eu possa ou poderia ter ficado um pouco assustado com aquele cenário, como se uma enorme tempestade fosse se abater sobre nós e impor-nos uma tragédia, no restaurante naquele mesmo instante ou no carro depois, quando pensássemos ser seguro sair dali, uma decisão sempre errada quando tomada nessas circunstâncias: ou que aquela enorme tempestade iria pelo menos impor-nos um atraso na volta, algo totalmente irrelevante uma vez que, estando numa espécie de férias *cum* trabalho, eu não tinha naquele dia, nem no seguinte nem no outro, nenhuma agenda específica a cumprir: seja como for, cheguei a pensar de início que era uma tolice ou um desperdício ir àquele lugar exatamente naquele tipo de dia, e tolice era na verdade esse meu pensamento uma vez que exatamente aquele era o cenário que me interessava:

havia sobre o restaurante, quer dizer, sobre nós, uma imensa e baixa nuvem negra, uma verdadeira nuvem ameaçadora como no filme *Independence Day*, aquela imensa sombra que se posta sobre uma cidade cobrindo toda a calota do céu e no meio da qual um raio na forma de feixe de luz poderia aparecer a qualquer instante para focar-se sobre o que estivesse ali embaixo e tudo destruir, tudo vaporizar como num imenso reator de fusão nuclear: no caso, pulverizar a nós: raios são sinal de um recomeçar potencial, creio: deve estar escrito assim em algum manual de mitologia: ou alquimia: talvez:

a verdadeira história de sua primeira mulher *era* interessante, que posso fazer?, pelo menos para mim: e é sabido que as histórias não têm uma consciência ou uma intelecção *para si mesmas* e *por si mesmas*, em si mesmas, só o têm para os outros, neste caso para mim: o fato é que para mim era uma história interessante, mesmo sabendo que dizendo isso posso estar abrindo brechas para interpretações sobre minha própria vida, tanto quanto ou mais do que sobre a vida de Josep Marília: se assim for, paciência: mesmo porque, depois de decretada e reconhecida e admitida a falência de Freud, ninguém mais com algum senso crítico e autocrítico se arrisca, como foi comum ao longo do século XX, a fazer interpretações atrevidas a partir de fios ralos tomados como pistas reveladoras: Freud não me preocupa mais, nem me assombra mais: não sei se esse é um ponto que eu tinha em comum com Josep Marília mas em qualquer caso não me importa muito: ou nada:

uma tcheca, a primeira mulher de Josep Marília: uma tchecoslovaca porque naquele tempo em que ela foi a primeira mulher de Josep Marília ainda existia uma Tchecoslováquia, que talvez se devesse escrever Checoslováquia e que depois, como vários outros países, se dividiu em dois: a Chéquia e a Eslováquia. Ou a Czech e a Eslováquia porque Chéquia sempre me pareceu um falso nome, um nome pela metade, um nome de teatro ruim: Czech é melhor ou República Checa ou Tcheca ou ainda, enfim, Tchéquia, este com menores probabilidades de me agradar ou nenhuma: de fato, nenhuma: Júlia era tcheca, uma linda tcheca segundo Josep Marília: e o fato de chamar-se ou de ter-se chamado Júlia me remeteu a outra Júlia lindíssima, Kristeva, que não é tcheca mas búlgara e igualmente linda: Júlia a tcheca era lindíssima, disse Josep Marília: e como se eu não fosse acreditar nele, o que era um equívoco, tirou do bolso um insuspeitado iPhone (*insuspeitado* talvez por se tratar dele, ou da figura que eu imaginava que ele fosse, com certeza erradamente apesar de tê-lo ali à minha frente, ou *insuspeitado* por causa do lugar onde estávamos ou por ser hora do almoço: em meu código de conduta não se saca um iPhone do bolso para mostrar alguma coisa a alguém durante um almoço, mas afinal era a primeira mulher de Josep Marília e ele queria contar-me algo a respeito dela, então aquele gesto me pareceu aceitável) e no iPhone me mostrou um retrato dela: linda, de fato, exatamente como imaginei que seria quando ele começou a me contar sua história e a descrevê-la: minha imaginação é desse tipo, um fiapo de informação basta para acionar uma construção fantasiosa dentro de minha cabeça e que nela surge quase independentemente de minha vontade:

digo que ela era lindíssima não apenas porque a imagino assim, nem porque a vi assim na foto do celular de Josep Marília: afinal, fotos digitais ou numéricas, como dizem melhor os franceses, podem ser mais facilmente manipuláveis que as fotos tradicionais, com as quais também já se fazia o que se quisesse como sempre demonstraram os ditadores soviéticos: digo que ela era lindíssima porque vi mulheres tchecas em Praga, ao vivo, diretamente, e eram de uma beleza excruciante, excruciante porque pareciam fora de meu alcance quando as via e isso doía: depois vi outras mulheres lindas na Suécia, uma quantidade incomum de lindas mulheres, e na Alemanha, tanto que cheguei a pensar em escrever um livro sob o título *Retratos de mulheres* e só não o fiz porque descobri que Philippe Sollers o fez antes, ele que justamente, por uma dessas ironias da história mas não por simples coincidência, foi marido de Julia Kristeva, ou parceiro de Julia Kristeva, como se diz, e portanto sabia do que falava:

descubro, algo espantado, que é sempre difícil descrever uma mulher bela e talvez lindíssima: no caso de Júlia, sua qualidade de linda desdobrava-se a partir de um conjunto em que tudo surgia inteiramente proporcional como numa escultura grega do período clássico: o tronco, como era possível perceber ou intuir embora essa seja uma feia palavra quando aplicada a uma mulher linda, tinha a altura de duas cabeças, como ditava a regra clássica, e a perna e a coxa (ela estava com uma justa roupa de ski, na foto) estavam igualmente definidas com medidas a partir da mesma cabeça tomada como unidade-padrão de harmonia, e tudo se encaixava num jogo de linhas apropriadas comandado por um rosto descontraído e franco e atraente: linda: não surpreendia que Josep Marília tivesse se apaixonado por ela, poderia surpreender que *ela* tivesse se apaixonado por ele, mesmo se ele não pudesse ser chamado de feio: o gosto das mulheres em matéria de homem é incompreensível para mim: mas esse é um outro mistério que me cerca constantemente: suspeito, pensando agora, que me senti enormemente entusiasmado com a visão de Júlia na foto, a ponto de acreditar que eu podia *fall in love* com ela, que é um pouco menos enfático do que dizer que podia *ter-me apaixonado* por ela: amar é uma experiência que *faz cair*, que derruba a pessoa em pelo menos dois idiomas, o inglês e o francês, *fall in love*, *tomber amoureux*, uma descrição eloquente do estado de espírito correspondente: de todo modo, não é tão espantoso que alguém se apaixone por uma pessoa olhando para uma fotografia dessa pessoa ou vendo uma imagem em movimento dessa pessoa como por exemplo nos filmes, isso na verdade acontece todo dia: não tive pudor algum em deixar-me tomar por aquele sentimento, mesmo ali diante de Josep Marília: certas emoções são mais amplas e mais fortes do que a autocensura e o autocontrole e o bem-pensar: as *paixões* desafiam abertamente a compreensão (e com isso estou dizendo que possivelmente não apenas me apaixonei por Júlia como a amei desde aquele instante): as *paixões* e a *morte* mantêm relações estranhas com a consciência em todas suas manifestações, como a autocensura e o entendimento: não posso dizer que aprendi isto com Krzysztof Michalski, um místico polonês contemporâneo deste século 21 cuja leitura me fez entender melhor os motivos pelos quais o senador Thomas Buddenbrook, no livro de Thomas Mann, um dia acordou com a *maravilhosa certeza* de que a consciência individual é um equívoco e que a morte o devolveria, como numa libertação, ao estado de união com uma vontade inconsciente mais ampla que é a essência interminavelmente criativa de tudo que existe, algo que o senador Buddenbrook por sua vez descobriu depois que leu Schopenhauer: não direi que aprendi isso com Michalski nem com Thomas Mann porque *sempre soube por mim mesmo* que as paixões e a morte são incompreensíveis em si mesmas e que a morte é uma liberação da consciência incômoda que se tem das coisas e de tudo, quer dizer, sempre soube disso por mim mesmo porque já o havia sentido antes na experiência sexual bem-sucedida, por exemplo, ou na experiência sexual plena com uma outra pessoa, nesses momentos eu já havia sentido essa aniquilação total da consciência e do corpo no auge da experiência sexual, quero dizer: sempre soube disso: e concordava que nesse caso a liberação da consciência gera um estado de profunda felicidade, o que não posso dizer da morte por não ter passado por uma ainda: mas, o fato é que quando outra pessoa pensa a mesma coisa que você e o diz por escrito, e alguém como Thomas Mann, sua segurança aumenta e você se sente mais autorizado a dizê-lo também: a morte desafia do modo mais radical possível a compreensão humana: e o amor também: e também o amor é uma emoção que oblitera tudo, a própria vida: é uma preparação para a morte, como o sexo, uma aniquilação absoluta: talvez *o sexo* seja, ele sim, como a morte, não tanto o amor, algo que só um místico católico diria: eu creio, antes, que *o sexo* é que é como a morte, o sexo oblitera tudo, pelo menos o sexo com amor (se não me tomarem por um místico primário): e o sexo, por outro aspecto, no entanto, assim como a morte, vem não raramente acompanhado por uma sensação de vergonha: *shame*: a morte, como o sexo, é vergonhosa: os cães, creio saber disso, se escondem em algum lugar quando sentem a morte chegar: quem sabe outros animais fazem o mesmo: isso é terrível: gostaria de me esconder em algum lugar quando sentir a morte chegando:

Júlia não era tcheca, claro: era filha de tchecos, seus pais haviam fugido da Tchecoslováquia, que talvez já se escrevesse sem o T inicial, no início da guerra, em 1939, quando de fato a Tchecoslováquia já não mais existia porque fora incorporada em setembro de 1938 à Alemanha por meio do Tratado de Munique (como se pode chamar de Tratado um documento desse tipo é algo que não sei, disse Josep Marília) assinado com a Inglaterra, a França e com a Itália já sob Mussolini, um documento que os tchecos sempre conheceram não como o Tratado de Munique mas como a Sentença de Munique ou como a Traição de Munique, como a chamavam, e pelo qual a Tchecoslováquia deixava de existir:

em todo caso, os pais de Júlia eram tchecos, não ela, mas ela era linda como as tchecas, e tinham fugido para o país Brasil em 39 quando a fuga ainda era possível para os que sabiam antever o futuro, como nos *romans d'anticipation*: suponho que eu jamais saberia antever o futuro e *fugir a tempo*: e Júlia nasceu no país Brasil, ela que não falava tcheco a não ser duas ou três palavras, mas claro que ela era uma linda mulher tcheca e suspeito que deixei escapar isso para Josep Marília, suspeito que deixei evidente que poderia tê-la desejado e que a desejava, que eu a queria, enfim: que eu poderia tê-la desejado:

mas essa não era a verdadeira história de Júlia: a verdadeira história da primeira mulher de Josep Marília é que ela havia sido uma *agent de liaison*, como se diz, assim no masculino embora essa fosse uma função exercida também por algumas mulheres, mesmo se poucas: uma *agent de liaison* de grupos da guerrilha no país Brasil no final dos anos 60 e início dos 70: não me surpreendia que a história de Josep Marília envolvesse de algum modo os anos 70, e não me surpreendia nada que esse envolvimento tivesse essa marca: Júlia era isso, uma *agent de liaison*, não uma espiã, nem uma militante ativa, uma guerrilheira, mas alguém que fazia a ponte entre a legalidade e a clandestinidade, uma colaboradora ativa: Júlia não era uma espiã, pelo que Josep Marília me contava, mas uma *agent de liaison* no sentido estrito da palavra: uma facilitadora, uma provedora, uma mediadora, uma simpatizante ativa, uma "engenheira de suprimentos" como a descreveria alguma terminologia tecnocrática de hoje: ajudava grupos de guerrilheiros ocultos em seus "aparelhos", levava-lhes comida e outras coisas, e por "outras coisas" eu estava autorizado a entender, se eu preferisse, como preferi, "armas": pode ser: Júlia levava comida e talvez armas a grupos terroristas em seus *aparelhos* e por vezes servia de ligação com outros grupos terroristas ou de guerrilheiros, como eles preferiam ser chamados, pertencentes a facções ideológicas distintas ou opostas ou próximas mas não idênticas, que coisa tragicamente ridícula essas distâncias e opções todas dentro do mesmo espectro ideológico: a ideia de que uma pessoa pudesse servir ou ter servido de elo entre grupos de guerrilheiros separados por visões ideológicas diferentes no país Brasil dos anos 70 me parecia um pouco fora de esquadro, fora das convenções do conhecimento sobre a época: mas não era tampouco algo totalmente fora de propósito, longe disso: em graus variados de ação, deve ter sido mesmo comum: Júlia servira de *agent de liaison* embora ela mesma, insistiu Josep Marília, nunca tivesse pego em armas: pelo que Josep Marília me relatou, Júlia tinha horror à violência, que achava inútil: por que então fazia o que fazia, perguntei a Josep Marília: pelos pais, ele disse, pela influência dos pais, de esquerda os dois, que era a única coisa que dois tchecos poderiam ser diante da Sentença de Munique lavrada por dois fascistas democráticos ou em todo caso eleitos democraticamente, como hoje é norma plena, respaldados por dois fracos pró-fascistas democráticos entre tantos que julgavam ser o fascismo não apenas uma opção ao comunismo soviético como a melhor opção do *novo mundo* que *ia surgir*, assim como *a nova manhã que iria raiar*, o século XX esteve cheio de *novas manhãs que já vão raiar* e que não raiaram nada ou que, quando raiaram, raiaram em negro, em negro tão negro quanto a noite que queriam iluminar, devo isso a meus pais e ao país deles, Júlia dizia segundo Josep Marília:

eu deveria ter percebido desde o início que a verdadeira história da primeira mulher de Josep Marília incluía outros aspectos, para não dizer que era uma outra história, e Josep Marília sabia disso ou deve ter intuído isso e por isso abordou a verdadeira história de Júlia, caso contrário eu não teria como conhecê-la: no meio subterrâneo da guerrilha brasileira ela foi ao final apontada como *delatora de companheiros*, como se dizia: alguns haviam *caído*, como era a expressão, e a única explicação era, segundo comentavam, Júlia: Júlia teria revelado, sabendo disso ou não, intencionalmente ou não, a localização de alguns *aparelhos*, que era como se designavam os apartamentos e casas ocupados temporariamente pelos guerrilheiros ou terroristas, uma explicação hoje necessária passados tantos anos e pelo menos uma geração: e de algum modo, como se supunha, teria revelado o nome real de alguns *companheiros* ocultados sob seus *codinomes* profissionais, por assim dizer: Júlia era o elo mais fraco, o elo visível, o elo à superfície: Júlia, com aquele rosto divino, havia sido uma inocente útil, uma heroína ou uma traidora, perguntava-se Josep Marília imitando os que se fizeram aquela pergunta que, certamente, acho, ele mesmo não se fizera: e traidora do quê, exatamente?, continuou se perguntando Josep Marília: corriam boatos de delações entre os guerrilheiros ou terroristas, gente depois famosa envolvida, mas o caso de Júlia era outro: em todo caso, Josep Marília me disse, suponhamos que os guerrilheiros tivessem, por absurdo, porque só por um absurdo isso aconteceria, triunfado, o que seria aquilo lá? (por *aquilo lá* ele se referia, claro, ao país Brasil, estávamos em Cap de Creus, Cadaquès, falando sobre o país Brasil a uma *segura distância* de milhares de milhas e a alguma fração, ínfima embora, de anos-luz, mas a uma *grande distância de anos-luz imaginários*: quer dizer, muito longe, estávamos muito longe do país *Brasil*, fisicamente e metaforicamente e no tempo e na história: Júlia não se fazia esse tipo de pergunta, Josep Marília disse, mas era evidente para quem quisesse ver que se, por acaso, por um acidente da história, por um absurdo, por uma desgraça, digamos a palavra que agora transparece clara, a esquerda armada tivesse tomado o poder naquele momento e naquele país que estava longe de ser uma pequena ilha, o resultado teria sido uma grande ilha, uma Ilha aumentada, digamos seu nome de uma vez, uma Grande Cuba como aquela cinzenta e asfixiante Cuba que Reinaldo Arenas descreveu em *Antes do anoitecer*, não era provável?, Josep Marília perguntou de modo apenas retórico por não esperar que eu respondesse: ainda havia no início dos anos 60 alguma margem para acreditar que Castro era um salvador, um revolucionário "positivo", uma esperança: não era e não foi, o que já estava visível ao final dos anos 60, sobretudo depois de 68, e que talvez já fosse visível em seu próprio nome, não vou dizer que só Júlia não via isso, muitos não admitiam nada semelhante: mas de nós dois, Júlia e eu, só Júlia não via isso, ele disse: ou não queria pensar nisso: não queria ver, ela queria compensar os pais pelo que haviam sofrido na Tchecoslováquia, eles que nem tinham sofrido tanto assim por terem saído de lá a tempo, no momento certo, por terem sabido cheirar e interpretar a tempo os ventos fétidos e podres da história, como são quase sempre os ventos da história, e agido em consequência ao contrário do que fizeram duas tias de Júlia que ficaram na Tchecoslováquia e depois morreram num campo de concentração, que eu nunca quis visitar quando isso se tornou possível, me disse Josep Marília sem me dar chance de observar que eu, na verdade, ao contrário dele, visitara um depois de muita e demorada hesitação, anos e décadas de recusa a visitar um, uma visita afinal devastadora porque, mesmo não havendo mais no campo de Sachsenhausen em Oranienburg, perto de Berlim, prisioneiros em carne e osso mal conseguindo ficar em pé e menos ainda andar, nem montanhas de cadáveres empilhados em meio a uma sujeira imensa como mostravam os filmes documentários em preto & branco ou os filmes coloridos de ficção, o cenário para mim revelou-se pior porque agora, quando fiz a visita quero dizer, tudo estava tranquilo e limpo naquela *imensidão projetada e organizada e administrada* da qual restavam apenas um par de barracões um pouco reformados, vendo-se dos tantos outros demais somente as marcas das paredes originais assinaladas em retângulo no chão por umas linhas de cimento ou algo assim porque não quis ver direito de que eram feitas, e eram dezenas e dezenas de linhas em retângulo que delimitavam outras tantas dezenas e dezenas de barracões de prisioneiros e que continham no interior do espaço assim delimitado, ali onde os prisioneiros haviam vivido se for possível dizer isso, quantidades de agressivas pedras de brita cheias de arestas que foi o material escolhido para marcar simbolicamente os espaços internos dos barracões destruídos agora vazios, e foi essa imensidão planejada com régua e esquadro, uma *imensidão modernista do terror* como depois a descrevi para um amigo adepto do modernismo e da arquitetura modernista e que se escandalizou comigo pelo que eu lhe dizia sem que eu retirasse uma única palavra do que havia dito sobretudo porque não premeditei dizer aquilo mas fui levado a reconhecê-lo pela *evidência dos fatos*, e foi essa *imensidão modernista do terror*, baseada no racionalismo e no ângulo reto, que, como se costuma dizer, me fez gelar ainda mais o sangue nas veias deixando-me os dedos brancos como cera num dia no entanto de sol mas excessivamente frio como foi o dia de minha visita àquele campo da morte imenso e planejado do qual se conservavam agora apenas um par de barracões num dos quais se podia visitar a cozinha no subsolo operada pelos prisioneiros e que era onde se cozinhavam batatas em imensos tanques de cimento mais parecidos a banheiras e em cujas paredes os prisioneiros haviam feito desenhos e pinturas de desoladora beleza ingênua hoje preservada sob vidro para que permaneçam visíveis em sua qualidade de memoráveis exemplos da *estética do desespero* sobretudo porque os oficiais nazistas repetiam claramente aos prisioneiros, e deles não escondiam de modo algum, com o visível propósito de aumentar sua angústia, que o único jeito de escapar dali era pela fumaça das chaminés e, claro, era possível visitar também a trincheira das execuções onde se matavam os prisioneiros quando as razões do espetáculo assim o exigiam (quer dizer, quando simplesmente não se dava um tiro na cabeça do prisioneiro em pleno campo aberto entre os barracões) e os matavam ali na trincheira preferencialmente por enforcamento, técnica que permite um espetáculo mais vivo porque o prisioneiro se agita e estremece durante minutos numa agonia extrema e infinita embora um dos seis ou sete que cabiam simultaneamente na trave de enforcamento tivesse os tornozelos presos numa caixa de madeira fixada no solo impedindo-o de mexer as pernas sem que eu soubesse ou tivesse procurado saber se isso abreviava a tortura ou pelo contrário a prolongava e intensificava ainda mais, mesmo vendo que atrás da trave com os ganchos de onde pendiam a corda que enforcava cada um dos supliciados havia uma parede feita de grossos toros de árvores certamente ali colocados para amortecer o impacto das balas de fuzil ou revólver usadas para *acabar de vez* com os prisioneiros quando a morte por enforcamento tardava demais a chegar, como se diz, e não porque quisessem diminuir o sofrimento dos supliciados mas muito certamente porque era necessário ir embora e *dar o trabalho por concluído*, e o fato é que a visita a um campo agora limpo que assim revelava, em seu desenho integralmente geométrico e racional combinando triângulos e retângulos, todo o *ordenamento do projeto do terror* numa vasta extensão de terreno aqui e ali assinalada por algumas poucas árvores cujos galhos apareciam contra a luz do sol já caindo àquela hora da tarde sobre a imensa área despida de vegetação em meio a um enorme bosque, o que me levou a identificar anaforicamente aquele desmatamento requerido para a construção do campo de extermínio, e *todo desmatamento*, como uma *operação nitidamente fascista*, sem falar nas ruínas da edificação surpreendentemente minúscula e feita de uma sequência de diminutos cômodos adjacentes agora parecendo os restos de uma Pompeia ideológica porque das paredes restaram apenas uns poucos tijolos junto ao chão daquele lugar onde se assassinavam as pessoas por gás e que se apresentava disfarçado, depois se soube universalmente, como uma espécie de chuveiro num banheiro onde os prisioneiros supostamente tomariam um banho e que não era um total simulacro porque de fato dos chuveiros saía água quente uma vez que o vapor da água quente multiplicava e acelerava os efeitos do gás mortal como acabei sabendo naquela visita embora eu não procurasse por essa informação, isso quando os prisioneiros não eram executados um a um num pequeno quarto ao lado do "banheiro" com um tiro na nuca de modo a poupar o ouro das obturações nos dentes daqueles que eram escolhidos para esse tipo de morte ou por algum outro motivo impensável embora eu não pudesse imaginar por que simplesmente não se extrairiam os dentes dos cadáveres gaseados e molhados, quem sabe não quisessem molhar as mãos ou quem sabe quisessem se divertir de outro modo, tudo é possível, e que ficavam, esses quartos do extermínio individual assim como o "banheiro" onde caberiam no máximo umas 20 pessoas muito apertadas, bem perto dos fornos móveis surpreendentemente pequenos para a tarefa projetada e onde só cabiam, em cada forno, e não eram muitos, seis ou oitos corpos por vez tornando portanto necessário que funcionassem dia e noite para incinerar aquela vasta quantidade de cadáveres embora nos anos finais da guerra os assassinos tivessem de tomar cuidado para que o fogo e a fumaça dos fornos não fossem vistos pelos aviões aliados à noite, me espantando de modo ainda mais profundo a pequenez daquelas instalações de industrialização da morte diante da quantidade de pessoas a matar e incinerar, o que fazia com que assassinatos e incinerações tivessem de acontecer, pelo menos em certos períodos daquele momento da História, durante 24 horas por dia todos os dias da semana e não apenas esporadicamente uma vez que, num cálculo rápido que consegui fazer na hora para minha própria surpresa e a partir da informação de que num dado momento ali tinham acontecido 20.000 execuções, uma vez que, como dizia, 833 dias seguidos teriam sido necessários para levar a cabo as correspondentes incinerações, num total de 34 corpos por hora a serem mortos e queimados em minúsculos fornos portáteis, uma façanha de dimensões gigantescas, se é possível dizê-lo, que para mim deu uma outra dimensão a toda aquela *empresa de planificação de um novo mundo* que caberia bem nas páginas de Max Weber sobre a burocracia se ele pudesse ter previsto esse horror que deu a mim uma visão ainda mais estarrecedora da burocracia e me confirmou em minha completa aversão e meu desprezo mais profundo pela burocracia, de tal modo que ao final da visita *eu simplesmente já não suportava mais ficar ali* embora não houvesse a meu lado prisioneiros andando em uniforme listrado em carne e osso nem montanhas de cadáveres em fossas a céu aberto nem cheiro de carne queimada ou cheiro de outras sujeiras em preto & branco e no entanto o cenário me era insuportável e sufocante a tal ponto que pela primeira vez entendi ser de fato possível vomitar só de ver ou mesmo imaginar o horror ou só por estar diante de uma abominação concreta e real e eu sentia *um perceptível enjoo no estômago* e pensei que fosse vomitar, para minha enorme surpresa, 70 anos depois dos fatos, e tanto que ao sair me apressei para pegar um táxi parado à espera de clientes diante da entrada do campo de extermínio e que me evitaria refazer na volta, a pé, todo o longo e nesse momento insuportável trajeto de dois quilômetros como na ida mas já agora sob o cinza e o frio acentuados e as visões e imaginações do campo na cabeça, como se o táxi pudesse me levar mais rapidamente para longe daquele lugar, o que de fato ele fez, rapidamente quero dizer, mesmo se me dei bem conta da enormidade que era eu sair de um campo de extermínio e tomar um táxi à porta, e o táxi me levou tão rapidamente que cheguei a tempo de pegar o trem para Berlim na estação de Oranienburg cujos habitantes não podiam ter deixado de saber o que acontecia ali ao lado, quase dentro da cidade, mesmo se os nazistas os fizessem fechar as janelas das casas quando passavam com prisioneiros em caminhões pelas ruas ou em outros momentos sensíveis embora não tivessem o mesmo cuidado para dissimular a fumaça e *o cheiro de carne queimada*, de resto impossível de dissimular, não conseguia entender como podiam suportar o cheiro de carne humana queimada, mas o fato é que graças ao táxi consegui pegar o trem para Berlim e me afastar em seguida e ainda mais rapidamente daquele lugar sobretudo quando dentro do trem o ambiente era de *normalidade absoluta* e de *calma cotidianidade para vidas normais numa tarde de domingo* e assim compartilhei retrospectivamente o horror à história sentido por Josep Marília que até então eu não experimentara sendo que, no entanto, Josep Marília nunca visitara um campo de concentração por imaginar que isso lhe seria insuportável enquanto eu sim havia visitado um naquele dia em que finalmente tive a coragem de fazê-lo, um dia que começara frio e profundamente cinza mas que, certamente por uma ironia de algum guardião da História, quando entrei no campo, como se fosse um filme, transformou-se num dia de sol aberto, apesar do frio e sol, que permaneceu sobre mim e sobre o campo de extermínio o tempo todo de minha visita e um sol que não me deixava enxergar direito fora dos barracões disponíveis para visita, apesar de meus óculos de lentes escuras, porque rapidamente o sol se colocou quase na horizontal diante de meus olhos e eu só podia *caminhar de costas em direção ao sol* para ver aquilo tudo que eu tampouco queria ver mas que achava minha obrigação um dia ver ao contrário de Josep Marília que nunca conseguiria fazer essa visita, como me disse, e nem contei isso a ele naquele momento porque afinal estávamos num restaurante e além disso a história era dele e não minha, a história era a dele e não a minha: Júlia achava que devia isso aos pais que no entanto tinham saído a tempo da Tchecoslováquia embora as tias, não: e achava que essa era sua dívida embora os tempos fossem supostamente outros: a dívida retroage, parece, e ela se sentia na obrigação de pagá-la, num gesto *de obrigação moral comum*, como se pode dizer: ou as pessoas pensam que assim é e assim deve ser: eu entendia, enfim:

Josep Marília não a abandonou naqueles anos, apesar do perigo evidente que ele mesmo corria, ele *disse* em relação à primeira parte e *deu a entender* em relação à segunda parte de sua observação: de nada adiantaria para ele tentar explicar à polícia política ou aos militares e depois aos militantes de esquerda que ele era *apenas* o namorado de Júlia, o amante de Júlia, e que ele era um cético em termos de política e ideologia e que nada tinha a ver com o que ela fazia: ele também tinha culpa, claro, sabia o que ela fazia e não dizia nada, não a denunciava, portanto era cúmplice: continuava com ela apesar da insensatez por ela demonstrada, não podia deixá-la porque se apaixonara por ela um dia e continuava de algum modo relacionado com ela como ocorre passado um tempo depois da *eclosão da paixão*, por dizê-lo assim, era um caso clássico, outro mais, do embate entre razão e sentimento seguido pela vitória do sentimento sobre a razão: à *luz fria da razão*, como se diz, Josep Marília não podia estar mais distante de Júlia ao passo que à luz ofuscante do sentimento só poderia estar *dentro* dela, sentir *com ela*, sentir o que ela sentia, e o contrário era verdadeiro também: Júlia amava Josep Marília ou pelo menos era isso o que parecia a Josep Marília, que tinha sua dose de senso crítico e autocrítico: amar, disse Josep Marília de modo banal (sem que haja como evitar recorrer a esses modos banais e corriqueiros algumas vezes), é algo de que se pode ter certeza; de ser amado, não: ter certeza de que se é amado, não: nunca se tem certeza disso, provavelmente porque o outro, aquele que ama quem se sente amado, tampouco sabe se ama ou não ou até que ponto ama: Júlia ficava com ele talvez exatamente porque ele não acreditava em nada do que ela fazia, porque ele era cético e não raro cínico, porque isso a salvava um pouco dela mesma?, era a pergunta que Josep Marília se fez ao longo do tempo: provavelmente era assim: havia muitas razões para Júlia ficar com Josep Marília, assim como há muitas razões para qualquer pessoa ficar com qualquer outra pessoa:

aquilo parecia um *modo de vida* naquele momento, disse Josep Marília, quer dizer, apoiar a guerrilha, apoiar a resistência armada no país Brasil: Josep Marília não achava que fosse inevitável fazer aquilo, nem que fosse de todo justificável fazer aquilo *daquele modo*, mas aceitava que fosse isso o que parecia ser preciso fazer: a ditadura parecia que iria durar para sempre, assim como a União Soviética parecia que duraria *até o fim dos tempos*: aquele parecia o *status quo* infinito ou perpétuo: as coisas seriam para sempre assim, as coisas haviam se transformado *nisso* e era *isso* que seriam sempre: o mundo sempre seria dividido em duas partes, Berlim sempre seria dividida em duas partes, a ditadura militar sempre seria o que era e portanto compreendia-se que Júlia fizesse o que fazia: era da ordem das coisas: Josep Marília se lembrava, como me contou, que um episódio de reflexão sobre os quinze anos da morte de Stálin havia sido um momento decisivo nas relações entre ele e Júlia e mais ainda nas relações entre ela e os *companheiros de ilegalidade*: num mês de março de alguma década passada, por uma dessas coincidências da história que ninguém acredita ser apenas coincidência mas que o é, num mês de março como aquele de meu encontro com Josep Marília em Cap de Creus, tinha-se *comemorado* quinze anos da morte de Stálin: comemorado é modo de dizer: alguns comemoram datas assim com lamentações pela morte do comemorado: outros comemoraram, como disse Josep *Marília*, do modo como deveria ser comemorada uma data como aquela, quer dizer, com lamentações não pela morte do comemorado mas com lamentações por aquilo que o comemorado havia causado e por ter ele demorado tanto a morrer, quer dizer, *comemorar com fogos de artifício o desaparecimento de mais um tirano*: o modo como Stálin morreu não se tornou público de imediato, é sabido: sua filha Svetlana, embora não só ela, anotou tudo ou se informou de tudo e relatou tudo *depois*: a longa agonia do pai, os roncos angustiantes do homem que não conseguia respirar e que não tinha naquelas horas finais qualquer alívio médico porque ele mesmo algum tempo antes mandara prender seu médico pessoal, o único em quem confiava, por dele ter recebido a sugestão de afastar-se da política para se cuidar: e desde então Stálin ficara sem médico por não confiar em nenhum outro e por esse motivo não tivera amparo da medicina naquele momento e, segundo a filha, agonizava e estertorava, o rosto azulado ou arroxeado ou acinzentado pela falta de oxigênio nos pulmões, como se costuma descrever, tentando desesperadamente manter-se à tona da vida (como parece inevitável), erguendo-se na cama para, na visão de Svetlana, olhar com ódio para todos os presentes no quarto e em seguida morrer (mas parece que não havia ninguém no quarto quando morreu, seus assistentes temiam entrar no quarto do homem sem terem sido chamados, seus serviçais não entraram no quarto a não ser muito tempo depois: enfim, alguma incongruência a mais nessa história não fazia e não faz muita diferença já que o homem afinal morrera mais ou menos como havia sido descrito pela filha e isso era o importante, quer dizer, que ele tenha sofrido bastante para morrer) e morrer *como merecia ter morrido*, acrescentou Svetlana, sozinho e na dor: parece que Stálin teria mandado para um gulag uma primeira paixão ou amante de Svetlana: não sei: há uma foto, sempre a mesma, de Stálin em pé segurando Svetlana deitada em seus braços, a cabeça repousando no ombro do pai, Svetlana já grande demais para aquela pose nos braços do pai e Svetlana usando um vestido de criança para o qual parecia não ter mais idade, e a primeira coisa que me veio à mente quando vi pela primeira vez essa foto, assim como continua vindo à mente toda vez que a revejo, por absurdo e difamante que isso possa ser, era uma tela de Balthus em que uma menina quase sempre da mesma idade aparente de Svetlana na foto com Stálin parece sugerir uma situação sexual ou na iminência de experimentar uma ação sexual, talvez nada muito mais grave do que um simples voyeurismo embora as pessoas hoje reajam de maneira violenta à ideia e tanto que uma exposição de Balthus foi há pouco cancelada na Alemanha em pleno século 21 a demonstrar que nada se aprende com a História e que tudo se repete e que nenhum avanço parece possível na história das ideias e no modo de entender a relação entre as ideias e a realidade, mas não posso ocultar que foi essa minha reação quando comecei a me interessar pelo assunto em virtude do relato que Josep Marília me fez: e quando vi a foto de Stálin segurando Svetlana nos braços tive então a sensação de estar diante de algo em tudo balthusiano embora as telas de Balthus não me pareçam obscenas enquanto a foto de Stálin segurando a filha grande demais para o vestidinho de criança que ostentava e grande demais para ficar nos braços de Stálin daquele jeito me parecia, essa sim, *perturbadoramente obscena*, um pouco como a relação incestuosa de Hitler com uma sobrinha que se suicidou porque, ela disse, ninguém imaginava o que Hitler a fazia passar: não me passa pela cabeça ser puritano neste assunto mas não posso tampouco ocultar que se esse pode ser um modo de atacar Stálin, o faço com prazer: ninguém lia à época o que Svetlana escrevia, quer dizer, ninguém da esquerda no país Brasil lia à época o que Svetlana escrevia porque Svetlana era a grande vendida, a traidora, a que desertara um ano antes daqueles quinze comemorativos da morte de Stálin, ela que era o grande escândalo, o grande golpe contra a URSS e contra o comunismo, Svetlana, a que se vendera ao capitalismo: mas Júlia leu à época o livro de Svetlana, *Twenty Letters to a Friend,* o que dizia muito a respeito dela mesma, Júlia: Júlia lera o livro que à época rendera dois e meio milhões de dólares, uma fortuna à época, à filha do ditador: as filhas de ditadores são duras e vingativas, Júlia disse à época, como dura seria depois outra filha de outro ditador, Alina, filha de Fidel, que em 1993 fugiu da ilha usando documentos falsos e uma peruca para apresentar-se ao mundo como crítica privilegiada do regime cubano: as filhas de ditadores: está bem que sejam duras e vingativas, Júlia teria dito, segundo Josep Marília:

o fato era apenas que Júlia lia *as mulheres escritoras*, e Júlia lia outra mulher que denunciara o terror stalinista, Anna Akhmátova, em *Réquiem*, onde se leem versos que ninguém esquece uma vez lidos: *"naqueles anos só os mortos sorriam/felizes em seu descanso"*, duas linhas de uma poesia negra de cortante ironia para aludir (talvez de um modo que a censura daqueles mesmos anos não entenderia) aos mortos sob Stálin que ainda mandava matar gente e mais gente pouco antes de sua própria morte, já nos anos 50, purgas atrás de purgas, como se chamavam, as mesmas que depois ocorreram no Camboja e que outro artista, um cineasta, Rithy Panh, descreveu em vários filmes feitos desde os anos 80 mas que não eram vistos por aqui e nos quais narrou os horrores do genocídio praticado pelo regime do Khmer Rouge, o Khmer Vermelho, quer dizer, o Khmer Comunista, na década de 70, e que alcançou a própria família do cineasta, pai, mãe, irmãs, sobrinhos, parentes, todos mortos de fome e exaustão em campos de trabalho forçado por serem *degenerados*, como os chamavam e os chamam sempre *os construtores dos paraísos na Terra*, os *engenheiros sociais da felicidade* que Rithy Pahn viu em ação ele mesmo e dos quais ouviu depois, como de um certo Duch, responsável pela Segurança, como se diz, do Kampuchea Democrático (assim como a Alemanha oriental também se chamava a si mesma

"República Alemã Democrática"), como mais de 12.000 pessoas foram metodicamente torturadas na principal prisão de Phnom Pehn, a S-21, e depois levadas para morrer no campo de extermínio de Choeung Ek, pessoas das quais ouviu ainda como os revolucionários iriam se livrar, como de fato se livraram, dos burgueses e dos estudantes, professores, doutores, engenheiros que teriam de ir, como foram, para o *trabalho produtivo do campo* e de quem ouviu, como de resto ele mesmo viu porque tinha 13 anos quando tudo aquilo aconteceu, como eram banidos os livros, jornais e óculos, símbolos de uma atividade perigosa como se sabe, e tanto que porcos andavam livremente por dentro da Biblioteca Nacional onde, escreveu depois Rithy Pahn, haviam substituído os livros, assim como nós, quer dizer Rithy Pahn e tantos outros, em seguida substituíram os porcos, ele mesmo, Rithy Pahn, que quase se deu definitivamente mal um dia quando foi flagrado por um policial enquanto lia a bula em francês de uma caixa de remédio que, por vir em francês, deveria ser subversiva: uns atrás dos outros aqueles livros e depoimentos caíam nas mãos de Júlia, como o livro-depoimento de Jean Pasqualini, o francês-chinês cujo nome chinês era Bao Ruowang e que em 1974, momento ainda forte da repressão no país Brasil, publicou na França *Prisonnier de Mao* para contar seus sete anos no cárcere maoísta e o modo como foi levado a confessar seus supostos *delitos sociais e ideológicos*, o que ele relata num livro de 700 páginas onde narra também A Grande Fome imposta pelo Timoneiro a seu próprio povo chinês: tudo isso Júlia lia ou via e ouvia e era ela quem falava disso a Josep Marília cujos interesses naquele tempo por Anna Akhmátova eram apenas relativos e, por Svetlana Stálin, nenhum:

todo o horror daqueles anos todos, disse Josep Marília, o confirmavam em seu nojo pela história multiplicado pelo que acontecia no próprio país Brasil, como o assassinato de Herzog em 1975 e toda uma sucessão de datas funestas ao longo do século XX: talvez pela leitura daqueles livros todos é que Júlia foi acusada de traidora do "movimento" e delatora: Josep Marília não a abandonara enquanto ela servira de *agent de liaison*, algo mais do que uma simples *companheira de viagem*, e não a abandonara depois, quando foi acusada de traição pelos seus *companheiros*: houve uma traição?, Josep Marília nunca poderia saber ao certo, se tivesse continuado com Júlia talvez um dia viesse a saber: não era provável, era improvável, era quase certo que não, que Júlia nunca traíra ninguém, Júlia apenas abrira os próprios olhos, Júlia apenas lera certos livros, Júlia apenas fora vista com certos livros debaixo do braço: os agentes da polícia política de direita prendiam certas pessoas por certos livros que liam ou tinham em casa e os terroristas ou guerrilheiros de esquerda ou outro nome que se davam a si mesmos denunciavam e colocavam no índex, à época também conhecido por *patrulha ideológica*, certas outras pessoas que liam certos outros livros, aqueles com sinal contrário ao dos livros que a ditadura de direita bania: como podia Josep Marília dar crédito àqueles que Júlia ajudara, como poderia Júlia deixar de imaginar o que teria acontecido se os amigos a quem ajudava tivessem chegado ao poder, por um absurdo inimaginável mas possível?, Josep Marília se perguntava:

eu queria saber mais sobre Júlia, sobretudo porque Júlia aparecia cativante naquela fotografia: naquele momento, porém, a porta do restaurante se abriu e mais um grupo de quatro ou cinco pessoas veio se juntar às outras que já esperavam por mesas que obviamente não ficariam livres tão cedo ou nunca naquele dia: lá fora tudo continuava cinza e cada vez mais escuro, rajadas de chuva açoitavam o restaurante numa sensação que era uma delícia para quem estava abrigado ali dentro, como eu que sempre achei uma delícia sentir o vento e a água batendo forte contra a casa ou apartamento ou qualquer outra edificação em que eu momentaneamente estivesse abrigado, no caso do restaurante uma construção sólida, feita de pedras fortes e pesadas e à mostra, uma delícia enquanto se está dentro da construção ao abrigo total aspirando um cheiro reconfortante de comida que estimula todas as memórias possíveis e enquanto se sente o calor quase excessivo da lareira funcionando a toda no meio da sala e deixando um fogo amarelo forte que parecia a resposta possível ao vento lá fora: e a chegada de novas pessoas incomodara todos no restaurante, um pouco ofendidos pela insistência dos recém-chegados em entrar num lugar obviamente já repleto e tomado, naquele mundo pequeno não cabia mais ninguém de fora, não cabia mais ninguém, por que insistiam em perturbar o sentimento íntimo que tínhamos de algum modo formado naquele restaurante suficientemente cheio e repleto de aromas e agradavelmente quente pelo menos para quem estava mais longe da imensa lareira e que não tinha lugar para mais ninguém?, creio que esse era o sentimento de Josep Marília naquele instante: basta assim:

penso ter perguntado a Josep Marília, *devo* ter perguntado a Josep Marília, de onde vinha seu sobrenome incomum, a respeito do qual eu não sabia ao certo se era escrito com acento ou sem: se não tivesse acento seria lido, segundo o costume oxítono brasileiro razoavelmente simplista, Marilía: um Marília paroxítono era um nome interessante, a sugerir um certo leque de possibilidades, não em si mesmo mas por ser um paroxítono: provavelmente eu mesmo dizia *Marília* em virtude de um outro hábito comum: aos poucos soube que também Josep Marília era filho de estrangeiros, o que talvez fosse evidente desde logo, imigrantes eles mesmos ou descendentes de imigrantes: era bem provável que Marília não significasse apenas Marília, uma palavra sobre cujo real significado ninguém habitualmente pensa: Marília teria, parece, poderia ter, uma origem árabe, Marilyam, ou talvez hebraica, com o significado de *campo da estrela do mar*, talvez *campo amargo* embora tudo isso mais provavelmente seja fantasia, o mais certo sendo que, como o polonês *Maryla*, Marília fosse apenas um diminutivo de Maria: mas a questão não era essa: era certo que Marília era nome de mulher ou, em todo caso, nome feminino, o que não quer dizer nada, Pereira também o é, e Lima, e tantos outros: mas essa não era a questão: devo ter perguntado algo a respeito disso a Josep Marília mas ele me disse, em resposta torcida pelo vento da porta que se abrira insistentemente uma vez mais, que a sua era a primeira geração na família a ter passado do primário e, no caso dele, a ter chegado ao ginásio e depois ao colegial, como se dizia, e depois à universidade: pondo as coisas em seus lugares, não era que a sua fosse a primeira geração *da família* a passar do primário: *ele*, ele mesmo, ele como pessoa, fora o primeiro da família a passar do primário: não a geração toda dele: ele, apenas:

sabia pouco da família, como talvez fosse comum naquele país Brasil: os avós haviam sido predominantemente italianos, e foi esse o primeiro momento em que pensei que o nome de Josep Marília poderia ser um pseudônimo: qual parte era um pseudônimo, se o nome ou o sobrenome, não sei dizer: podia não ser pseudônimo se em seu caso, como em tantos outros, tivesse predominado o machismo que mandava dar aos filhos apenas o sobrenome do pai, daí ele ter ficado com esse Marília, e talvez minha (falsa) sensação resultasse de algo que me contou em seguida, gerando eu mesmo um significado por meio desse tipo de associação à qual é às vezes difícil escapar: o fato é que ele me disse que um de seus avós vinha de Trieste, à época parte da Áustria-Hungria ou do Império

Austro-Húngaro, então uma das grandes potências do mundo, o segundo maior país da Europa depois da Rússia e o terceiro em população depois da própria Rússia e do Império Alemão, naquele momento o quarto maior *produtor de máquina*s do mundo e não de *sachertorte* ou valsas vienenses ou desenhos erótico-agressivos ou interpretações psicanalíticas da alma, como se costuma dizer e pensar: *máquinas*: mas não era isso que interessava a Josep Marília e nem a mim, e sim o fato de que seu avô havia conhecido Italo Svevo, o autor de *A consciência de Zeno*, que não se chamara Italo Svevo mas Aron Ettore Schmitz e que não era só um escritor como também um comerciante ou, em todo caso, um *homem de negócios, un uomo d'affari, a business man*, como se dizia; e esse avô de Josep Marília não só havia conhecido Italo Svevo, que de fato tinha o nome inteiramente incongruente e inverossímil de Aron Ettore Schmitz, um nome que, pensando bem, só poderia ser inventado, sendo o pseudônimo Italo Svevo aquele que de fato parecia um nome real, enfim, continuando, aquele avô não apenas havia conhecido Italo Svevo como trabalhara para ele ou para a família dele em Trieste, que era o cenário e o único cenário do romance, como se diz a respeito desse livro (embora o que seja exatamente um romance não é ao certo sabido), o cenário por onde perambulava Cosini, o personagem da ficção que tinha uma fixação por Freud: era o tempo em que ter uma fixação por Freud apresentava-se como algo aceitável e mesmo respeitável, embora previsível, em todo caso marcante, dignificante além de moderno e contemporâneo, algo hoje impensável, assim como o próprio Italo Svevo também tinha uma fixação por Freud porque, se o personagem Cosini havia imaginariamente procurado a psicanálise para se livrar do fumo, Italo Svevo, em sua condição de Aron Ettore Schmitz, um nome que sou forçado a imaginar como falso mesmo sabendo que não é, havia recebido de seu psicanalista a recomendação de escrever, *escreva uma ficção*, o médico disse, o médico-psicanalista, para "endireitar a vida", como se dizia; ficção e realidade se misturavam no caso de Italo Svevo (e talvez fosse isso que atraía ou irritava Josep Marília, não tive tempo de descobrir nem me interessava particularmente descobrir) porque Italo Svevo, na pele de Aron Ettore Schmitz, e assim como Cosini, um nome suposto e indicativo do que poderia pensar seu inventor literário por ser demasiado próximo de *cosina, una cosina*, uma coisinha de nada, outro modo de dizer que o personagem do livro (como talvez o autor se via a si mesmo) era um nada, um qualquer, um *qualunque*, porque Italo Svevo ele mesmo, como dizia, fora viciado em nicotina toda sua vida e depois de um acidente de carro, quando sua saúde declinou rapidamente, sentindo-se perto da morte pediu um cigarro que, prometeu, seria, aquele sim, seu último : e não lhe deram esse cigarro, motivo pelo qual, como se narra em alguma sua biografia, morreu ateu como sempre havia sido, ele, Italo Svevo, cujo romance teria passado totalmente despercebido, junto com seu primeiro livro, *Senilità*, não fosse James Joyce ter chamado a atenção para o autor e sua obra e insistido em que fosse traduzido para o francês, e Josep Marília parecia considerar esse incidente ou esse fato digno de atenção:

mas o fato, e isso me chamou enormemente a atenção e fiquei ainda mais fascinado por Josep Marília, o fato é que o avô de Josep Marília havia trabalhado para Italo Svevo ou para a família de Italo Svevo, na verdade para a família de Aron Ettore Schmitz, porque esse avô também era de Trieste, e isso havia sido o mais perto que o avô de Josep Marília havia chegado das letras ou da literatura, o que explicava o fato de ser ele, Josep Marília, o primeiro de uma longa lista familiar a passar do curso primário e, num movimento que a seu tempo começava a ser mais corriqueiro mas não muito, chegar à universidade: como o avô de Josep Marília podia recordar-se de ter trabalhado para *Italo Svevo* é algo que Josep Marília não sabia explicar, uma vez que a literatura de Italo Svevo não era conhecida à época: poderia o avô de Josep Marília ter lido *Senilità* que havia sido publicado em 1898 ou talvez *Una vita*, de 1892? mas quantos exemplares haviam sido publicados de qualquer deles e como poderia um trabalhador comum ter lido qualquer deles, perguntava-se Josep Marília: analfabeto aquele avô não era, apenas não havia passado do primário, como nem seu pai passara: e ler Italo Svevo não é tão difícil, pelo contrário: talvez trabalhar para um literato fosse condição suficiente para ler um livro desse literato: Josep Marília parecia interessado nessa relação entre *literatura* e *pouca instrução* mas não elaborou muito sobre esse ponto e nem eu tinha maior interesse nisso à época: deveria ter tido, o que é uma feia construção linguística:

depois, quando pude passar para o papel as poucas notas e lembranças que havia guardado da conversa com Josep Marília, o que fiz no exato dia em que um outono começava, mais um outono começava, num dia em que por acaso eu lia que o outono começaria exatamente às 8:02 da manhã e era 8:00 da manhã quando li a notícia, o que me fez ficar atento e esperar pela chegada do outono dois minutos depois porque seria aquela a primeira vez na minha vida já longa, como se costuma dizer, embora nenhuma vida seja de fato longa, em que eu teria consciência ativa de ter visto e sentido um outono começar, essa era a minha consciência, essa seria minha consciência, a consciência de um outono num dia adequadamente cinzento e escuro e frio e com uma garoa forte sob céu baixo em São Paulo que não deixava ver muita coisa para além de uns trezentos metros de distância e que foi uma experiência interessante, ter consciência da chegada do outono num dia preciso, num dia 20, numa hora muito precisa, 8:02 da manhã, num momento em que já se dizia que o tempo estava em tudo transtornado, em indício de alguma catastrófica mudança climática, significando talvez então, minha experiência com aquelas 8:02, oito horas e dois minutos da manhã, uma operação artificiosa e ilusória do próprio tempo para desviar a atenção geral para o fato de que ele estava se acabando e chegava a seu fim:

enfim, quando pude passar para o papel as anotações da conversa com Josep Marília chamou-me a atenção essa série de coincidências e quase convergências que me levaram a pensar, primeiro, no próprio nome de Josep Marília, depois nas relações entre a literatura e a pouca instrução, ou mesmo entre *a literatura e a ignorância*, e, terceiro, no desconhecimento que Josep Marília tinha, se não de sua árvore genealógica inteira (árvore cujo desenho ele não tinha), pelo menos das origens completas de sua família: uma outra avó de Josep Marília era de Lucca, a cidade com a praça circular parecida a uma arena, uma arena de família, que Josep Marília descrevia com um arrebatamento que julguei improvável nele, uma praça encantadora, ele disse, que era uma das lembranças mais marcantes de sua infância mesmo só a tendo visitado muito mais tarde em sua vida, pelo que concluí que Josep Marília deveria ter tido uma infância como quase todas as crianças, com a avó lhe contando histórias de sua terra, como era comum, uma *avó narradora*, o que não deixou de me surpreender em Josep Marília e lhe deu, a meus olhos, uma cor diferente, por assim dizer, a explicar, mais uma vez, os motivos pelos quais sinto uma profunda simpatia por ele, algo que quis deixar claro desde o início para evitar a ideia de que se tratava de um personagem, se esse termo couber a ele, que me fosse antipático ou indiferente ou que pudesse ser entendido como alvo de um cinismo pouco disfarçado de minha parte como às vezes acontece em certos livros ou em certas biografias (o que este livro não é, pelos motivos que já comentei), levando neste último caso o leitor a estabelecer uma distância entre ele e o relato que se torna fatal para o relato: não é meu caso, minha simpatia por Josep Marília sempre foi forte, desde um segundo momento se não desde o início (e, nesse caso, por preconceito meu, sou o primeiro a admiti-lo), e eu sempre me senti bem por experimentar esse sentimento para com ele, se é assim que se diz: um sentimento *para com* alguém: simpatia, em outras palavras, era o que eu sentia por Josep Marília, cuja ascendência italiana em três quartas partes de seu sangue ficara oculta pelo um quarto de sangue e pelo nome ibéricos que, nos tempos machistas como aqueles em que nascera, se impunham e obliteravam o lado feminino da família, um lado feminino que em Josep Marília, curiosamente, como se por uma ironia da história, reaparecia em seu sobrenome e se tornava visível para quem prestasse atenção, para quem não considerasse esse nome *um dado neutro e insignificante*:

mas apesar disso, pouca coisa mais Josep Marília sabia sobre seus antepassados, e seu nome não traduzia a ascendência que dizia ter, o que se poderia explicar pelo machismo das relações matrimoniais no país Brasil que ordenavam, como ainda ordenam em parte, que o nome do pai enterre o da mãe, isso quando todas as recordações de Josep Marília, que surgiram num momento de nossa conversa em Cap de Creus mas talvez em outra ordem cronológica (como disse, não tenho interesse em manter ou construir uma ordem qualquer que seja por não ser meu objetivo escrever uma biografia de Josep Marília ou de quem quer que seja), isso quando as reminiscências de Josep Marília, como dizia, pareciam concentrar-se na ascendência italiana, na fantástica cidade de Lucca com sua deliciosa praça interior circular e na cidade mítica de Trieste onde seu avô talvez tinha lido à época um livro que à época ninguém lera, o que não espanta nem surpreende muito, que ninguém o tivesse lido isto é, porque o mundo já naquele momento tinha livros demais para leitores de menos e um livro a mais ou a menos não fazia a menor diferença, nem fazia diferença para alguém que trabalhava como empregado do negócio da família do autor do livro que, por algum motivo surpreendente e quase implausível, aquele avô lia: o fato é que Josep Marília não sabia muito ou nada de seus antepassados, o que talvez fosse (ou é ainda) algo que me incomodava mais a mim do que a ele mesmo: ou talvez não incomodasse nem mesmo a mim que, é provável, apenas havia anotado uma breve e momentânea percepção de incômodo por mim experimentada:

esse aspecto da vida de Josep Marília talvez esteja ligado ao fato de que, depois que seu pai morreu, como ele disse, ele nunca ter ido visitar seu túmulo, cuja localização para ele era mesmo algo de incerto, não apenas a localização num dado cemitério (havia pelo menos dois ou três na mesma região de São Paulo, ele disse) como inclusive o simples nome desse cemitério: os mortos são enterrados na alma, Josep Marília disse, uma observação que me pareceu em tudo pertinente: os mortos são enterrados na alma e não há como incinerá-los ou removê-los desse túmulo virtual ou triturar seus ossos e jogá-los ao vento, não há como erradicá-los e arrancá-los da alma e não se trata de cultivar a memória deles, ele disse, trata-se sempre e apenas desse império da memória, da *ditadura da memória* que é capaz de esmagar e aniquilar alguém como a um ínfimo grão de areia, Josep Marília disse, razão pela qual, ele disse, sempre havia de imediato concordado com Marcel Duchamp quando o assim chamado artista, numa entrevista em setembro de 1915 a uma revista americana, disse que a melhor coisa que os americanos podiam ter feito em Nova York e com Nova York havia sido eliminar da cidade todo vestígio do passado: a ideia que vocês tiveram, Duchamp disse ao jornalista americano, de demolir os velhos prédios e casas, todas as velhas lembranças, é muito boa e é de fato a razão pela qual tudo aqui, em Nova York, *cresce harmoniosamente como na propagação das ondas na superfície de um lago quando nela se joga uma pedra*, disse Duchamp: Marcel Duchamp estava exagerando, nem Nova York havia demolido todos os velhos prédios e casas, nem nunca os tivera assim tão velhos para começo de conversa: *nem nunca* porque simplesmente Nova York era uma cidade jovem comparada com as cidades europeias como Paris de onde Duchamp viera, então Nova York simplesmente não podia ter assim acabado com seus velhos prédios e lembranças: mas era importante que ele tivesse dito aquilo e defendido aquela opinião: Josep Marília estava, de modo análogo, me pareceu evidente num lampejo, procurando essa *propagação harmoniosa na superfície calma* de alguma água por meio da eliminação do passado, algo que não lhe requeria muito esforço porque de fato ele não tinha mesmo *muito* passado assim salvo aqueles fatos isolados conectados a um Italo Svevo que na verdade se chamava Aron Ettore Schmitz, um nome que sempre me pareceu inteiramente artificial e imaginado, e um avô mal instruído que, parecia, se Josep Marília não tivesse simplesmente inventado esse detalhe, lera ou *Senilità* ou *Una vita* ou pelo menos trabalhara para a família de um escritor que não era famoso à época e que, mesmo depois, mesmo agora, não era muito conhecido e citado e lembrado:

é por isso que os mortos voltam sempre, Josep Marília disse: o mundo vai ficando cheio demais, lotado, com todos os vivos e todos os mortos que se acumulam uns sobre os outros num monumento sepulcral imenso, um monumento que parece pouco elevado quando se pensa na imensidão do cosmo ou quando visto desde a superfície da vida, mas que não é nada pequeno: e na alma também se vai formando essa *pedra tumular* que não é tanto comemorativa quanto simplesmente indicativa e que cresce a cada dia e tanto que afinal envolve em seu peso mortal a própria pessoa que a carrega: e é assim que a morte sobrevém, comentou Josep Marília sem olhar para mim: ele quase pediu desculpas em seguida por lembrar o nome de Freud, que já surgira na conversa e que certamente por isso voltava à tona para ilustrar um de seus próprios princípios, o da livre-associação, mas é que a sugestão de Freud, Josep Marília disse, de que morremos porque *decidimos* morrer, inscrita em seu último livro pouco lido *Para além do princípio de prazer*, lhe parecia, a Josep Marília, cada vez mais justa: o peso do túmulo é demasiado, o túmulo simplesmente desaba sobre nós e nos mata se já não estivermos mortos: e deixamos que o faça:

por um instante cheguei a pensar que, assim como um psicanalista imaginariamente levara ou forçara o autor de *A consciência de Zeno* a escrever um livro, eu poderia estar forçando Josep Marília a fazer algo que inicialmente não estava em seus planos: esse sentimento era, porém, mais uma dessas associações rápidas e indevidas que logo desapareceu de minha consciência: fôra ele mesmo, Josep Marília, quem me convidara para o restaurante em Cap de Creus naquele dia, e se ele começou a falar, não foi por minha iniciativa e muito menos por sugestão minha e menos ainda por minha pressão:

estávamos tomando um vinho denso e escuro do Priorat, negro como poucas vezes eu vira e que eu pedira ao garçom já avisando Josep Marília que o vinho era eu quem oferecia, um pouco egoisticamente e não em sinal de liberalidade minha, como se diz, porque escolhendo o vinho e dizendo que o pagaria eu poderia ter certeza de que o vinho seria bom ou, em todo caso, seria aquele que eu escolhera beber, sem ficar preso à escolha de Josep

Marília cujo gosto por vinhos eu não conhecia, motivo pelo qual eu poderia estar prejulgando-o inadequadamente: enfim: mas eu queria beber um bom vinho naquele dia, naquele restaurante em Cap de Creus, e havia pedido uma garrafa cara de um bom vinho do Priorat: Josep Marília não se mostrou indiferente ao vinho, fez mesmo um breve comentário de apreciação: eu teria feito um comentário mais extenso mas não era o caso:

pensei por um instante que a ausência de um passado mais largo na breve história de seus ascendentes, embora dificilmente se pudesse dizer que um avô fosse verdadeiramente um *antepassado*, se devia ao horror que Josep Marília dizia sentir pela história e, como disse num momento e de modo explícito, à sua profunda aversão pelo passado, essas foram suas palavras: profunda aversão ao passado: mas o passado avançou sobre a mesa entre nós no restaurante de Cap de Creus, na forma agora de uma menção que fez à figura do pai, que também ele não passara dos estudos primários, talvez ginasiais, como se dizia à época, mas que mesmo assim saíra do nada para fazer-se uma vida aceitável e depois perder tudo e voltar a se reerguer e depois perder tudo novamente e voltar a se erguer uma terceira vez e uma quarta vez e depois perder tudo novamente e definitivamente e terminar, se não na miséria, pelo menos na velhice limitada e corroída de uma pobreza que era, naquele país Brasil regido em pleno século XX e em pleno século 21 pelas ideias do século XIX, o lote comum e a fossa comum de outras tantas e tantas e inúmeras e muitas pessoas como aquele pai, uma pobreza ou uma limitação extrema que Josep Marília não pudera evitar ou não soubera evitar: Josep Marília sempre quisera desesperadamente escapar à incerteza e à gangorra econômica de sua infância e achava que mal poderia ou podia sustentar, não me lembro exatamente que tempo de verbo usara, sua família imediata, sua minúscula família imediata, o que o impedia de atender a tudo e todos e a todos os pedidos que lhe chegavam de todos os lados: isso não o impossibilitava de admirar o esforço do pai para levantar-se tantas vezes depois de tantos fracassos econômicos, fracassos e reerguimentos econômicos de uma pessoa apenas com o primário e provavelmente o ginásio incompleto, perdida no século XX hostil do cenário brasileiro ao qual Josep Marília votava um ódio visível: como podia aquele homem, o pai, formalmente semi-instruído embora formado na *universidade da vida* como se dizia, ter encontrado tantas forças para lutar o tempo todo contra um cenário em tudo hostil quando não indiferente, era algo que Josep Marília dizia não conseguir entender: ele mesmo jamais encontraria em si forças como as que o pai tivera para se erguer depois de cair uma vez e voltar a cair e voltar a se erguer repetidas vezes até a falência final, a falência dos órgãos internos do corpo e a falência econômica apesar de ter sempre mantido o coração alegre, disse Josep Marília, como um certo cão que Josep Marília dizia ter conhecido ou ter tido alguma vez, não ouvi direito porque uma onda de risada próxima havia se erguido no restaurante à nossa volta e apagado os restos de uma conversa à qual eu não queria retornar: o coração alegre: no lugar do pai, Josep Marília teria abandonado tudo há muito tempo, ele disse:

o coração alegre era a chave, ele disse, apenas não tinha certeza se um coração leve era um equipamento de fábrica, por assim dizer, ou um opcional que se podia adquirir com o treinamento adequado:

não direi que foi o vinho o responsável por levar Josep Marília a dizer o que disse a seguir, o fato é que comentou que aquilo que mais o incomodava no momento era sua própria constatação de estar sendo difícil largar tudo, abandonar tudo e *terminar com tudo de uma vez*, deixar que tudo se encerrasse de vez: qual o momento certo para abrir mão de tudo, para reconhecer que não resta mais nada por fazer e que tudo a partir de um dado ponto será uma simples repetição do que já aconteceu e que não vale a pena repetir o roteiro, foi o que ele perguntou mais a si mesmo do que a mim: como estava sendo difícil simplesmente deitar e deixar que tudo fosse levado embora, que ele fosse levado embora, ele disse: atitude e escolha a que seu pai sempre se opusera e evitara, ele ainda disse:

foi nessa altura da conversa, a menos que eu esteja associando na mesma cadeia temporal coisas vistas em momentos distintos, que Josep Marília fez um movimento maior na cadeira, seu paletó se abriu e vi o que de início me pareceu uma arma, uma pistola, um revólver, não sei, uma dessas armas mais quadradas do que arredondadas que conheci em minha infância como armas de brinquedo, uma arma quadrada e por isso mesmo mais ameaçadora como era e sempre havia sido ameaçador um quadrado, alojada num coldre no lado esquerdo de seu peito: uma arma: o que pretendia Josep Marília com uma arma naquele restaurante, naquele lugar naquele dia naquele ambiente?, a visão daquela arma me intrigou tanto quanto me incomodou e inquietou: como se comporta alguém diante de uma arma?, a arma estava ali: num restaurante, um domingo, em Cap de Creus, num dia completamente fechado, como se diz, um dia de um cinza-chumbo que só poderia ter aquela tonalidade em virtude das rochas que tomavam conta de todo o lugar e que formavam a colina inteira ou a pequena montanha que ali se erguia e que sustentava tudo aquilo, incluindo o restaurante e nós dentro do restaurante, cor contaminando todo o lugar e todo o ambiente, um pouco como toda arte contamina ou infecta a realidade: até aquele momento eu achara aquele lugar dramaticamente estimulante, como se estivesse no meio de um romantismo *noir*, se é que poderia haver outro tipo de romantismo, um romantismo de árvores retorcidas na Alemanha como as que Caspar David Friedrich viu uma vez e como, descubro agora à minha frente, não era difícil de encontrar e que não requeria invenção alguma do artista, bastava abrir os olhos e ver, como vejo agora à minha frente: a visão daquela arma me colocou de certo modo ao lado de mim mesmo, quer dizer, fora de mim mesmo e, em toda consciência, à frente de Josep Marília, sem que eu tivesse qualquer motivo maior para sentir as coisas dessa forma, era apenas um receio, um prejulgamento, um pré-juizo: que não durou muito, aliás: eu estava *vendo coisas*, como se diz, imaginando coisas, não era uma arma, apenas uma carteira de ombro quase como uma dessas ridículas pochettes só que de ombro e que ele usava sob o paletó e que eu tolamente imaginara ser uma arma, numa demonstração de quão pouco confiáveis podem ser as impressões pessoais, mesmo as minhas: de resto, esse foi o único detalhe físico de Josep Marília que me chamou a atenção naquele dia, o único que lhe posso atribuir e que na verdade resultou de uma interpretação equivocada, o que deve ter sua significação:

imensa dificuldade para largar as coisas, disse Josep Marília, me cortando o fluxo do pensamento, o que foi para mim um alívio, um prematuro e indevido alívio: entendi quase de imediato, após um breve tempo em que de fato não compreendi o que queria dizer com aquilo, que o que ele queria significar era mesmo "imensa dificuldade de largar *a vida*", uma palavra que no entanto ficara evidente que ele não pronunciaria: vida: uma extrema dificuldade de largar tudo, de deixar andar, deixar correr, aceitar o fim: extrema dificuldade de aceitar o fim, Josep Marília terminou por dizer: não parecia velho, não mostrava rugas no rosto, não muitas, não excessivas em todo caso, de vez em quando, dependendo do ângulo e do movimento que fazia, talvez ostentasse não bem rugas no pescoço mas uma pele enrugada do pescoço que poderia revelar sua idade se apenas eu prestasse mais atenção e tivesse a intenção de descobrir sua idade: extrema dificuldade em largar tudo, ele disse, e era impossível não associar o que dizia naquele momento ao que dissera pouco antes a respeito do pai, quer dizer, o pai que nunca largara nada nunca, nem a vida: pedi uma segunda garrafa do mesmo vinho, a segunda ainda seria parecida à primeira em sabor, depois seria o caso de deixar vir alguma outra coisa mais normal ou qualquer coisa mais barata, não faria mais muita diferença, mas por enquanto ainda era necessário que o vinho fosse o mesmo:

Josep Marília se sentia, com atordoante frequência, em suas próprias palavras pronunciadas depois de um instante em que nos concentramos em saborear o novo vinho escuro por cima do resto de gosto deixado na boca pela garrafa anterior do mesmo vinho escuro, com atordoante frequência, como dizia, ele se sentia um homem invisível: por um lado, não queria deixar traços de sua passagem, ele disse, queria deixar apenas o mínimo de traços visíveis de sua passagem pelos lugares: não disse *passagem pela Terra* uma vez que essa expressão seria com toda evidência excessiva, um real clichê: disse, como se estivesse observando a si mesmo e relatando o que observava não a *mim*, nem mesmo a si mesmo (porque evidentemente já sabia de tudo aquilo, obviamente: não era simplório), mas a um Observador, um *Beholder* como se diz em inglês, um *Beholder*, palavra suficientemente sugestiva em si mesma por apontar para alguém que sustenta alguma coisa, um ponto de vista, quase como se a coisa vista só existisse porque um Beholder a observa e a sustenta com o olhar, o que não é uma ideia de todo falsa, creio que foi ele mesmo quem usou a palavra: talvez fosse eu mesmo esse Beholder, esse Observador por ele escolhido, mas não eu em minha condição de pessoa e, sim, na condição a mim por ele atribuída de um Observador atuando como procurador de alguém ou alguma coisa, possivelmente de um sistema, de um tempo, de uma era: ele se sentia um homem invisível e essa sensação decorria não só como também de seu esforço por não deixar atrás de si traços de sua passagem: num hotel, ele disse, não queria deixar vestígios de uso da privada, sentia profundo horror só em pensar que a camareira entrasse e visse aquilo que ele deixara atrás de si e portanto ele mesmo limpava aqueles restos que se apegam às paredes internas do vaso sanitário, como se diz, quando o jato de água não os alcança, o que acontece quase sempre: não é que Josep Marília sentisse vergonha por alguém descobrir que também ele deixava aquele tipo de resto ou traço ou vestígio como qualquer pessoa, não se tratava disso: tratava-se do fato de que aqueles restos menos ou mais escuros, quase sempre mais moles caso contrário não se prenderiam às paredes do vaso sanitário, como se diz, eram simplesmente um sinal de que ele passara por ali e isso é o que ele não podia aceitar: deixar sua marca: de resto, não queria passar a outra pessoa a tarefa de limpar sua própria sujeira: sujou, limpou: era sua crença, a respeito da qual se perguntava se era uma lição que recebera do pai ou uma aquisição cultural dele mesmo, como tantas outras: seria uma forma de respeito pelo outro, no caso pela outra, a camareira, uma vez que quase sempre é uma mulher que limpa a sujeira dos outros num quarto de hotel, ou em outro lugar qualquer: era uma forma de respeito pela camareira que a camareira nunca perceberia ou à qual não daria qualquer valor?, às vezes Josep Marília se perguntava se era possível que a camareira percebesse o que ele havia feito, percebesse a *ausência* de marcas, de sujeira, percebesse a *presença* de uma ação negativa, perguntava--se se era possível que a camareira se desse conta de um vazio, de um buraco negro que ela na verdade nunca veria: ocasionalmente

Josep Marília se perguntava se as camareiras comparam mentalmente a limpeza ou a sujeira dos quartos e banheiros que limpam: este porco deixou todos seus rastros espalhados pela privada e até pela parte de dentro da tampa da privada, e pelo banheiro inteiro, este outro não deixou; este porco deixou no espelho sobre a pia os pontos de sujeira alimentar que saem voando da boca com o fio dental, este outro (como no caso de Josep Marília) não deixou nada, o que significa que ou este sujeito limpou a própria sujeira no espelho do banheiro ou que não usa fio dental nem faz higiene bucal, como se diz, embora a uma camareira dificilmente ocorra uma ideia como essa e mais provavelmente limpa mecanicamente o que tem de limpar como um gesto de autodefesa que lhe permite pensar nas coisas realmente importantes da vida e não nas coisas mínimas da vida do ocupante ocasional do quarto: Josep Marília se perguntava, sem muita insistência, sem obsessão, se as camareiras faziam essa comparação mental: o fato é que ele não queria deixar vestígios de sua passagem, a não ser os mais insignificantes e quase invisíveis, talvez aqueles necessários para que a camareira soubesse que *alguém* ocupava aquele quarto, o que o fazia deixar um ou dois livros cuidadosamente dispostos de modo displicente sobre a mesa de trabalho (nunca eram escrivaninhas) normalmente oferecidas pela maioria dos quartos de hotel, dois livros como que deixados ao acaso embora não houvesse acaso algum, e por vezes um jornal também, o jornal do dia anterior: mas nunca deixava peças de roupa espalhadas pelo quarto, usadas ou limpas, nem os sapatos enfiados sob alguma cadeira: a roupa de cama ficava amassada, Josep Marília considerava sua obrigação deixar a roupa de cama amassada depois do sono desde que esse amassado fosse aceitável: era o mínimo que podia fazer, uma espécie de contrato informal que mantinha com a camareira, tinha de fazer sua parte e amassar a roupa de cama uma vez por dia durante a noite e deixá-la amassada para que a camareira a arrumasse no dia seguinte ou a trocasse no dia seguinte, como ocorria nos melhores hotéis apesar da alegada preocupação com a economia de água e com o planeta que se consumia: deixar a roupa de cama amassada era honrar o contrato de trabalho da camareira com o hotel e, no fundo, com ele mesmo, era a parte que cabia a Josep Marília naquele jogo, um jogo não tão superficial como meu relato pode fazer crer e que a Josep Marília surgia como correta e própria e relevante e comum e digna:

não era apenas com a camareira que Josep Marília agia desse modo, o problema não era a camareira ou o hotel, o problema era o desejo que sentia de ser invisível, de não ser notado, de não ocupar lugar no espaço e no tempo: de não ser visível: em casa, quando teve uma casa ou quando tinha uma casa, ele disse, agia do mesmo modo: as coisas não ficavam jogadas pelos cantos ou pelo chão, a denunciar que alguém andara por ali: não que sua casa ou seu apartamento, porque mais frequentemente se tratava de um apartamento e não de uma casa, desse a impressão de que ninguém vivia ali, ao contrário do que Josep Marília percebera inúmeras vezes ao entrar na casa ou apartamento de pessoas cujas casas e apartamentos, ou pelo menos cujas salas de estar, quando ainda existem nos apartamentos de hoje, ou de jantar, mais pareciam cenários de lojas de decoração onde não se via traço de vida sensível nem de alguma coisa fora de lugar: para Josep Marília estava claro que todos que entrassem em sua casa ou apartamento veriam *desde logo* que ali *vivia alguém*, ele disse, sem no entanto saberem exatamente quem: para mim isso era um pouco contraditório com o que ele acabara de dizer mas não fiz qualquer comentário: tudo estava ligeiramente fora de esquadro em sua casa ou apartamento e mostrava marcas de uma ação ou presença humana: mas essa presença humana não era acintosa como pedaços de restos intestinais presos às paredes de brancos vasos sanitários, como se diz, escorrendo em direção à água parada mais abaixo sem nela nunca cair, o que exigia sua ação com o objetivo de removê-los dali: Josep Marília não queria e nunca quis que sua presença fosse *excessivamente visível*, perceptivelmente constatada; o único problema é que, a partir de um certo momento, essa invisibilidade começou a se propor quase como um problema para ele, em todo caso como uma *questão*, assim como se fala, por exemplo, na *questão judaica* ou na *questão palestina*: e haveria tantas *questões* a mencionar: Josep Marília decididamente não queria deixar sinais evidentes demais de sua presença, de sua passagem por um lugar, ou pela Terra digo eu em seu lugar (porque isso seria demasiado pomposo e demasiado vazio para ele mesmo dizer: a rigor, para mim também mas, enfim, essa era a palavra), e assim lavava os pratos por ele usados numa refeição qualquer mesmo que houvesse alguém mais na casa que depois pudesse fazer isso por ele: Josep Marília estava ali e no entanto queria ser invisível, e ser invisível não deixava de ser uma *questão*: não que Josep Marília se sentisse um homem comum, um homem sem qualquer tipo de mérito, menos ainda um homem qualquer, e de modo nenhum um *conformista*, o conformista do romance homônimo de Alberto Moravia e, mais ainda, do filme de Bertolucci de 1971 que Josep Marília vira com sua mulher ou sua namorada ou sua amante em Paris quando escapara do país Brasil sob a ditadura, um filme que vira para seu deslumbramento, não pelo filme em si e menos ainda pelo personagem do próprio conformista, recriado por Jean-Louis Trintignant (na pele de um personagem pelo qual nem ele, Josep Marília, nem o diretor do filme, nem o ator que encarnava o personagem, nem ninguém poderia sentir qualquer simpatia, ao contrário do que acontece comigo em relação a Josep Marília, como já anotei e insisto em deixar claro), mas deslumbramento, primeiro, por estar vendo *em Paris* um filme de Bertolucci e, depois, pela descoberta de Dominique Sanda por quem Josep Marília de certo modo, ele disse, experimentou um forte sentimento passional, não do modo como se apaixonam os adolescentes pelas lindas atrizes de cinema mas um sentimento de algum modo próximo desse, ele sentiu isso durante um bom tempo por Dominique Sanda, como disse, mesmo quando Dominique Sanda já não fazia mais filmes e mesmo quando já certamente envelhecera para além de qualquer possibilidade de despertar um sentimento de paixão ou de forte agradabilidade embora continuasse sendo vista nos filmes do passado com a mesma idade e a mesma figura que tinha quando fez *O conformista*, é lógico e previsível que assim seja: depois, porém, Josep Marília não queria mais encontrá-la ou vê-la por não suportar o confronto com a velhice de alguém que conhecia, assim como não vira o filme *Amor* de Michael Haneke com o mesmo Jean-Louis Trintignant, que emocionara a todos que o viram, porque não podia suportar reencontrar na velhice aquele Trintignant que vira tantas vezes como o Trintignant que ele conhecera e que agora era um irreconhecível Trintignant por causa da velhice: Josep Marília deveria provavelmente imaginar, suponho, que aquele Trintignant velho era simplesmente *um outro Trintignant* e não aquele primeiro, um Trintignant fazendo o papel de Trintignant velho, mas entendo que certas coisa como a identidade são fortes demais para serem deixadas de lado por todo mundo a qualquer instante: provavelmente nem Trintignant se reconhecia como Trintignant, cuja imagem exterior por certo não correspondia à imagem que ele próprio tinha de si mesmo sendo no entanto obrigado a conviver com aquele Trintignant de fora, envelhecido e irreconhecível:

não que Josep Marília fosse um inconformista, e menos ainda um conformista, era apenas que, mais do que ser invisível, Josep Marília queria *não* deixar traços: deixar traços o incomodava profundamente e ao mesmo tempo ser invisível incomodava-o enormemente: sabia que havia nesse desejo algo de equivocado e, mais do que isso, de paradoxal dada a vida que levava, para dizê-lo de algum modo: há pessoas que são invisíveis sem que o queiram e há Josep Marília que preferia ser invisível ou, corrigindo, que queria *não* deixar traços de sua visibilidade: no Japão descobriu-se realmente invisível pela primeira vez e sempre se percebeu invisível todas as vezes em que lá esteve não importando quanto tempo havia passado entre uma visita e outra, ninguém olhava para ele na rua, no metrô, nos trens, era como se houvesse um vazio no lugar que ocupava: os olhos dos japoneses e das japonesas não se detinham sobre ele nem por um mínimo instante e quando por algum motivo o olhar deles e delas se voltava na direção dele, Josep Marília, esses olhares passavam *por* ele como se ele não estivesse ali: talvez nenhum japonês fosse visível aos olhos de outro japonês, ele chegou a pensar mesmo sabendo ser isso impossível, mas ele certamente, como estrangeiro, como ocidental, era intencionalmente invisível aos olhos dos japoneses, e se isso o incomodava por vezes de uma maneira profunda enquanto estava no Japão, a ponto de sentir-se mal, emocionalmente mal e quase fisicamente mal, a ponto de querer afirmar sua visibilidade de algum modo, era exatamente isso, invisível, que queria ser *depois* quando já saíra do Japão e estava, por exemplo, de volta ao país Brasil, enquanto viveu no país Brasil, ou em outro lugar: não de todo invisível, ele esclareceu: na rua era até agradável, ele disse, que olhassem *para ele:* mas fora da rua, fora dos lugares públicos, preferia ser invisível: *ser invisível*, ele disse querer ser, algo que eu não podia evidentemente levar ao pé da letra: talvez, nem a sério:

o modo como Josep Marília falava por vezes me deixava algo amortecido ou levemente anestesiado assim como se anestesiam alguns dedos de minha mão sob um frio que não precisa ser intenso para deles retirar todo sangue e deixá-los brancos como o branco de uma vela: um branco assim é possível, não é figura de retórica: levemente anestesiado, meu olhar derivava da figura de Josep Marília à minha frente no restaurante e, do entorno mais imediato que o envolvia, para a visão do mar através do vidro da janela, o mar lá embaixo, distante, ainda perfeitamente visível com as esteiras de espuma branca que se sucediam nas cristas das sucessivas ondas se chocando umas com as outras, o mar que ainda era possível ver apesar do céu baixo e cinza e da chuva e da pouca luz lá fora: não que, enquanto ele falava, eu prestasse unicamente atenção ao rosto dele ou a seus gestos: meus olhos eram sempre atraídos, por exemplo, pela imagem de alguma mulher que passava perto, algumas fazendo-se ver com toda evidência, sem nenhum desejo de se ocultarem, sabendo que estavam sendo vistas e sentindo prazer com a consciência de estarem sendo vistas, ao contrário do que Josep Marília dizia procurar: mas o fato é que às vezes meu olhar derivava para o lado de fora da janela e eu perdia algo do que ele dizia, por um instante mergulhado, como se diz, em meus próprios pensamentos e sensações interiores nem sempre motivados por aquilo que ele dizia: o que sem dúvida deve ter feito com que eu perdesse alguma coisa do que ele dizia ou, até mesmo, me levasse a encadear, como causa e efeito, fatos que não estavam assim conectados:

no que me pareceu ser o auge do negrume do céu lá fora e da tempestade que se armara, pois o céu não poderia ficar mais preto sem que a noite caísse ou sobreviesse uma catástrofe sem precedentes, algo como o apocalipse ou o fim final do mundo, houve um momento em que todos pareceram ficar quietos e calados no restaurante e não se ouviu nem o menor ruído de talheres sobre os pratos, nem copos e taças se entrechocando, nem conversas, nem risadas, nem nada: por um minúsculo instante imperou o mais completo silêncio no restaurante e nem havia caído raio algum nem ressoado qualquer trovão: apenas um acordo tácito, se não uma simples coincidência, fizera calar todos ali, ou então a teoria do caos era o que explicava aquele silêncio repentino uma vez que, estatisticamente, em algum dado momento todos teriam de se calar e era possível que esse momento de cada um coincidisse com o momento dos outros e de todos: e creio que todos olharam para fora para ver o adensamento, o agravamento da escuridão lá fora acentuada por uma nesga de céu branco refulgente bem ao fundo, outra vez como El Greco, o que atribuía ao quadro um tom de dramaticidade ainda mais urgente:

no âmbito da mesa que ocupávamos, o silêncio foi quebrado por Josep Marília e quando o fez, pronunciando umas poucas palavras em tom baixo mas que foram suficientes para ativar novamente, numa chispa, toda a cacofonia de sons internos no restaurante, como se a ninguém importasse mais a tragédia iminente, a imaginária e no entanto bem possível tragédia iminente que poderia ter algum parentesco, digamos, com a irrupção do Vesúvio sobre Pompeia e Herculano e com a morte inesperada de todas aquelas pessoas em situação e posições congeladas sem qualquer aviso prévio e que ostentavam apenas, às vezes, na fixidez da morte, uma contração animal do corpo não provocada pela consciência naquele instante final em que temperaturas fora de qualquer cogitação transformaram num átimo de segundo corpos e objetos em carvão puro, aniquilando no sentido total da palavra todo vestígio de carne e osso e líquidos e ideias e consciências dentro da casca ôca formada pela camada de cinzas e lava que tirou um molde instantâneo das pessoas e objetos ao mesmo tempo em que as consumia, num aparente mistério da física que a física deveria explicar perfeitamente, algo assim como a bomba atômica sobre Hiroshima e Nagasaki congelando as sombras das pessoas no chão como a mais radical fotografia humana, *the ultimate human photography* como se diz em inglês com essa palavra *ultimate* que ressoa tão fortemente

63

em português, ao mesmo tempo que aniquilava aquela pessoa no mesmo instante em que a iluminava, deixando no lugar a sombra do nada, a sombra do passado, retomando, foi quando Josep Marília pronunciou aquelas palavras disparadoras que, creio, me senti dramaticamente no limiar de uma tragédia análoga tendo, claro, toda certeza de que nada ocorreria porque exatamente *eu tinha tempo para imaginar a tragédia* e a tragédia não sobrevém quando se tem tempo para imaginá-la:

o fato é que no âmbito da mesa que ocupávamos o silêncio foi rompido por Josep Marília cujas palavras serviram como disparador para a retomada de todas as conversas e tilintar de copos e talheres raspando a superfície dos pratos e sons de pratos sendo empilhados nas bandejas de metal dos garçons para dar lugar a outros pratos sobre a mesa e de certo modo, para minha razoável surpresa (embora eu pudesse saber naquele mesmo momento que isso costuma acontecer entre pessoas que estão conversando intensamente sobre algum tópico), Josep Marília pareceu pressentir o que eu sentia e pensava pois disse que eu não deveria me impressionar nem me deixar levar pela sentimentalidade uma vez que a sentimentalidade, como ele havia lido numa breve brochura esquecida de W. Benjamin na qual W. Benjamin selecionara, por critérios que nunca ficavam claros, cartas escritas por alemães menos ou mais conhecidos no passado, ou anônimos, uma vez que a sentimentalidade, ele dizia quando o interrompi, era como asas cansadas de tanta sensação que pousam em qualquer lugar disponível simplesmente por não poderem mais seguir adiante e cujo contrário é essa emoção inesgotável que se poupa o tempo todo e não pousa em experiência alguma, em nenhuma lembrança, e que segue planando sobre umas e outras apenas tocando de leve nesta ou naquela: Josep Marília não me perguntou em qual das condições eu me encaixava e embora eu intuísse numa fração de tempo, quase num relâmpago se um relâmpago não estivesse naquele momento se produzindo lá fora, por trás dos vidros da janela, que aquela observação dizia respeito a ele mesmo e não a mim: embora essa fosse minha intuição, instintivamente procurei aplicar aquela equação a mim mesmo para saber em qual dos dois casos eu me enquadrava, se naquele das sensações que pousam em todo lugar ou se naquele das sensações e emoções que não pousam em lugar algum, mas não cheguei a uma conclusão: a verdade é que, pensando bem, eu não podia seguir adiante com minhas sensações porque na verdade elas pousavam sobre qualquer coisa, rigorosamente qualquer coisa, qualquer tom de cor, qualquer voz, qualquer transatlântico emborcado perto da praia, qualquer céu negro em plena tarde, qualquer cheiro de mulher, qualquer gosto de mulher, qualquer imagem disparava uma enxurrada de sensações que buscavam sair de meu corpo num processo à beira da dor e, como não conseguissem, transformavam-se em alguma coisa que podia ser aquela sentimentalidade de que Josep Marília falava, algo inescusável e prazerosamente insuportável; ou então não, meu caso era na verdade o dessa emoção inesgotável que se poupa o tempo todo e apenas toca de leve nesta ou naquela experiência mas não em todas e não com muita intensidade, embora esse possa ser um retrato mais de Josep Marília do que meu: e em seguida me dei conta de que aquele *não era um jogo pertinente de alternativas*, W. Benjamin mais uma vez não tinha razão, os dois estados podiam coexistir na mesma pessoa e se sucediam interminavelmente e talvez fosse essa a mesma situação em que se encontrava Josep Marília, uma situação sem dúvida por vezes exasperante:

não existe nenhuma gota de sentimentalidade naquilo que digo, nem no que me disse Josep Marília em seguida: nenhuma gota de sentimentalidade: não tinha por que duvidar do que me dizia: e tampouco sou frio em relação a tudo isto, Josep Marília continuou: nunca me poupei de nada, ele disse, posso ter plainado o tempo todo sobre muita experiência (sobre muita vida, como dizia Goethe), sobre muitos fatos da vida, como se diz, mas nunca me poupei: pelo contrário, acho que fui longe demais muitas vezes se não todas as vezes: mas nem por isso me vi levado ou forçado a transformar minhas sensações em sentimentalidade, o que significa que W. Benjamin outra vez não sabia do que estava falando, o que não me surpreende, ele disse: Edgar Degas tinha razão, os males da humanidade provêm de dois tipos de pessoas, os arquitetos e os pensadores, Josep Marília lembrou: por isso é que talvez, a essa altura, eu não pense mais sobre as coisas e seja apenas um *sentidor*, ele disse:

por exemplo, Josep Marília continuou, a grande sinfônica da natureza emudece pouco a pouco, o ruído da humanidade é tão alto que desde os anos 60, esses mesmos anos 60, a metade dos sons da natureza não se faz mais ouvir, os animais se calam assustados e acuados: ou simplesmente morreram, não existem mais como *indivíduos* e como espécie: preste atenção no que se passa lá fora, você ouve alguma coisa? isso é uma sensação ou sentimentalidade? é um pensamento excessivo? um *sentimento excessivo*? se me sinto mal quando tenho esse sentimento, isso é sentimentalidade? não era possível ouvir nada lá fora naquela tarde ruidosa com o barulho agudo do vento ao redor do restaurante e por entre as frinchas do prédio do restaurante e o ruído surdo do mar lá embaixo ou que deveria estar se fazendo ouvir lá embaixo embora não o ouvíssemos ali onde estávamos: dali, aquele som do mar abaixo de onde estávamos era puro imaginário:

PESAR E RAZÃO*

* *The fuel, though, is still the same*: grief and reason./ O combustível, porém, ainda é o mesmo: pesar e razão. (Joseph Brodsky)

durch diesen Schacht mußt du kommen – du kommst.*
Paul Celan

a marca mais forte do passado é estarmos ausentes dele, escreveu Brodksy, quase assim, numa elegia a Marco Aurélio e ao *mármore*: me fascina uma elegia ao mármore: do modo como o interpretei, o traço mais marcante, mais reconfortante e por vezes mais angustiante *do passado* é não fazermos parte dele: Brodsky falou da *antiguidade*, para ser honesto, não do *passado*: para a *antiguidade* aquela observação é indiscutível: de início tive a sensação de que, como ele falou da antiguidade e não do passado, bem mais perto do presente, haveria alguma chance de fazermos parte do passado, seja isso bom ou mau, embora não pudéssemos ser parte da antiguidade: mas não é assim: estar ausente do passado: só habito o passado por *meio* de uma falsificação:

a planície e o planalto não *dão* poeta, assim como se diz que esta terra ou tal terra, por exemplo, *não dá trigo* ou café ou cacau ou qualquer outra coisa que uma terra em particular *não dê*: veja, Borges nasceu e cresceu e viveu e escreveu em Buenos Aires às margens, sendo um pouco imaginativa nesta descrição mas não muito, às margens de um rio pesado, vigoroso, barrento, viscoso, que escorre para o mar tudo que sai de um interior profundo e

---

* *Through this shaft you must come – you come.* / Por este poço você tem de sair – você sai.

obscuro da América do Sul sem levar *para dentro* dela nada do que o mar onde deságua espalha em sua foz: não há uma troca nessa aproximação de águas: nunca há: e Goethe, Goethe é do Main ali onde o rio passa por Frankfurt, não *ladeando* a cidade como faz o rio da Prata mas cortando Frankfurt ao meio para uni-la melhor, muito mais calmo e estreito e plácido e inofensivo e controlado que o rio de Borges, subjugado que foi, o Main, por treze, catorze séculos de presença do homem a seu lado e *em cima* dele: e Pessoa, à beira de um imenso Atlântico descontrolado e, ali ao largo de onde o poeta teve seus dias mais longos, um Atlântico quase sempre furioso, irritado talvez pela presença demasiado próxima de um Portugal que esse oceano não mais favorece, desgostoso com a interminável traição do país contra aquelas mesmas águas que no entanto o colocaram na história: e Walt Whitman, em Long Island, deste lado do Atlântico, o lado ocidental do Atlântico como se diz, um Atlântico mais pacificado que o de Lisboa assim como se diz que os índios americanos foram pacificados; e Tomas Tranströmer, numa Estocolmo que é só água: e Anna Akhmátova nasceu em Bolshoi Fontan quase em cima do Mar Negro, ao lado de Odessa e de um grande parque aquático chamado Nautilus, ao lado de Sochi, na Rússia, que depois seria mais conhecida por um evento episódico do que pela proximidade da poeta: não estou querendo dizer que a poesia surge apenas ali onde há água, pode haver alguma planície com rio e poeta, Júlia disse: mas na planície mesma, aquela que fornece a ideia típica e perfeita de planície, não *dá* poeta: sim, esta minúscula lista, por maior que seja o magnífico PIB poético que representa, pode ser contrariada por tantas outras: há poetas demais, esse é o ponto, é quase certo que hoje existam mais poetas do que leitores para lê-los: hoje, quando só existem poetas e não leitores, eu lhe mostro meu poema se você me mostrar o seu: seja como for, um dia alguém fará uma lista completa dos poetas e verá que na planície e no planalto, pelo menos na planície e no planalto onde não há rio, não *dá* poeta: só os do Japão já engrossam multiplicadamente essa lista, e os de Budapeste nas duas margens do comprido e denso e atormentado e musical e literário Danúbio e os do Sena e os do Tâmisa e os da Província Cisplatina e Drummond que nasceu em cima de uma pedra de ferro mas que com seus críticos trinta anos de idade foi morar no Rio com todas aquelas águas excessivas às quais se juntam as de março com que Jobim transbordou a música e o Rio todo e João Cabral de Melo Neto com seu longo e improvável nome imensamente comprido para um poeta às margens do Recife e nem cabendo em suas praias infinitas de tão extensos que são seu nome e sua poesia, São Paulo é um caso à parte, seu planalto é um falso planalto no passado cheio de matas e rios e água e umidade que a cidade assassinou demoradamente, extensamente, *con gusto* como se diz, como aquele soldado alemão matando lentamente o soldado americano no filme de Spielberg com uma enorme baioneta que enterra devagar no peito do americano enquanto lhe diz suavemente *psiiiu psiiiiiu* como a significar *quietinho quietinho*, sem remorso, sem culpa: São Paulo matou seus rios e depois os enterrou para que o futuro não visse seus crimes, poderia ter sido uma cidade entre-rios como a terra entre o Tigre e o Eufrates, um entre-rios recatado mais próprio para uma sala de estar da natureza do que para um imenso salão civilizatório mas que a cidade assassinou sem culpa e transformou num enorme esgoto que ela quis à sua própria imagem: e Derek Walcott que nasceu numa pequena ilha do Caribe e Vinicius no Rio outra vez e nem menciono o Amazonas e se me ocorreu a ideia do PIB poético é porque dinheiro e poesia são igualmente líquidos, a poesia assim como o dinheiro é líquida, a liquidez é essencial ao dinheiro e à poesia e a poesia é tão líquida a ponto de escapar-se por todos os lados e todas as frestas e frinchas como o dinheiro, às vezes sem deixar vestígios ou os deixa tão leves que logo secam e ninguém os vê mais como se nunca tivessem estado ali, só se percebe o pano de fundo (por vezes o chão de fundo) onde antes apareceram e é assim que a poesia também escorre e some pelos cantos: não quero fazer uma tese, ela disse, não quero discutir nada ou firmar ponto algum, apenas me ocorreu dizer isso, assim, uma imagem poética se posso dizê-lo, apenas uma ideia que me ocorreu de repente como tantas outras coisas que me ocorrem de repente, a ideia de que a planície e o planalto secos não *dão* poesia como disse certa vez um historiador húngaro que ninguém conhece e cujo nome me escapa a mim também, ela disse: numa *planície verdadeira* o céu às vezes é tão baixo e comprido com suas nuvens esticadas e esgarçadas que quase se pode tocar nelas sem escada e é quase como se não fosse possível respirar sob esse céu tão baixo, e tudo é previsível e igual a si mesmo sob um céu assim porque não há profundidade nem altura suficiente para a imaginação, digo isso apenas para dizer que não há poesia em Brasília e portanto tampouco *nisto aqui*, e ela apontou o dedo para o envelope à sua frente, à frente de nós ambos sentados a uma pequena mesa, isto aqui são apenas anotações soltas com *observações objetivas* ao lado de *estados de ânimo*, estados demasiado subjetivos sem que configurem poesia porque a poesia, ao contrário do que se pensa, não é subjetiva, pertence a um código duro e tão forte que as pessoas dificilmente conseguem quebrá-lo e tão forte que usa as pessoas que se julgam subjetivas para afirmar a si mesma, poesia, e para continuar existindo, ela mesma, poesia, como um vampiro:

o pacote à nossa frente na diminuta mesa rente à vidraça do Kaffeehaus Einstein na Unter den Linden não tinha papéis, manuscritos, notas, estava claro e confirmado que tudo aquilo era coisa do passado: DVDs: DVDs que facilmente imaginei mais antigos e velhos que os dois ou três *pen drives* geometricamente dispostos sobre eles: me sentia um pouco como se um *pentito* da informática, um arrependido de algum banco mundial ou alguma agência secreta de informação de algum país poderoso, estivesse me passando naquele café, que se propunha como um *point* com seu inquestionável peso histórico, transcrições de conversas telefônicas de poderosas celebridades ou os igualmente secretos números de contas bancárias na Suíça em nome de personalidades e políticos variados de tantas latitudes e longitudes, todas as latitudes e todas as longitudes e todas as personalidades e todos os políticos e todas as ideologias, como em nome dos ainda pouco visíveis *princes rouges*, os jovens príncipes vermelhos herdeiros dos políticos chineses da neo-China neo-comunista que se transformam em milionários literalmente da noite para o dia em nome próprio e quase sempre como testas de ferro dos pais ou sogros ou tios no poder: não era nada disso o que estava ali à minha frente: eram apenas os *papéis* dela, como um hábito ainda não erradicado me forçava a dizer sem que o fossem, *papéis* quero dizer: papéis virtuais: não sei se seu conteúdo abalaria alguma instituição ou alguém: eram os papéis de *uma pessoa*, ela: papéis que nunca me ocorrera ou ocorreria ir buscar nem procurar, nesse ponto sinto menos intimidade com *quem sabe faz a hora / não espera amanhecer* do que com Heródoto que continua repetindo incansavelmente ao longo dos tempos todos, para quem puder ouvir, que são os acontecimentos que comandam os homens e não os homens que comandam os acontecimentos: pelo menos esse ponto tenho em comum com ela, não quero firmar princípio ou tese, não discuto que alguns homens, hoje algumas mulheres, possam orientar os acontecimentos para este ou aquele lado *depois que eles acontecem*, apenas digo isso para ressaltar que não creio na inevitabilidade da história como tantos ingênuos e espertos acreditaram ou fizeram de conta que acreditavam: o fato é que aqueles ali à minha frente eram papéis virtuais, documentos *dela* apenas, eu imaginava, dela *como pessoa*, já me havia dito isso antes de nos encontrarmos pela primeira vez ali na Unter der Linden que eu jamais veria ensolarada e que pelo contrário encontraria muitas vezes submergida por uma neve espessa que as poucas pessoas e nenhum turista a passar por ali deixavam quase intacta, pelo menos na calçada:

eu nunca iria ou teria ido ao país Brasil atrás de Júlia ou de seus DVDs que eu nem imaginava que existissem e aos quais desde o primeiro instante, por uma compulsão excessivamente literária, me ocorreu dar o primeiro título que de imediato me veio à mente, *cadernos negros, os cadernos negros de Júlia*, e que não sei se poderia chamar assim uma vez que não eram *cadernos* verdadeiros mas DVDs e *pen drives*: e que nem negros talvez fossem: nunca eu teria *forçado* os acontecimentos a produzirem aquele encontro e aqueles papéis virtuais, eles vieram até mim, o encontro e os papéis, se posso dizê-lo desse modo: eu não iria ao país Brasil por muito tempo ainda, preferia ver sua sombra imensa de longe (quando tinha de vê-la), acabei levando a sério a crítica antes jocosa do que maldosa de um amigo que me descrevia a mim mesmo como um *exilado interno*, um exilado de seu país em seu próprio país, e resolvi contrariar essa crítica, não seria mais um exilado *dentro de meu próprio país*: eu finalmente escapara, saíra, fora embora: preferia ver-me na figura do *ressortissant* descrita pela língua francesa, sempre precisa em muitos aspectos, preferia ver-me como um *ressortissant*, o nacional de um país que vive em outro e que eu prefiro descrever como o *natural* de um país que vive em outro país uma vez que a ideia de *nacional* não me interessa e não me comove em nada mesmo sabendo que não é nada *natural* que alguém nasça neste ou naquele país ou *terra*, palavra mais adequada: um *ressortissant*: me pergunto sempre como os franceses não enxergam o cômico latente sob essa palavra, o *ressainte*, aquele que sai de novo ou, mais apropriado, aquele que volta de novo e volta ao mesmo ponto, como o revolucionário que é aquele que arma tudo para que as coisas voltem sempre atrás, re-voltar, voltem ao mesmo ponto onde estavam quando tudo começou: um *ressortissant*: eu me transformara tranquilamente, isto é, sem problema algum, em um *ressortissant*, porém de uma espécie diferente, um *ressortissant* sem data marcada para regressar e de fato sem planos para regressar, coisa que de resto não invalida a ideia e a condição de *ressortissant*: Júlia também era uma *ressortissante*: saíra do país Brasil assim que libertada depois de cumprir parte da pena a que fora condenada pela participação no grande esquema federal de corrupção política e econômica e humana que o país jamais conhecera, *nunca antes*: colaborara com as investigações, como se diz, contando o que sabia ou o que escolheu contar: todos as grandes figuras haviam *caído*: nem todas, claro, e nem todas apenas por aquilo que ela havia contado, longe disso: o que ela contara já era sabido: ninguém esperara por esse *desenlace* para um drama ou tragédia perfeitamente aristotélico com todos seus *enlaces* e *peripécias* e devidas inversões de sentido na narrativa e com todos os pontos de tensão e distensão (mesmo porque o processo levara anos, tempo suficiente para esticar a corda até o limite do suportável e em seguida distender a corda e voltar a esticá-la mais de uma vez), ao final com todos os ex-heróis, ou que assim se supunham, caídos e presos, pelo menos alguns deles, sem que ninguém tivesse de fato imaginado que isso pudesse acontecer e sem que se soubesse por quanto tempo ficariam fora de circulação e sem que ninguém pudesse imaginar um juiz negro que decidia em pé como se envolto numa enorme *persona* cênica que lhe ampliava não apenas a voz como o corpo e a estatura, erguendo-se contra a sombra dos grandes à sua frente, os grandes como uma vez os vi com suas sombras imensas na obra de uma artista brasileira e que se chamava exatamente assim, *Os Grandes*: os grandes e suas sombras, *wahr spricht wer Schatten spricht* percebeu Celan, *fala a verdade quem fala a sombra*, escreveu Celan, outro poeta nascido à beira de rio, à beira-rio, numa beira de rio, o Prut, veja você, em Chernivtsi, Ucrânia, a mesma Ucrânia de outro Chern-, Chernobil, essa Ucrânia que não é nada e que de repente pode ser outra vez decisiva, agora politicamente: Celan, que deveria saber de que falava quando falava de sombras: essa sombra imensa do juiz negro como se maior que a realidade, ele ali decidindo em pé diante de todos os outros sentados e que sabiam que *ele* se erguia acima deles mesmos e sabendo que não poderiam erguer-se como *ele* porque ele já se erguera, na história muitas vezes cabe a um só erguer-se no lugar certo e no tempo preciso: delação premiada, como se diz, Júlia assumira a delação premiada em troca de uma pena branda que cumprira: eu não estava interessado nos CDs ou DVDs, o que fosse, que ela poderia ter sobre aquilo que falara em juízo, como habitualmente se diz embora em juízo se falem coisas totalmente despidas de juízo: esse tipo de material não me interessava, tudo já havia sido divulgado: ou talvez não: talvez Júlia tivesse cartas maiores na manga, eu não sabia e não estava interessado (ou não muito interessado, enfim): de todo modo, eu não lhe pedira que me desse coisa alguma, nem outros DVDs nem aqueles, eu não pedira nada, fora ela mesma quem sugerira que nos encontrássemos sem dizer o motivo embora eu pudesse de alguma forma imaginar qual fosse: com prazer, quando possível, respondi: mas *aqui*, não *lá* no país dela que burocraticamente era também o meu: um grande juiz negro que decidia em pé: um juiz negro que parecia grande pela toga preta descendo ao longo de seu corpo e por ficar ele sempre em pé: o anjo negro sobre Brasília: essa cena espantosa me capturou de imediato, um choque imprevisto quando a vi na televisão pela primeira vez e, depois, repetidas vezes: vi nessa imagem a história desfiando magistralmente sua ironia ou sua vingança nos céus sobre Brasília, o juiz negro não estava no céu mas no interior de um tribunal com ares agora mitológicos, dava na mesma: a história desfiando e desfilando sua correção da história: difícil não supor a existência de uma imensa mente, de um *desígnio inteligente*, de uma vontade inteligente como dizem os criacionistas, deliciando-se lá em cima com os enredos quase sempre toscos e previsíveis porém ocasionalmente expressivos que o mundo aqui embaixo lhe oferece, a essa mente perpétua, para que ela passe o tempo de algum modo, ela que não tem tempo e que não pode passar o tempo: e a história escolhera aquele arauto negro como personagem: ele podia não ser um anjo mesmo sendo negro, poderia ser tudo menos um anjo mas naquele episódio era dele o papel do anjo da história atrás do qual nada fica em pé: um anjo que talvez devesse pensar se não seria melhor contar com seu próprio anjo da guarda bem material e físico, *apenas para o caso*: estava bem assim: Júlia não me trazia poesia e não me vinha falar de poesia, no planalto não *dá* poesia: tudo bem, não era isso que eu buscava:

Júlia viera me ver por ter falado com Josep Marília, sem dúvida, ela mesma o mencionara: por ser eu um brazilianista, como se costuma dizer, um brazilianista brasileiro, essa coisa um pouco mais rara: esperam-se certas coisas de um brazilianista e, mais ainda, de um brazilianista brasileiro: espera-se que ele *diga tudo*, por exemplo, e com pertinência e autoridade, por se supor que sabe do que fala: a questão era que eu não estava interessado *no que se fazia dentro do país Brasil* mas no que *o país Brasil fazia com as pessoas dentro dele*, pensava que isso tivesse ficado claro para Josep Marília: mas é provável que não, quando me encontrei com ele não havia razão para dizer-lhe isso ou algo parecido com isso, eu não tinha nenhum objetivo preciso ou especial quando nos encontramos pela primeira vez e portanto não precisava esclarecer-lhe nada a respeito de meus objetivos, se tivesse algum: e, de resto, eu era um brazilianista para ganhar a vida, brazilianista como modo de ganhar a vida, não tinha um *compromisso moral* com a ideia do brazilianismo ou com a ideia que se faz de um brazilianista, não tinha um *ponto de vista moral* sobre essa especialidade científica, como se diz, no sentido de reconhecer certas obrigações e expectativas que a cercam ou certos projetos a serem cumpridos como por exemplo escrever um livro *objetivo* com um título e três subtítulos como é imperioso fazer na universidade americana, por exemplo *The Triumph of Human Empire (Verne, Morris and Stevenson at the End of the World)* ou *Protest with Chinese Characteristics (Demonstrations, Riots and Petitions in the Mid-Qing Dynasty)* ou *Imaginary Ethnographies (Literature, Culture and Subjectivity)* ou *Building a Civil Society (Associations, Public Life and the Origins of Modern Italy)* ou *The Self Beyond Itself (an Alternative History of Ethics, the New Brain Sciences and the Myth of Free Will)* ou *Eugenio Montale, The Fascist Storm and the Jewish Sunflower*, esse já com as três ideias no próprio título e sem subtítulo, ou *Topographies of Fascism (Habitus, Space and Writing in XXth.Century Spain)* ou *The Spanish Arcadia (Sheep Herding, Pastoral Discourse and Ethnicity in Early Modern Spain)*, ou *Lending to the Borrower from Hell (Debt, Taxes and Default in the Age of Philip II)* ou *The Bosnia List (A Memoir of War, Exile and Return)* ou *Careless People (Murder, Mayhem and the Invention of* The Great Gatsby) ou *Lincoln's Boys (John Hay, John Nicolay and the War for Lincoln's Image)* ou *The Secret Rooms (A True Story of a Haunted Castle, a Plotting Duchess and a Famly Secret)*, meu deus!, eu poderia seguir e continuar minutos e minutos e horas e horas e anos e anos , digo *anos e anos*, poderia continuar por páginas e páginas enumerando títulos e títulos de livros da universidade americana e do campo do conhecimento desdobrado em território americano, todos títulos acompanhados por seus subtítulos apontando sempre para *três entidades, três coisas, três ideias, três referentes* quando essas tríades não estavam elas mesmas no próprio título do livro, essa curiosa e significativa e obsessiva e irritante presença da trindade na cultura universitária americana que acredita ser sempre necessário dar uma informação exaustiva e triádica para que o conhecimento se afirme e o leitor em potencial saiba de que se está falando, nunca uma *quadra* de conceitos ou uma *dupla* de conceitos como *A casa e a rua* ou *A ostra e o vento* ao modo da preferência do país Brasil, nem um título metafórico, nem uma quina de conceitos e ideias explicativas, sempre uma tríade como em Charles S. Peirce, tríade que na maioria das vezes ou quase sempre me irritava profundamente pela repetição do esquema de suposta investigação do mundo como baseado sempre e exclusivamente no princípio da Santíssima Trindade, que me irritava e irrita por se apresentar claramente como um hábito da mente ou uma ideia feita, e que me irrita de modo quase irracional, esses subtítulos com suas três eternas e constantes referências, sempre três, a indicar no mínimo, sem maiores interpretações filosóficas, não apenas um modo de representar o mundo como uma *conformidade de pensamento*, um hábito de pensamento na academia americana que sempre me foi inteiramente inaceitável e repulsivo e que apontava claramente para a decadência de um modo de pensamento, uma vez que é de decadência que se fala quando um hábito de pensamento se instala: eu não tinha esse tipo de compromisso com ares de comprometimento moral vigente na universidade americana à qual não queria pertencer, não mais que à universidade brasileira que abandonara havia muito toda pretensão de descoberta da verdade e se acomodara às ideias feitas das cartilhas ideológicas: mas, de todo modo, a universidade americana me permitia ganhar a vida decentemente como brazilianista, que era como me reconheciam (mesmo porque, *tinham de ter* um brazilianista residente, *precisavam* de um brazilianista residente ou seriam acusados de *parciais* ou, pior, de racistas em relação aos da América do Sul ou de prepotentes por darem a entender que saberiam mais sobre aquele território do que um natural daquele mesmo território): e a questão não era nem essa, quer dizer, o fato de eu ser um brazilianista, a questão é que sempre atraí pessoas que me queriam *contar algo de suas vidas* ou que não sabiam que me queriam contar algo de suas vidas até se encontrarem comigo e que quando se viam frente a frente comigo acabavam contando suas vidas e todos seus *problemas de vida*, como se diz: talvez corresse entre as pessoas, como se costuma dizer, a informação de que eu era assim, olhe, vá falar com ele, ele sabe ouvir: eu sei ouvir porque não quero ser obrigado ou induzido a falar de minha vida para estranhos ou mesmo para conhecidos, e ouvir o que as pessoas querem dizer faz com que elas simplesmente fiquem falando de si mesmas ou de alguma coisa até se esgotarem embora frequentemente não se esgotem e continuem falando até que eu mencione um pretexto qualquer para ir-me e então me vou: e é assim que essas pessoas vêm a mim de todos os lados: e como eu era um brazilianista residente fora do Brasil, a atração devia ser dupla pelo menos para um certo tipo de assunto e de pessoa: e as pessoas vinham até mim, como Júlia viera: deviam acreditar que eu tinha um poder maior do que de fato tinha ou simplesmente deviam acreditar que eu tinha *algum poder* ou que um brazilianista tem algum poder, sobretudo por não ser um *santo de casa* embora eu fosse e ao mesmo tempo não fosse *de casa*:

posso entender: é preciso falar, a certa altura da vida é preciso falar: às vezes é preciso falar apenas depois de morto, como fez Heidegger, e não só ele, mesmo se, no caso dele, ele tivesse falado, quer dizer, escrito, *ainda em vida* para ser lido *só depois de morto*, e me refiro, claro, a sua tentativa de explicar o que acontecera quando decidiu apoiar o nazismo: falar depois de morto, um tanto notável mesmo assim embora bastante covarde ainda que admirável: falar, contar a vida, tem sido sempre com isso que contaram os sacerdotes e os policiais e os torturadores e os psicanalistas e os amantes: a um certo momento é preciso falar, *contar a verdade*, como se diz:

ou nem bem *contar a verdade*, não se trata disso, apenas *examinar os próprios valores morais* usados para viver e agir de modo consistente e entender os próprios objetivos na vida, como se diz, embora eu tenha plena consciência de estar assim colocando num patamar demasiado elevado desejos e necessidades que não são sempre assim tão nobres: há pessoas assim, há um número grande de pessoas assim que não sabem conscientemente o que as leva a falar porque não sabem o que procuram falando e é impressionante isso, que haja tantas pessoas assim: comovedor: e nunca sei o que lhes posso dizer, sabendo o que *não* lhes devo dizer: e muitas vezes receio que por exasperação acabe lhes dizendo coisas como aquilo que o barbeiro disse ao Aschenbach pintado como decadente por Thomas Mann, aquilo que o barbeiro de Aschenbach disse ao homem maduro que era Aschenbach enamorado homoeroticamente, como se costuma dizer hoje, pelo jovem Tadzio em *Morte em Veneza*, e o que barbeiro o lhe disse foi que aquela tintura que ele aplicava no cabelo do homem maduro que era Aschenbach e que queria parecer não tão velho assim (e talvez não o fosse de fato, no tempo daquela narrativa as pessoas *pareciam* mais velhas do que eram: ou talvez fossem de fato tão velhas quanto pensavam ser, ao contrário do que acontece hoje), o barbeiro de Aschenbach ou o barbeiro que casualmente atendia Aschenbach em Veneza lhe disse que aquela tintura apenas restaurava *a cor natural do cabelo*, nada mais, e era essa mesma tintura que se via, no filme de Visconti e talvez no próprio romance de Thomas Mann, escorrendo da cabeça enchapelada de Aschenbach no momento de sua morte sob o sol forte de Veneza empesteada: aquela tintura preta escorrendo pelo rosto branco de Dirk Bogarde no papel de Aschenbach no filme de Visconti, Visconti que também poderia recear que alguma tintura metafórica lhe escorresse pelo próprio rosto num índice terrível do mesmo tipo de conflito moral que Aschenbach enfrentava e que talvez Visconti do mesmo modo enfrentasse, tanto quanto o próprio

Thomas Mann de resto, ou que talvez Visconti não enfrentasse porque os tempos de Visconti já eram outros quando chegara sua vez de se manifestar artisticamente, como se diz, e o problema moral de Aschenbach não era mais um problema moral para Visconti, sobretudo na doce vida da Itália daquele momento: mas isso não tem nada a ver, é apenas uma digressão sobre as marcas que as tinturas dos conflitos morais internos deixam sobre os rostos das pessoas e sobre os quais elas precisam falar por vezes mesmo antes que essas manchas apareçam escorrendo pela pele do rosto abaixo: as pessoas têm de falar: mas quase nunca se fala *a tempo*, a tragédia é que se fala *antes* ou *depois* do tempo quando não se está mais ali, quando não se está no tempo do drama, no tempo da tragédia, no tempo do fato: o fato é que tudo se transformou hoje em imagem e que é sempre uma *imagem* que vem à mente quando se quer pensar em algo, assim como é a imagem do filme de Visconti feito a partir do romance de Thomas Mann que me veio à mente naquela tarde sentado diante de Júlia na Kaffeehaus Einstein na Unter den Linden, a imagem *do filme* é que me veio à memória e não as *palavras* do livro escrito por Thomas Mann e que formavam uma imagem, sem que eu soubesse se essa imagem era de fato do livro de Thomas Mann ou do filme de Visconti: conscientemente, numa brincadeira comigo mesmo, uma *private joke* em tudo exclusiva que não perdia para mim sua razão de ser por ficar limitada apenas a minha própria cabeça, prestei atenção no rosto enchapelado de Júlia para ver se alguma tintura lhe escorria pelos lados: não havia tintura nenhuma lhe escorrendo pelos lados do rosto, não era verão mas pleno inverno e no mais forte do inverno de Berlim e além disso Júlia com toda evidência não era aquele tipo de pessoa:

eu não via tintura alguma escorrendo pelos lados do rosto de Júlia nem ela estava morta ou morrendo: mas eu não queria olhar muito para seu rosto mesmo que enquadrado pelo chapéu que ela não tirou quando entrou no Kaffeehaus Einstein e pelo lenço espalhado de modo apenas aparentemente displicente sobre ombro e pescoço e o pesado casaco que lhe encobria parte dos ombros e do pescoço e que de certo modo lhe disfarçavam, todos juntos, os traços: muito tempo havia se passado desde aquele instante congelado na foto dela que Josep Marília me mostrara em algum momento anterior e que havia provocado em mim aquela sensação particular de atração física e emocional por ela, uma sensação que era praticamente um sentimento: mas, muito tempo se passara desde que aquela foto havia sido tirada, como se diz, *tirar uma foto de alguém* como se uma foto fosse *extraída* de alguém assim como se tira um dente de alguém ou se tira a vida de alguém, embora não tanto tempo assim desde que Josep Marília a mostrara para mim: o fato é que não gosto de encontrar *mais tarde, depois, passado algum tempo, passado muito tempo*, pessoas em relação às quais experimentei certos sentimentos mais íntimos, digamos assim, e ver em seus rostos e nas mãos, sobretudo nas mãos, os resultados de terem ficado tanto tempo expostas às tempestades do tempo: Júlia envelhecera, claro: não sei se queria encontrar-me com a Júlia envelhecida que ela se tornara mas ela ali estava à minha frente no café da Unter den Linden: quase escuro já, lá fora, perto das quatro da tarde:

sem poesia, ela disse: não há poesia em nada disso, nem no que lhe trago nem na realidade de que trata o que lhe trago: não sei por que ela imaginou que eu me interessaria por poesia ou apenas por poesia ou por que pensou que eu esperava em todo caso encontrar poesia no que vinha me dizer: talvez por saber que eu não era um historiador de política, ao contrário da maioria dos brazilianistas que acreditam que o país Brasil é só História e só História Política: se ela sabia disso sobre mim, o fato de eu não ser um historiador da História, como se diz, era uma das poucas: Júlia falou muito naquele primeiro encontro mas não sobre os DVDs ou CDs ou os *pen drives* que me entregava, falou sobre ela mesma: seria melhor se eu entendesse um ponto, ela disse, e era que na vida dela tudo acontecia por *acumulação* e que as coisas só ganhavam sentido para ela por *acumulação* mesmo quando não eram essenciais ou quando não pareciam essenciais, embora soubesse muito bem que a acumulação acabava por dar às coisas e a tudo um sentido essencial, ela disse, em razão de uma espécie de poética da acumulação, não de uma filosofia da acumulação, ela disse, porque isso não me interessa, mas de uma *poética da acumulação*, acumulação de coisas e fatos e histórias que a cercavam por todos os lados, ela disse, assim como cercam a vida de todas as pessoas, com a diferença que a maior parte das pessoas não percebe estar assim cercada: mas ela percebia, e as coisas se acumulavam à sua volta como se lhe jogassem na cara o próprio significado dela mesma, Júlia, ela disse: e me perguntou se eu conhecia Dexter White, de quem eu nunca ouvira falar (em todo caso, eu não era um americanista, e isso me desculpava): ela me disse que era preciso entender Harry Dexter White para compreender a história *dela*, ela disse, uma história que ela mesma não entendia de todo, quer dizer, a de Dexter White, embora nesse momento tive a suspeita de que se referia a sua própria história: perguntou se eu sabia quem fora Harry Dexter White: eu não tinha a menor ideia: Brenton Woods, ela disse, Brenton Woods, Harry Dexter, John Maynard Keynes e a construção da nova ordem econômica mundial depois da II Guerra, escapando ela por pouco de uma nova tríade explicativa ao usar uma quadra de referências, uma história, essa de Dexter White, que era seu cartão de visita, ela me disse, o cartão de visitas muito pessoal *dela*, Júlia: eu sabia de Brenton Woods, claro, mas nada de Dexter White e não via nisso nada que pudesse me interessar mas não disse a ela nada disso, foram apenas coisas que pensei rapidamente e num instante: não que ela estivesse interessada nas finanças mundiais tais como desenhadas na conferência de Brenton Woods, nem em Keynes, nem nas finanças mundiais de hoje, Júlia disse, embora fosse obrigada a sofrer-lhes a consequência neste planeta minúsculo e cada vez mais diminuto: estava interessada, há algum tempo se interessara, pela figura de Dexter White e por seu papel naquele cenário: a verdade, ela disse, era que de início ela se interessara, por mera curiosidade intelectual ocasional, pelo fato específico de que os Aliados haviam começado a preparar a nova ordem econômica mundial *desde 1940* ou no máximo 1941, *muito antes* do final da guerra em abril e maio de 1945 quando as tropas nazistas assinaram a rendição para os Aliados e a União Soviética, e mesmo antes da própria entrada dos EUA na guerra, e esse ponto me despertou em muito minha atenção, reconheço, o fato de terem pensado nas consequências da guerra antes de conhecerem as consequências da guerra, algo que dizia muito sobre uma ideia de civilização e de cultura, como me pareceu de imediato evidente: em setembro de 1941, John Maynard Keynes esboçara um projeto para uma International Clearing Union, digamos a União Internacional de Compensação, para impor uma nova ordem ao desgastado sistema econômico mundial e que surgira, a nova ideia, como consequência de um acordo bilateral entre EUA e Inglaterra para o fornecimento de armamentos de que os ingleses tanto necessitavam: mas, como Júlia percebeu em seguida, virara secundário seu interesse por saber como e por que e quando os Aliados começaram a pensar numa nova ordem econômica se nem haviam vencido a guerra ainda, uma nova ordem sobre cujas premissas e consequências ela teve um interesse apenas ocasional, como disse, embora acreditasse que havia nesse fato indícios suficientes para entender *de outro modo* o que se passara naqueles anos: o fato era que, aprofundando-se naquela história que não lhe importava tanto, foi se interessando cada vez mais pela figura mesma de Harry Dexter White e seu papel naquilo tudo,

Dexter White cuja foto ao lado de John Maynard Keynes eu poderia ver depois num daqueles DVDs ou *pen drives*, ela não sabia bem o que me entregava naquele momento: depois, já em meu estúdio em Wannsee, fiquei curioso e fui procurar a foto: Keynes e Dexter White um de frente para o outro e de lado para a câmera, Keynes sorrindo de modo franco e aberto com seu rosto nada bonito, Dexter White de rosto tampouco atraente e com os braços cruzados à frente do corpo na postura clássica, segundo os manuais de linguagem não-verbal, de quem se defende e se protege ou não quer se abrir, de corpo fechado como se diz, o rosto num desses sorrisos que não separam os lábios sob um bigode *alla* Hitler muito mais comum à época do que habitualmente se pensa, um bigode *alla* Chaplin embora Hitler nunca poderia ser assemelhado a um palhaço, nem a um palhaço trágico, um palhaço do tipo Augusto, mas, se for o caso, e se tanto, a um palhaço mortal: não havia outra foto de Dexter White no *pen drive*, foto que logo gravei em meu computador antes de mais tarde encontrar outras do homem, várias outras, em que ele aparece com o mesmo bigode, um pouco mais largo que o de Hitler mas do mesmo tipo, e fotos em que era visto com um bigode decididamente mais longo quase acompanhando a linha dos lábios abaixo sem que eu pudesse dizer se o bigode mais recente na linha do tempo era o bigode *alla* Hitler, como parecia, uma vez que o usava em março de 1946 na primeira reunião do *board* do FMI em Savannah, na Geórgia, ou se o bigode mais recente era o bigode inteiro, que talvez deixara crescer depois daquelas reuniões com Keynes e como uma necessidade imposta pelos novos tempos que precisavam apagar tudo que dissesse respeito ao nível mais baixo da história recente da humanidade incluindo o bigode de Hitler: Júlia estava interessada em Dexter White e, se não começara nossa conversa por aí, logo encontrou um modo de trazê-lo à tona porque isso lhe parecia essencial: não estava *interessada* naquela história, não era essa a palavra: disse que era uma história na qual *simplesmente não conseguia parar de pensar*: Júlia não me pareceu uma pessoa que ficasse *obcecada* por alguma coisa, por alguma ideia, por alguém, e creio que ela não usou essa palavra mas disse que aquela era uma história cujo sentido ela precisava *apreender por inteiro*, ela disse:

Dexter White, um nome que de imediato me trouxe à memória o talvez outro único Dexter que conheço, como nunca me canso de dizer, Dexter Gordon, saxofonista, com essa peça fundamental que é *Alone Together*, embora Dexter Gordon se chamasse apenas Dexter Gordon e este era *Harry* Dexter White: Dexter White, Júlia disse, embora não necessariamente nesta ordem ou com estas palavras, recomponho a conversa como posso lembrá-la, foi o segundo homem do Tesouro americano à época e interlocutor de Keynes, de seu lado consultor do Tesouro do Reino Unido durante o acordo de Brenton Woods, sendo Dexter White ainda o obscuro personagem que derrotou o brilhante e mil vezes mais inspirador especialista em economia que foi Keynes, como é possível ler em toda parte, mesmo se na aparência trabalhassem os dois juntos na busca de uma nova ordem econômica mundial: Dexter White foi quem afinal organizou a conferência de Brenton Woods e lançou as bases do Fundo Monetário Internacional, deixando de lado o modelo de Keynes e propondo outro em seu lugar, um outro que largamente beneficiava os EUA embora fossem os EUA que em seguida recuperariam a devastada economia europeia certamente movidos pela ideia de que isso a longo prazo beneficiaria aos próprios EUA: eu conhecia alguns nomes que Júlia mencionava, claro, e outros, não: meu silêncio, que ela poderia interpretar como conhecimento suficiente daquele quadro, o que era enganoso, não a convidava a ser mais específica embora o que ela dizia me bastasse: Keynes queria um sistema que evitasse a depressão econômica e o desemprego e ao mesmo tempo amarrasse os EUA à nova ordem financeira, enquanto Dexter White, um nome de que eu nunca ouvira falar antes sem que eu seja um leigo total nesses assuntos, Dexter White insistia em que os EUA deveriam manter e *iriam manter* inquestionavelmente e soberanamente, como se diz hoje, o controle sobre suas imensas reservas em ouro, reservas em ouro que depois Nixon, em 1971, rejeitaria como referência para a conversibilidade do dólar: Keynes queria a criação de um banco que desse crédito aos países que dele necessitassem, condicionando os credores aos devedores, enquanto Dexter White aceitava empréstimos aos necessitados apenas segundo a subscrição de capital do novo banco por parte dos interessados, isto é, condicionando os devedores aos credores: Dexter White não era ninguém, era um ninguém, Júlia disse, Keynes era o brilhante economista, o primeiro nome a se destacar mundialmente na área: e Dexter White venceu, definindo a nova ordem mundial em favor dos EUA, nova ordem que largamente restringia as margens de manobra da Inglaterra embora tivesse sido a Inglaterra quem estivera o tempo todo (ou quase isso) na linha de frente da resistência aos nazistas: Júlia, eu pensava, daria uma excelente professora de economia: e de história da economia: mas não era nisso que ela estava interessada e, sim, na figura de Dexter White *como pessoa*, ele que desde 1935 pelo menos havia sido um *agente da União Soviética* no interior dos EUA e no coração mesmo dos EUA porque instalado no seu núcleo mais central de poder: até os quarenta anos de idade havia sido um *obscuro professor* numa obscura universidade americana, depois assistente de um consultor do Tesouro americano e depois ele mesmo o segundo nome no Tesouro com sua tese de que somente um sistema monetário administrado pelos EUA seria a condição para uma expansão econômica dos EUA, o que é uma tese estranha para quem seria, como foi, um agente soviético: difícil entender tudo isso, difícil entender as motivações das pessoas e as pessoas elas mesmas: e enquanto subia na hierarquia americana Dexter

White, como se soube depois, recebia de presente tapetes Bokhara de um coronel da inteligência soviética até que em 1935, pelo menos a partir daí, começou a passar documentos oficiais do Tesouro americano para outro americano trabalhando a serviço da URSS, Whittaker Chambers: Júlia disse que não via o que tapetes Bokhara tinham a ver com a figura visualmente anódina e esteticamente pouco qualificada de Dexter White, sem deixar de achar que aquele dado fosse relevante para a compreensão do quadro por inteiro:

escurecia lá fora na Unter den Linden, os canais menores de Berlim não se descongelariam tão logo, mesmo o histórico Spree estava tomado por grandes placas de gelo, às vezes bem grossas e que subiam umas sobre as outras como na pintura icônica de Caspar David Friedrich, o rio parecia um grande espelho quebrado em centenas e milhares de pedaços de tamanhos diferentes que não deixavam à vista nada da água abaixo deles, formando uma alegoria muito clara para mim: pelo menos para mim, talvez irrelevante ou invisível para todo mundo por ali, Júlia inclusive: veja, ela disse, um agente soviético ou um espião soviético, tanto faz, no coração financeiro e político dos EUA tratando de montar um sistema financeiro mundial *quando a guerra nem terminara* e que beneficiaria os EUA, você verá depois na foto, Júlia continuou, como esse Dexter White tinha toda a linguagem corporal do dissimulado, de quem está sempre de sobreaviso, se resguardando, em contraste total com a figura sorridente e aberta de John Maynard Keynes à sua frente embora você saiba como as aparências fotográficas podem enganar por completo e geralmente enganam: e depois, em 1939, Dexter White parou de espionar em seguida ao pacto nazi-soviético por não aceitar, como simpatizante do regime soviético, aquele acordo impensável e injustificável e rigorosamente imoral assim como tantas outras pessoas decentes não entenderam e não aceitaram a decisão de Stálin mesmo sabendo ou devendo saber que a esquerda tem uma tendência clara para aliar-se em momentos decisivos a seus mais abertos adversários, como aconteceu no país Brasil, mas não àqueles que lhe são mais próximos no espectro ideológico, como se diz: e assim Dexter White parou de espionar ou de ser agente da URSS: dois anos depois, porém, em 1941, voltou a agir em nome da URSS assim que Hitler invadiu a Rússia em junho daquele ano: como se pode compreender um homem assim, Júlia perguntou retoricamente: não falava sem parar como Josep Marília mas os silêncios que deixava aqui e ali não eram para ser preenchidos por mim, não necessariamente, não que eu sentisse que devesse preenchê-los e de resto eu não teria com *o quê* preenchê-los, a história era dela e não minha: Dexter White, pelo que se sabe, disse Júlia, pelo que pude ler, e isso era surpreendente considerando sua condição de simpatizante do regime comunista, nunca aceitara a explicação clássica marxista para a Grande Depressão de 1929/30 que continuaria forte pelo menos por mais uma década: para os intérpretes do marxismo, a depressão não tinha cura sob o capitalismo, só o *planejamento de Estado* possuía os recursos estruturais para corrigi-la e evitar outras crises iguais: Dexter White não aceitava esse ponto marxista, tanto quanto se sabe nunca o aceitou, disse Júlia, ele era, veja que ironia, um keynesiano convicto: imagine um keynesiano convicto servindo de agente soviético: tudo tem muitos mais tons de cinza do que pretendem as mentes simplórias, Júlia disse: o fato é que Dexter White voltou a espionar para a URSS depois de junho de 1941, agora com um novo contato em solo americano, uma mulher dessa vez, Elizabeth Bentley, em substituição a Whittaker Chambers que, veja isto, Júlia dizia apontando o indicador para um lugar virtual da mesa entre nós, em 1939, arrependido, denunciou Dexter White apenas para ouvir de Roosevelt que a acusação era ridícula, bastava ver o que Dexter White fazia pelos EUA: era uma acusação ridícula, de fato, como depois diria um historiador do FMI: Whittaker Chambers escreveu mais tarde que nunca gostara de Dexter White, não gostava de sua figura furtiva, como a descreveu, andando sozinha à noite pela emblemática Connecticut Avenue em Washington, uma pessoa nervosa continuamente olhando para trás, de modo evidente demais, para ver o que estava acontecendo às suas costas e que só por isso já se tornaria suspeita e portanto inconveniente ou imprópria para o serviço: Whittaker Chambers escreveu aquilo como se dissesse que Dexter White era de fato um mau espião, um agente infiltrado incompetente a quem no entanto tentou denunciar sem resultado, o que deixou Dexter White tranquilo até 1946 quando um depoimento daquela mesma Elizabeth Bentley, uma confissão de Elizabeth Bentley (e Júlia se disse surpresa com pessoas que confessam), dessa vez pôs fim à carreira de Dexter White como espião e homem público importante: e importante ele deve ter sido, Júlia disse, para lá do que se possa pensar uma vez que pelo menos mais um historiador, e esse cenário me parecia cada vez mais fantástico à medida em que eu pesquisava, Júlia disse, uma vez que pelo menos mais um historiador afirma que ele teve um *papel decisivo* no ataque do Japão a Pearl Harbor em 7 de dezembro de 1941, um ataque que colocou os EUA na guerra: teria partido dele, Dexter White, os termos do ultimato de Roosevelt ao Japão exigindo que o Japão, entre outras coisas, retirasse suas tropas da China e do que então se chamava Indochina e que depois se transformaria no trágico Vietnã: faz todo sentido, disse Júlia sorrindo como sorriem algumas pessoas mesmo quando não há motivo para sorrir, como eu mesmo sorrio seguramente, um sorriso que na verdade não estava ligado ao conteúdo do que ela dizia mas que buscava conquistar minha adesão para o que ela dizia: tirar o Japão da China e da Indochina interessava acima de tudo à URSS atacada por Hitler alguns meses antes: se o ultimato americano funcionasse, ótimo, se não funcionasse talvez o Japão simplesmente reagisse de alguma forma excessiva e jogasse os

EUA na guerra mesmo assim, exatamente o que aconteceu: e um coronel da inteligência soviética afirmou depois que o verdadeiro autor do ultimato, concebido no contexto de uma chamada "Operação Neve" arquitetada pela NKVD, antecessora da KGB, havia sido Stálin em pessoa, que o transmitira a Dexter White que o passara a Roosevelt como se fosse dele, Dexter White, ou em todo caso como se fosse a posição oficial do Tesouro americano uma vez que seu superior na pasta, o próprio secretário de Estado do Tesouro, o apoiava: a história é fantástica, dizia Júlia, à beira do inverossímil, sempre todas essas coisas inacreditáveis que me cercam: o segundo homem do Tesouro americano sugerindo ao presidente dos EUA os termos de um ultimato a uma potência hostil ou potencialmente e eminentemente inimiga e que fora de fato elaborado por Stálin, e ultimato entregue ao presidente americano passando por cima do secretário de assuntos exteriores, do especialista em Ásia da secretaria para os assuntos exteriores e do comandante em chefe das forças armadas, é difícil de compreender e de aceitar tudo isso, não?, ela disse mais do que perguntou: e no entanto é assim que acontece, não?: digamos que foi fácil para Stálin passar para Dexter White nos EUA a ordem para levar a Roosevelt aquele ultimato: mesmo assim, por que Roosevelt iria ouvir a ele, Dexter White, ainda mais quando dois anos antes haviam sido levantadas contra esse homem aquelas acusações de espionagem?, era difícil de aceitar: Dexter White não estava sozinho, tinha seu chefe imediato no Tesouro, o próprio secretário de Estado, a apoiá-lo nas sugestões para que Roosevelt firmasse o ultimato exigindo que o Japão saísse da China e vendesse aos EUA a maior parte de sua produção naval e militar, um insulto que o Japão teria de recusar embora não necessariamente atacando os EUA, cujo presidente não podia então dizer-se surpreendido pela *perfídia japonesa*, como sempre foi descrito o comportamento japonês, porque fora ele mesmo, presidente Roosevelt, conduzido pelas mãos de Stálin via Dexter White, a dar início a tudo aquilo: por que tudo isso, por que Dexter White, um espião soviético, a rigor um traidor dos EUA, desenharia um novo plano financeiro mundial em favor dos EUA e em associação com um *agente do capitalismo* como Keynes?, quem e por que ele estava afinal traindo, perguntou-se Júlia sem me incluir na pergunta e sem mais uma vez esperar por minha resposta: para alguns Dexter White teria agido daquele modo para dar a si mesmo uma importância que entendia ser-lhe de outro modo negada: não serve muito essa teoria, Júlia disse, afinal ele era o interlocutor americano nas tratativas econômicas com a Inglaterra, o segundo homem no Tesouro americano na hierarquia do organograma mas o primeiro homem de fato operacional em tudo aquilo, de que mais precisaria? ou talvez o fizesse por acreditar, era mais provável, como os traidores ingleses Kim Philby e Guy Burgess, que a URSS fosse o único obstáculo real ao nazismo e contra a barbárie, o que não é de todo um absurdo visto os cripto-nazistas que à época abundavam na Inglaterra e nos EUA, o aviador Lindbergh à frente, e que era um *dever moral* colaborar com a URSS e, além disso, por acreditar, Dexter White, que uma aliança militar entre os EUA e a URSS era a condição necessária para uma paz mundial estável no pós-guerra, e ele tinha razão nesse ponto, Júlia comentou, e ele acreditava ainda que o futuro veria uma convergência entre o capitalismo e o socialismo que em algum momento se encontrariam a meio caminho, o que fez com que ele, Dexter White, continuasse moldando a diplomacia americana em relação à URSS mesmo depois do fim da guerra e até que ele fosse finalmente denunciado e afastado em 1946: eu estava, nessa altura, genuinamente preso à narrativa que Júlia me fazia, gosto de histórias que não conheço, sou profundamente impaciente com histórias que conheço mas me prendo a histórias que não conheço e creio que Júlia percebia isso: os dois homens se viram frustrados, disse Júlia, embora um o admitisse na hora, Keynes, e o outro só depois, Dexter White: Keynes, porque perdera o controle de Brenton Woods deixando com isso a Inglaterra numa posição inteiramente secundária e humilhante: e Dexter White, porque fora um instrumento nas mãos de Stálin, sem que se saiba se ele de fato se reconheceu frustrado antes de morrer, em 1948, três dias depois de um depoimento desastroso, como foi descrito, na Comissão do Congresso sobre as Atividades Antiamericanas, morte que quase certamente ele mesmo se deu porque devia ter compreendido que aquele era o fim de tudo, o fim de tudo, ele que tinha nascido em 1892 e estava apenas com 56 anos ao morrer, menos do que eu agora, disse Júlia, ele que foi formalmente reconhecido como espião pelo FBI em 1950 mas cujo papel no ataque a Pearl Harbor só ficou conhecido *outro dia*, agora em 1996, Júlia disse, como se fosse ontem, quando o contato dele na inteligência soviética, o general da KGB Vladimir Karpov, publicou suas memórias agradecendo publicamente a Dexter White por ter salvo a URSS; e se foi assim, Dexter White, o mediano homem sem nada de aparentemente excepcional na aparência e em todo o resto, outro homem aparentemente sem qualidades, teria salvado também a Europa do nazismo uma vez que é provável que sem o ataque a Pearl Harbor os EUA não teriam entrado na guerra ou não naquele momento e poderia ter acontecido que Wernher von Braun e sua equipe terminassem e entregassem para os alemães nazistas seu *foguete da vingança*, o que evitaria a rendição alemã aos americanos na primavera de 1945 e o que teria significado que a bomba atômica não seria dos EUA mas da Alemanha, com *consequências literalmente imprevisíveis para a humanidade*, que de resto não precisa de nada muito especial para se destruir a si mesma: e quem teria ajudado a evitar tudo isso, segundo o general da KGB, havia sido Dexter White, se é que tudo não passava de uma manobra desse general, Júlia admitia, para se vingar dos EUA num momento, 1996, em que o Muro já caíra e com ele a URSS: como a dizer, vejam, o herói foi mesmo a URSS: *essa é uma história*, Júlia começou a dizer mas parando no meio o que dizia para erguer o braço esquerdo acima do direito, antes cruzados sobre o peito, e deixá-lo cair sobre aquele mesmo braço direito com a mão espalmada de modo a gerar um ruído abafado porém perceptível, gesto claro para significar *não sei, não entendo e estou sem pistas para compreender*: e repetiu o gesto pelo menos mais uma vez:

meu papel foi muito menor, você sabe: não, eu não sabia, eu não sabia qual exatamente havia sido o papel dela: e é muito difícil falar dessas coisas, as pessoas sempre dizem que você não deve ficar pensando sempre nesse tipo de coisa ou dizem que é você que não quer mudar, que quer ficar agarrado a estados de espírito sem saída, como elas dizem: ninguém quer de fato ouvir nada e ninguém tem nada a dizer, eu gostaria de ouvir alguma coisa de alguém, ela disse, um comportamento infantil meu, eu sei, mas talvez o mais comum é continuar a ser criança em quase tudo, não?, ela disse: de resto, não adiantaria nada se me dissessem alguma coisa ou me dessem algum conselho porque eu não seguiria o que me dissessem, claro, ela acrescentou: essa história do Dexter White me volta sempre à cabeça e se eu pudesse compreendê-la em todas as motivações das pessoas envolvidas talvez alguma outra coisa ficasse clara para mim, é uma história que vejo como improvável e pouco compreensível e bem pouco verossímil e no entanto verídica: o fato é que eu não tinha realmente nada a dizer ou sugerir, o que poderia ser?, e mentalmente lhe agradeci por me dizer em seguida que não esperava que eu dissesse coisa alguma, o que ela disse de um modo até um tanto agressivo sem que eu visse a razão para isso: soube da história de Dexter White, ela disse, em 2007 ou 2008, uns dois anos depois que se destapou todo o escândalo dos bastidores de Brasília, como se diz, em Brasília *não dá* poesia, só *outra coisa*, e eu continuava sem imaginar por que ela achava que eu só me interessava por poesia: talvez por saber, certamente Josep Marília lhe havia contado, que eu não era historiador mesmo sendo, para os efeitos públicos, um brazilianista: a verdade é que eu não me interessava por aquilo de Brasília porque *tudo aquilo* já era um pouco passado, tudo já foi dito e revelado e exposto: não tudo, ela disse: talvez nem tudo, embora soubessem ou suspeitassem de Dexter White desde 1939 quando o primeiro *arrependido* americano, Whittaker Chambers, o denunciara, Whittaker Chambers que confessadamente admirara o autoritarismo de Lenin, "eu finalmente havia encontrado *minha igreja*," Whittaker Chambers admitiu mais tarde ao se dizer arrependido de ter trabalhado para a URSS: *minha igreja*, Júlia disse com a ironia codificada para essas ocasiões: eu diria *minha turma*, Júlia disse, *minha praia*, mas essa gente diz *minha igreja* e é mesmo de *igreja* que se trata e não posso suportar mais esse tipo de coisa, ela disse: foi preciso esperar até 1996 para que o general Karpov confirmasse tudo ou confirmasse, enfim, o que os americanos queriam ouvir e não queriam saber, quase sessenta anos após o ataque japonês a Pearl Harbor: talvez sejam necessários cinquenta anos para se saber tudo o que há para saber sobre Brasília não só entre 2005 e 2006, anos do *grande escândalo*, como antes, em 2003 e 2002, e antes ainda, nos anos anteriores, *e depois*: com a diferença, ela disse, que não houve e não haverá no Brasil suicídios como o de Dexter White porque no Brasil não existe *vergonha pública*, não acontecem suicídios por causa de escândalos públicos, ela disse, as pessoas se suicidam porque estão com câncer ou porque *sofreram uma desilusão*, como se diz, ou um ataque de demência, embora eu não saiba bem o que seja isso, ela disse enfatizando aquelas palavras, mas não por *vergonha pública*: eu não me suicidei, ela disse, não por não ter vergonha pública mas porque acho que fiz o que devia fazer e paguei por isso: sim, eu vejo isso, vejo uma mulher quase da minha idade sentada à minha frente num café da Unter der Linden já bem escura, não há neve que resista branca nessa avenida com todos os carros e ônibus passando por ali imundos e cobertos de lama e espalhando mais lama e com a construção da nova linha do metrô que não acaba mais e a rua já se transformara num purê escuro e nojento que eu, sempre com meu *excesso de imaginação*, com minha *imaginação excessiva*, podia *sentir* desde onde estava sentado dentro do café à frente de Júlia e atrás do vidro da janela me separando da rua e da lama: digo *excesso de imaginação* quando na verdade *me falta imaginação* para tudo e muita coisa: Henning Mankell, por exemplo, confessou que imaginara com muitos detalhes *e de outro modo* a mãe que abandonara a ele e aos irmãos quando ele tinha um ano de idade para ir viver com outro homem e mãe que ele imaginara com tantas cores emocionais e, suspeito (e suspeito porque ele nunca o disse), com tantas cores morais e tanto que, como ele disse, a versão da mãe que ele construíra para uso próprio havia sido uma *versão imaginária* da mãe que o fizera sentir-se, como disse, profundamente decepcionado quando enfim a conheceu em pessoa ao completar quinze anos: eu, de meu lado, não tinha nada com o que me decepcionar porque aquele purê escuro e nojento que eu imaginava no chão da avenida do outro lado do vidro do Kaffeehaus Einstein onde estávamos *realmente existia* e *estava ali* e era como eu o imaginava: nem precisava imaginar Júlia, sentada à minha frente, nem precisava imaginar aqueles anos que ela mencionara em Brasília por conhecê-los todos embora não *por dentro* como ela, e aquele tipo de coisa simplesmente não me interessava: eu queria ouvir a *história de Júlia*, que eu não gostava muito de ver ali na minha frente depois que a imaginara de um outro modo desde que vira seu retrato no iPhone de Josep Marília tempos atrás: ou há um tempo atrás: tanto tempo comprimido em tão pouco tempo, quer dizer, Júlia vivera todo aquele tempo desde a foto que Josep Marília me mostrara e no entanto para mim era como se todo aquele tempo fosse apenas o tempo entre ontem e hoje, digamos, ou, já que posso estar exagerando outra vez, como se todo aquele tempo fosse apenas o tempo passado entre aquele dia em que Júlia finalmente aparecia à minha frente (eu, que não a esperara) e aquele instante em que Josep Marília mostrara sua imagem para mim, já há algum tempo para falar a verdade:

moralismo, ela disse: moralismo era do que me acusavam os *companheiros*, os mais esclarecidos ou mais informados que pelo menos tinham alguma ideia do que significava essa palavra, talvez melhor dizer apenas *informados*, não posso dizer que fossem *esclarecidos*, ela disse: alguns deles, ela disse, *alguns*: moralismo, excesso de moralismo, diziam a respeito dela: eu me perguntava, ela disse, como poderia haver um *excesso de moralismo*, algo que não pode existir assim como não existe um excesso de gravidez, digamos, ou um *excesso de consciência* embora possa existir um excesso de beleza, ela disse, com o que concordei porque sabia bem o que era um excesso de beleza por já ter experimentado um caso de excesso de beleza que, quando se manifesta, *dói* até fisicamente de tão insuportável, como me doeu um dia diante de uma tela pintada por Van Gogh: e seria o *moralismo* um *excesso de moral* assim como se pode dizer, por exemplo, que filosofismo é um excesso de filosofia?, ela perguntou outra vez de modo apenas retórico enquanto fazia uma brevíssima pausa, quase um respiro indicado numa pauta musical, se tivesse uma pela frente, de modo a esperar que eu *fizesse minha entrada* na conversa, algo que a essa altura ela já devia saber que eu não faria: sempre fui muito ingênua ou muito crente: saber do pior não significa ficar necessariamente livre das consequências do pior, ela disse, mas é melhor do que ficar na ignorância: os *companheiros*, como se dizia, diziam que eu era infantil, que uma vez enfiadas as mãos na merda era preciso ir até o fim, até o cotovelo, até o pescoço, até a boca, até a língua, até o nariz, até o septo, até os olhos, até a testa, até os cabelos: não havia lugar para moralismos, me diziam:

me disseram que meu moralismo era moralismo cristão e judaico e kantiano, algo que eu não era, nem cristã, nem judia e nem kantiana, e nem posso dizer que um dia fui alguma dessas coisas a não ser que conte o breve tempo da primeira e quem sabe segunda infância quando me fizeram frequentar a igreja e ter aulas de catecismo que eu logo abandonei por achar aquilo tudo um absurdo inexplicável além de injustificável além de incompreensível e insuportável e moralmente insustentável: não duvido que algo assim possa deixar uma marca no espírito, como se diz, ela disse, a moral cristã afirma a si mesma e exerce seus poderes sobre nós mesmo quando não mais acreditamos nela ou mesmo se nunca acreditamos nela, sei disso, como tanta coisa em que não acreditamos mais e que continuam valendo porque elas, essas coisas, *acreditam em nós* e é isso que no fundo importa, mas não posso afastar de todo a ideia de que eu mesma assumira alguns princípios daquelas ideias ou eram aquelas ideias que tinham assumido alguns princípios da mente universal, da imaginação universal, da *natureza humana* tanto negada em sua existência pela própria esquerda, embora eu não soubesse e não desconfiasse durante muito tempo que eu mesma tinha uma *moral*, que eles agora chamavam de *moralismo* assim como Trotsky tinha chamado de *absurda* toda essa história de moral e dito que nada disso tinha sentido para um verdadeiro marxista: *como podiam* dizer aquilo em público e para o público, eu não podia entender e menos ainda aceitar: mas eles diziam: eu não podia ter uma moral de um lado, cristã ou outra qualquer que quisessem, e uma outra moral política de outro lado, uma moral de um lado e de outro um pragmatismo político traduzível por *alcançar os objetivos* de qualquer modo e a qualquer custo, de resto o mesmo pragmatismo nazista tantas vezes reconhecido e confessado pelos próprios ideólogos nazistas: se você tiver um ideal, uma meta, os mais sofisticados me diziam e se diziam uns aos outros, nenhum meio será excessivo, não haverá preço grande demais a pagar para alcançar seus objetivos: por que você continuou nisso depois daquele episódio lá atrás que Josep Marília me contou, eu perguntei a Júlia, me surpreendendo a mim mesmo por ter feito essa intervenção e assim interrompido seu fluxo de reflexão, uma pergunta indevida, intrometida, inútil mas que eu não conseguira evitar, e tão duplamente mais inútil quando ela aceitou minha intervenção sem levar em conta que eu a fizera por um estado de irritação crescente meu com o fato de ela ter continuado metida naquela história toda, e ela me respondeu, claro, que não sabia: não sei, ela disse: não sei: eu não sei por que continuei envolvida, por que voltei a me envolver: os acontecimentos vão levando você numa direção, as coisas acontecem: era a única coisa que ela poderia responder, claro: eu só sabia que descrever como moralismo as minhas observações e as denúncias de corrupção e as críticas à corrupção, quando elas começaram a chover por todos os lados, era defender as posições que sempre levam aos fanatismos de sempre, ela disse, com os quais ela definitivamente não queria ter mais nada:

o que e *quanto* alguém quer de fato saber sobre alguma coisa, sobre tudo, sobre a vida, sobre o mundo, sobre si mesmo, ela perguntou: eu não podia aceitar aquilo, mesmo porque *sabia* que não era tudo pelo bem comum, como se dizia, era *por outros bens*, eu via os aviões particulares, eu via as coisas, as consultorias simuladas, as roupas: desde o início, desde sempre, ela disse, mesmo sem saber que pensava isso, sempre me entendi e me defini *por aquilo que me diferenciava das outras pessoas*, das outras coisas, das outras ideias, *e não por aquilo que poderia ter em comum com elas*: este país, ela disse como se estivéssemos naquele instante no país a que ela se referia, é muito mais conformista, ela disse, e muito mais coletivista do que se diz e se pensa, nunca houve individualismo aqui (*lá*, ela quis dizer) e me surpreendeu descobrir isso na universidade onde fizeram de tudo para que eu *pensasse como os outros,* quer dizer, *como eles,* e não com minha própria cabeça como deveria propor a universidade: Althusser, ela disse, você se lembra, o filósofo que matou a mulher, não me diga que estou sendo feminista: eu não sabia, quando o conheci e no tempo em que o ouvia na Sorbonne, eu não sabia naquele momento que *a vida toda* ele teve períodos de *intensa doença mental,* como se costuma dizer: e não sei até que ponto períodos de *intensa doença mental* ou de crise mental afetam o que se costuma chamar de filosofia de alguém, e por favor não me diga que estou tendo um ataque de feminismo tardio, não é isso embora possa ser isso também, essa constante humilhação que se impõe às mulheres e as agressões de todo tipo contra as mulheres, contra *mim,* ela disse, os assassinatos, os estupros coletivos cada vez mais frequentes, não me diga que estou sendo feminista embora em mais de um momento eu sinta uma vontade absoluta e um impulso total para ser inteira e totalmente feminista, ela disse: ouvi Althusser em Paris, ela disse, ouvi suas *leçons,* como se dizia, lições que um filósofo aprendiz de hoje, revendo a obra de Althusser, descreveu outro dia mesmo, escandalosamente, para mim é um escândalo, Júlia disse, como *as boas lições de Althusser:* eu ouvi as lições que Althusser achava adequado dar aos iniciantes naquele momento, aos *débutants* como ele nos tratava: ele dizia que nossas filosofias, mesmo as mais pessoais e as que acreditávamos ser as mais originalmente nossas, refletem apenas a ideologia que a *disciplina da filosofia* sempre teve e que sempre foi a filosofia da resignação, Althusser dizia, sem que ninguém naquele tempo, nem mesmo eu por ser estrangeira e temer que meu francês não saísse bem ao falar embora fosse um francês perfeito quando eu pensava comigo mesma e dentro de minha cabeça, sem que ninguém o interrompesse durante a aula para perguntar se a nova filosofia que ele pregava não era ela também e ela mesma uma *disciplina da filosofia* como eu mesma via que era ali mesmo em Paris, diante dele, diante do *maître à penser*, que horror essa expressão, pensar não admite mestre nem guia nem professor, e a respeito da qual esse filósofo aprendiz, que comentou agora há pouco as *boas lições* de Althusser para elogiá-las sem reconhecer que eram apenas mais uma *disciplina da filosofia*, disse que parecia haver chegado o momento de transformá-las em *uma arma para a revolução*, a essa altura do campeonato veja você! em pleno Século 21!!, Júlia me disse com um sincero espanto irônico, e o filósofo aprendiz citava aqui as palavras que Althusser de fato disse, isto é, que a filosofia e a filosofia *dele, Althusser*, deveriam ser uma arma para a revolução: então, por que você continuou ou por que você voltou a fazer parte desse esquema todo, perguntei, e admito que perguntei com uma ponta perceptível de irritação em minha voz, irritação por ela ter aceitado tudo aquilo, claro: não sei, talvez pelo passado de meus pais, talvez pelo que havia acontecido nos anos 60, talvez por inércia, talvez porque a livre escolha não existe mesmo assim como diz a nova genética ou a futura genética, talvez porque sempre achei que poderia mudar o sistema *por dentro*, ela continuou:

o futuro dura tempo demais, Júlia disse depois de um silêncio enquanto eu olhava pela janela do Kaffeehaus Einstein e via a lama suja cobrindo a rua lá fora, os ônibus e os táxis com suas cores claras inteiramente enlameados de marron enegrecido e era inútil lavá-los enquanto as ruas ficassem daquele jeito: quando ela disse aquilo, que o futuro dura tempo demais, voltei a olhar direta e rapidamente para ela, que não olhava para mim: pensei que ela se referia a um grafito que estava ali, que *deveria* estar ali perto a alguns quarteirões de distância do Kaffeehaus Einstein, no alto de uma empena de um velho prédio abandonado que resistira em parte ao bombardeio de Berlim e que ficara em estado de abandono durante boa parte do controle comunista daquela zona da cidade onde estávamos como se aquela área da cidade fosse então uma cidade medieval murada, o que acabou afinal acontecendo quando o Muro foi levantado, na empena cega daquele prédio que depois se transformara num *okupa* onde artistas alternativos ou iniciantes mostravam suas coisas e onde sempre um bando de jovens dava suas festas radicais: eu tinha visto aquele graffitti anos atrás, How long is the future ou How long the future lasts, algo assim, não me lembrava ao certo, *Quanto tempo dura o futuro*: anotara o graffitti em meu caderno de notas e em vários sucessivos cadernos de notas, tirara fotos do grafito, onde estariam elas?, e voltara a vê-lo durante muito tempo sempre que estava em Berlim, voltava a vê-lo quase todo dia quando estava em Berlim porque eu sempre ficava ali no Mitte e sempre tirava a cada vez uma nova foto do grafito para registrá-lo outra vez, *Quanto tempo dura o futuro*, lá no alto da empena, da lateral cega do prédio abandonado que tinha seus dias contados porque alguém ou alguma empresa o comprara e ia transformá-lo, claro, num condomínio ou shopping ou algo assim, *Quanto tempo dura o futuro*: tirava repetidas fotos do grafito em diferentes momentos de minhas idas a Berlim provavelmente na esperança de que uma nova foto ou o ato de tirar uma nova foto, como se diz, mesmo sem olhar para elas depois, me fizesse encontrar a resposta: e agora Júlia me respondia que o futuro dura tempo demais, ali sentada no Kaffeehaus Einstein: levou um tempo para perceber que ela não se referia ao grafito, que ela nunca vira o grafito que eu agora simplesmente *tinha de lhe mostrar*, e levei um tempo para perceber que aquela era mais uma dessas coincidências inacreditáveis porém verdadeiras que me rodeiam e que certamente resultam da pequenez física e talvez intelectual do mundo que frequento: levei um tempo para entender que ela não se referia àquele grafito mas à autobiografia póstuma de Althusser *Le future dure longtemps*, como ela disse em seguida, assim mesmo em francês, fórmula que ela evidentemente lera em algum livro dele e da qual eu jamais ouvira falar porque há muito já me desinteressara desse tipo de coisa e desse tipo de livro desse tipo de gente: a autobiografia póstuma de Althusser, ela disse, que Júlia descreveu como o *suicídio póstumo* de Althusser porque naquele livro, ela disse, Althusser confirmava o que ela desconfiara desde que o filósofo matara a mulher, quer dizer, que tudo aquilo que ele defendera e dissera era uma fraude e que Althusser era uma fraude ambulante e que o assassinato da mulher não havia sido um acidente mas uma consequência da mente dele, um *analogon* da mente de Althusser, uma fotografia da mente dele, um ícone da mente dele nos próprios termos da teoria que Althusser dizia defender, uma fotografia da mente dele no sentido em que Marx dizia, e Althusser não poderia ignorá-lo (ou poderia?), Júlia continuou, no sentido mesmo em que Marx dizia que todo produto traz a marca do sistema de produção que o gerou: o assassinato da mulher de Althusser por Althusser, descrito em detalhes na autobiografia de Althusser, descrito *literariamente* por Althusser como é comum aos franceses fazerem ainda que Althusser fosse administrativamente argelino, era o produto do sistema que havia gerado a filosofia de Althusser e a filosofia de Althusser era um produto em retrospectiva da morte da mulher do filósofo: doença mental teria um sistema?, Júlia se perguntou retoricamente à minha frente: ela não queria saber, ela disse, querendo dizer que não achava isso relevante como desculpa, ela não queria saber se Althusser havia permanecido num campo de prisioneiros alemão desde a tomada da França pelas forças nazistas em 1940 e até o fim da guerra e não estava interessada em saber que esse tempo como prisioneiro estaria na origem de sua *doença mental* e que isso poderia servir como desculpa ou explicação: isso não lhe interessava em nada, ela disse, interessava era que o filósofo havia assassinado a mulher, por mais complicada que tivesse sido essa mulher e por mais complicada que fosse a relação entre eles, ele a matara e havia *saído livre*, internado num hospital por ter agido supostamente sob o efeito de uma crise mental e acima de tudo *por ser conhecido e famoso*, uma crise mental que não o impediu de escrever uma autobiografia intitulada *Le future dure longtemps* publicada dois anos após sua morte e que Júlia descrevia como um *suicídio póstumo* do filósofo porque no livro ele não apenas descrevia bem, literariamente bem, como matara a mulher mas denunciava a si mesmo como um farsante, um semi-alfabetizado em filosofia que nunca lera Marx direito nem nada, tendo mesmo assim tanta influência no pensamento de esquerda dos anos 60 e 70 e dirigido o pensamento de *débutantes* como ela, Júlia, e transformado sua filosofia, dele Althusser, na mesma *disciplina da filosofia* que ele denunciava nos outros e se desmascarando inteiramente nesse livro *Le future dure longtemps* que um crítico iniciante saudara havia pouco como uma obra-prima porque, disse o crítico iniciante, *toda* personalidade *que consegue falar com sinceridade sobre sua própria vida, suas próprias emoções e suas próprias ideias termina por escrever uma obra-prima*, o que, disse Júlia, talvez fosse a razão pela qual autobiografias de pessoas que não são celebridades nunca chegam a ser obras-primas e nem despertam qualquer interesse por não terem o que esconder, como têm as celebridades: a autobiografia de Althusser saíra em 1992, dois anos após a morte daquele a quem se designava como filósofo e doze depois do assassinato da mulher do filósofo por esse mesmo filósofo e anos depois que Júlia não mais reconhecia a relevância de tudo aquilo que ouvira nos anos 60 e 70:

mas nada disso lhe importava, o que importava para ela ali naquele momento à minha frente, na Unter den Linden, era essa ideia que não conseguia deixar de lado, a ideia de que o futuro dura tempo demais e que o futuro dura mais que o passado e certamente mais que o presente, presente que não é absolutamente nada, o passado dura mais que o presente mas o futuro dura tempo demais, o futuro dela estava durando tempo demais, foi o que ela quis dizer: quanto dura o futuro, perguntava o grafito na parede do prédio abandonado e ocupado da Oranienburgerstrasse ali perto e que eu tinha de ir verificar correndo se ainda continuava ali, em pé, fazendo a si mesmo e à cidade e a todos aquela pergunta que, eu entendia naquele momento, *tinha de ser* a pergunta que o autor do grafito vira prévia e anteriormente respondida no título da autobiografia do filósofo assassino, do filósofo que se suicidou postumamente, do filósofo que não conseguiu ou não quis se suicidar filosoficamente em vida e que um filósofo aprendiz elogiara há pouco dizendo que aquela filosofia era a arma da revolução: revolução do quê, perguntou Júlia com forte e visível e audível sarcasmo: o Brasil é um país onde o futuro, em relação a ideias como essa, tem a mesma duração do passado e é por isso enorme e inesgotável, acrescentou Júlia com dor na voz, e só mesmo um alemão fugido da guerra como Stefan Zweig poderia descrever o Brasil como um país do futuro assim imortalizando essa ideia e essa frase que no entanto tinha de ser entendida à luz do suicídio do escritor Stefan Zweig em terras do mesmo país do futuro que ele disse aqui encontrar, ele que não tinha futuro: dor na voz de Júlia, percebi distintamente:

Júlia sentada à minha frente no Kaffeehaus Einstein numa tarde gelada da Unter den Linden era a mulher mais fascinante do café naquele momento, podia ver no seu rosto que ela *havia sido uma linda mulher*: e sempre que vejo uma mulher que foi linda me sinto inutilmente mal: Júlia não dissera nada ainda de pessoal sobre Josep Marília: perguntei: ele estava morto havia muito tempo, ela disse quase num murmúrio, mastigando as palavras: não entendi: Júlia sorriu ligeiramente, brevemente, como conviria que sorrisse uma mulher que havia sido linda: não, não me refiro a Josep Marília, ela disse, penso nessa ideia que por vezes não sei o que significa, ela disse, a ideia de que alguém *já estava morto havia muito tempo* quando isto ou aquilo aconteceu: que sentido tem essa afirmação, *ele estava morto havia muito tempo* já, ela perguntou: ele estava morto há muito tempo *quando o quê?*, que diferença faz *havia quanto tempo* alguém está morto depois que morreu? como se alguma coisa estivesse acontecendo *enquanto ele estava morto havia bastante tempo já*: esse *enquanto* não tem sentido, não faz sentido nenhum, ela disse: como tomar por referência de alguma coisa, de algum acontecimento, de alguma ideia, o fato de alguém estar morto há já bastante tempo?, ela disse: *Longtemps je me suis couché de bonne heure*, ela disse, durante muito tempo fui me deitar cedo, durante muito tempo fui cedo para a cama, durante muito tempo fui dormir cedo: essa afirmação, antes uma confissão do que uma proposição, faz sentido, ela disse: *fazia muito tempo que ele havia morrido* não faz sentido, ela disse: a primeira é uma coisa real, ela disse, mesmo sendo parte de uma ficção: *ele já tinha morrido havia muito tempo* não faz sentido algum, ela insistiu: sim, eu quase disse: Josep, para mim ele sempre foi Josep, não fazia sentido para mim chamá-lo de Josep Marília como todo mundo o chamava embora eu o chamasse assim também quando tinha de falar dele para outras pessoas um pouco como se ele fosse uma *terceira pessoa* mesmo em relação a mim, o que ele de fato foi, Josep Marília isso, Josep Marília aquilo, como se ele não fosse um íntimo meu, como se não fosse Josep: mas é verdade, é possível que Josep Marília já estivesse morto para mim há muito tempo, suspeito que Josep Marília já estivesse morto há muito tempo para ele mesmo, Josep Marília mudava até de nome a intervalos regulares para poder recomeçar do zero, como ele dizia, tinha aprendido isso com algum escritor chinês, antigo, arcaico talvez, ele dizia, disse Júlia: mudar de nome para desaparecer e poder recomeçar tudo de novo *como se fosse uma outra pessoa*: um dia eu amei Josep Marília, Júlia disse, embora essa palavra *amar* em português soe sempre forte demais a meus ouvidos, ela disse: se eu fosse americana ou inglesa poderia dizer mais facilmente e de modo mais normal que amei Josep, *I loved Josep once*, que é melhor do que dizer que um dia eu *gostei* de Josep, em português fomos feitos apenas para *gostar* dos outros e das coisas, gosto muito de banana, gosto muito de você, os ingleses e americanos amam tudo indiscriminadamente, eles amam esquiar, amam batata frita, amam alguém, amam isto e aquilo, nós apenas *gostamos* das coisas e das pessoas, enfim, *eu* apenas gosto, Júlia disse: um dia eu gostei de Josep, ela disse, gostei muito, e depois ele mudava de nome para poder recomeçar tudo de novo mas como eu poderia recomeçar a gostar dele outra vez? ou de quem gostava eu afinal? como gostar de alguém que não é igual a si mesmo? ele dizia que isso não mudava nada, que mudava apenas o modo como *ele* via as coisas, dizia que apenas mudava o ângulo pelo qual *via* as coisas e reconhecia que isso devia de algum modo mudá-lo a ele também mas não como eu pensava, ele me dizia, Júlia disse:

Josep não me ajudou muito nisso tudo, ele era, digamos, distante: não frio: indiferente: cínico, talvez: no bom sentido, eu diria, ela disse, mesmo que eu tenha verdadeiro horror a essa expressão, *no bom sentido*: não cínico, o cínico no bom sentido é *um* cético: ele era cético e eu queria mais do que isso mas *há* sempre uma enorme parede entre as pessoas, não? eu não disse nada, claro, era ela quem estava ali para falar de suas ideias e sentimentos, não eu para falar dos meus ou dos dela embora soubesse exatamente do que ela estava falando e pensasse exatamente como ela: anti--conformista é a palavra, Josep sempre estava pensando contra a corrente, a contrapelo: um romântico: e eu era mais aderente, eu aderia mais às coisas e às ideias: eu quase não podia conversar com ele em alguns momentos: no final dos 90 e depois, no início do século 21, e *sempre* digo século 21 assim por inteiro e por favor *ouça* neste número que estou dizendo o numeral arábico e não o romano porque não dá mais para escrever o número deste século 21 em algarismos romanos, e veja, isso não significa que eu tenha qualquer desvio ideológico rumo à cultura árabe e menos ainda rumo à cultura árabe em sua versão islâmica: pelo contrário: enfim, logo no início do século 21, no primeiro ano real do século 21, ou no segundo ano do século 21, depende de como você calcule o começo de um século, no primeiro ano realmente simbólico e significativo do século 21, que começou em setembro daquele ano, 2001, quando Josep já estava morto para mim havia muito tempo naquilo que realmente importava, e deixo a você imaginar em que sentido digo isso, ele me dizia *imagine*, foi a palavra que usou, *imagine* se aquele pessoal com quem você andava tivesse, por absurdo, por um absurdo absolutamente absurdo, tomado o poder lá atrás antes de você seguir para Paris comigo ou enquanto você passava um bom tempo em Paris comigo, por exemplo, escutando toda aquela turma de filósofos e sociólogos e *maîtres à penser*, em particular aquele cujas aulas você frequentava e que depois matou a mulher e que nunca foi revisto em suas *consequências filosóficas* assim como nunca se tiraram ainda todas as *consequências filosóficas* do nazismo de Heidegger, ela disse, sem que eu soubesse até que ponto terminava o que Josep Marília lhe dizia e onde começava aquilo que ela mesma acrescentava no relato que me fazia, Heidegger que no filme sobre Hannah Arendt que você deve ter visto, ela disse, sim, vi, claro, não aparece quase nada: você não pode dizer que tudo não passa de um acidente de percurso como *sempre se diz*, Josep dizia, um acidente que não afeta a essência de um pensamento ou de um projeto, como tudo aquilo que acontecia em Brasília e perto de Brasília nos primeiros anos do século 21 e depois em 2005 e 2006 e nos anos que se seguiram, Josep sempre me forçava a pensar naquela possibilidade histórica, não para me irritar e provocar, não se tratava disso, era uma questão sincera para ele: imagine o país Brasil como essa ilha do Caribe cuja nome é melhor não pronunciar, como aquela ilha só que gigante e imensa, Josep costumava dizer, imagine o país Brasil não só como um imenso Portugal como Chico previa sob a ditadura de direita mas como uma imensa e infindável ilha caribenha, a ilha de que Chico sempre gostou, a ilha da ditadura assumida e em nada diferente dos outros lugares que têm seu totalitarismo.2, seu totalitarismo ponto dois, versão século 21, o *totalitarismo democrático* das eleições sem direitos como na Venezuela e na Nicarágua cujo outrora revolucionário e amado timoneiro ou condutor ou *condottiere* ou guia, como se diz, agora pode ser reeleito indefinida e democraticamente e legalmente quantas vezes quiser e o Equador controlando a mídia e processando cartunistas, assim como já havia sido com a ascensão democrática de Hitler até o instante da tomada definitiva do poder, a história se repete e se repete e uma vez mais e é sempre pior, e veja por todo lado aqui ao redor, e Júlia novamente falava como se estivéssemos naquele momento na América do Sul e não na Unter den LInden, e também longe daqui sem que nenhuma desses lugares e dessas histórias seja mais do que uma notícia minúscula de pé de página num jornal de país desenvolvido porque eles já não dão mais a mínima importância para nada do que acontece por aqui, e novamente ela se referia ao país em que continuava estando mentalmente e não ao lugar onde estávamos naquele instante: o que acontece por aqui (lá) não repercute, ela disse: imagine se tivessem tomado o poder naquele momento, por absurda que seja essa hipótese, Josep Marília me dizia, imagine um pouco como seriam as coisas, pense, um sacrilégio o que vou dizer, disse Josep Marília, mas este país, e eu sabia a que país ela se referia, talvez tenha apesar de tudo uma dívida com esse homem que poderia ter tentado um terceiro mandato, ou não poderia?, e depois um quarto e depois a reeleição infinita, uma dívida possivelmente maior do que se pensa embora de difícil avaliação e apesar de a história não estar encerrada, ele dizia, ainda há pouco, Josep Marília, *apesar de nada estar encerrado ainda*, e mesmo que exista uma dívida para com ele é possível que esse crédito já lhe tenha sido pago por outros meios, e pode ser que tudo não passe de uma gigantesca armação, sem que eu soubesse se quem falava agora era Júlia ou Josep Marília: cumpri meu papel, Júlia disse, cada um tem de fazer o que acha que tem de fazer, *you gotta do what you gotta do* disse o amigo do "mocinho" em *Bullets over Broadway* para o próprio "mocinho" cuja mulher esse amigo iria em seguida *roubar*, como se diz, embora eu não veja sentido algum nessa expressão idiota e possessiva, *roubar a mulher ou o homem* de alguém, mas que ele roubou por pouco tempo porque também em alguns filmes de Woody Allen as coisas têm um final de Hollywood uma vez que os filmes dele são filmes *naïfs*, o que significa que são alegres e exultantes e não querem romper com nada, e a mulher ao final fica com o marido mesmo, com o "mocinho" e não com o amigo do "mocinho", e são felizes para sempre: Júlia sorriu: cada um tem de fazer o que tem de fazer e eu fiz, Júlia disse: eu não conseguia mais ficar sentado ali no Kaffeehaus Einstein, minhas pernas doíam, meu corpo dói se fico muito tempo sentado e além disso tinha uma imensa e urgente necessidade de ver *em seguida* se aquele grafito na empena do *prédio ocupado* em Oranienburgerstrasse ainda continuava lá, queria mostrá-lo a Júlia, ela tinha de ver aquele grafito, as coisas não se perdem assim simplesmente no vazio e no tempo ou numa dobra do tempo ou numa dobra do espaço, foi o que eu disse a ela ou talvez tenha antes pensado do que dito ou dito uma parte e não a outra, é muito comum imaginar que se disse mais do que realmente se disse e dizer mais do que se imagina ter dito: eu disse apenas que ela precisava ver alguma coisa pertinente ao que me contava, uma curiosidade ou coincidência que talvez não fosse um simples episódio curioso ou coincidente: aquele grafito quase certamente era, como eu pensava ter descoberto naquela tarde com Júlia sentado no Kaffeehaus Einstein, a pergunta *póstuma* a uma resposta já dada e já conhecida, um *prequel*, uma história anterior que só existe depois que passa a existir uma história posterior que, quando existiu, não era posterior a nada, *prequel*, não uma *continuação*, não a *sequel*, a sequência, não a *parte 2* de uma parte 1 mas a *parte zero* de uma história 1, de um filme 1 que se torna então a *sequel* sem que jamais tivesse sido pensado, às vezes, como *sequel* de nada, uma pergunta cuja resposta eu conhecia agora pela boca de Júlia e uma reposta que não me agradava nada: o futuro dura tempo demais, ela havia dito:

enquanto seguíamos pela Unter den Linden até a Friedrichstrasse minha ansiedade crescia a cada passo: e se o prédio ocupado, do qual não sobrara muito depois da guerra, já tivesse sido derrubado, eu me perguntei, para dar lugar ao novo *empreendimento*, como se diz: não é que eu *não pudesse me perdoar* por perder a ocasião de *fechar um circuito* que eu nunca soubera ser um circuito assim como nunca soubera que esse circuito um dia poderia se fechar, não poderia ter previsto isso: mas era uma coincidência demasiado importante ela ter-me dito aqui, nesta cidade, o que havia dito sobre a duração do futuro e eu ter visto *antes*, bem antes, nesta cidade, a pergunta que se vinculava àquela resposta posterior e que portanto era de certo modo uma falsa mas expressiva pergunta: eu não podia ter previsto nada disso e nem ela, mas era uma oportunidade histórica mostrar a Júlia aquele grafito e quanto mais descíamos pela Friedrichstrasse, uma suave inclinação na planície de Berlim rumo ao rio Spree, mais minha angústia aumentava, não era mais apenas ansiedade, era angústia: passamos pela estação de Friedrichstrasse de onde eu saíra para relutantemente pôr os pés em Berlim Oriental pela primeira vez nos anos 80, quarenta anos depois da fim da guerra que não acaba de terminar, atravessamos a ponte sobre o Spree para ver de novo aqueles estilhaços de gelo subindo uns sobre os outros como se cada um quisesse desesperadamente escapar daquela armadilha gelada que Caspar David um dia também viu e representou numa tela famosa, e estávamos já bem próximos da Oranienburgerstrasse, eu estava ansioso como uma criança, queria mostrar para Júlia o grafito que vi naquele prédio durante anos e anos: virando à direita na Oranienburgerstrasse, acompanhando o trilho do bonde, desci da calçada e passei para o meio da rua tanto quanto era seguro de modo a ver se o velho prédio semidestruído continuava em pé ali adiante: sim, continuava em pé ali adiante: agora era preciso que o grafito continuasse ali na empena, como antes, sem ter sido apagado ou substituído por outro como era a norma naquele ambiente dos grafito: o prédio mostrava-se agora completamente fechado e trancado, ao contrário da última vez que o vira, sinal de que o novo proprietário conseguira desocupá-lo embora deixando à vista todos os sinais exteriores da *cultura alternativa*, como se diz, que nele se instalara bem comportadamente sabendo que só ali poderia manifestar-se com suas ações e seus grafito nas paredes externas *daquele* prédio e em nenhuma outra parede de nenhum outro prédio próximo, com seus grafito e suas peças de teatro alternativas e a mini e falsa marquise de cinema e teatro que restara na fachada, como aquelas dos cinemas dos anos 30 e 40, ainda anunciando uma peça de H. Müller que poderia ser de Heiner Müller ou de um H. Müller que queria dar a impressão de ser Heiner Müller, e com aquela placa velha de cobre ou latão onde se lê *Galerie Tacheles, tacheles*, iídiche para "fala direta, conversa franca", em memória da loja de departamentos que era inicialmente uma passagem como as de Paris, a Friedrichstrassepassagen, construída no começo do século XX no bairro judeu do Mitte de Berlim, e que depois foi sede do Partido dos Trabalhadores Nacional-Socialistas Alemães, NSDAP, e, claro, os trabalhadores têm sempre de servir de pretexto para as tiranias de esquerda e direita, depois sede da SS, depois prisão nazista, depois ocupado pela burocracia da Alemanha Comunista que deixou o prédio degradar-se até o fim, depois ocupado por *artistas* alternativos, depois comprado por um fundo financeiro que faliu, depois desocupado a pedido dos novos proprietários e agora ali na nossa frente fechada e tapada, a antiga loja de departamentos no bairro judeu do Mitte, a Galerie Tacheles que sempre fala com franqueza para quem quer ouvir e sabe ouvir: falar a história, ouvir a história: querer ouvir e saber ouvir:

dei os últimos passos com o coração nas mãos, como se diz de modo habitual e bobo e bastante tolo, suficientemente idiota mesmo ou estúpido como dizem abundantemente os americanos meus colegas, mesmo que fosse exatamente assim que me sentia, com o coração nas mãos, até chegar ao ponto a partir do qual *com mais um único passo* eu veria o grafito se ele ali estivesse e não havia por que não estar se o resto que sobrara do resto do prédio ali estava: e estava: e dei mais alguns passos para ver finalmente que lá estava escrito, assim mesmo em inglês bem no meio do Mitte de Berlim, HOW LONG IS NOW, *Quanto dura o presente*, acima de uma grande cara branca sobre um fundo negro que lhe entra pelas zonas de sombra e lhe dá um aspecto sinistro ou ameaçador, e a pergunta está assim mesmo, sem ponto de interrogação, acima da cara branca e preta pintada, HOW LONG IS NOW e não HOW LONG IS THE FUTURE como pensei por longos minutos no Kaffeehaus Einstein e durante todo o curto e longo trajeto até a ruína imponente do velho prédio fechado mas de cujo segundo andar, na parte de trás, saía uma fumaça como se alguém cozinhasse alguma coisa previsivelmente numa lata sobre um fogo aceso com madeira: e portanto não tinha havido *prequel* nenhuma, nem *sequel* nenhuma porque a pergunta era outra: com Júlia a meu lado e a meu pedido, embora ela não parecesse inclinada a me seguir, coloquei-me em diferentes posições diante da parede não apenas para fotografá-la na melhor perspectiva possível como, é provável, para ver se de outro ângulo a pergunta se alteraria para HOW LONG IS THE FUTURE: mas a pergunta não se alterou por mais que eu mudasse o ângulo de observação, sempre aquela cara negro-branca que me perguntava HOW LONG IS NOW, HOW LONG IS NOW com letras maiúsculas todas e embora ela me pergunte uma vez apenas, sou eu quem a repete duas vezes para maior expressividade, como se diz, e mais vezes: Júlia não parecia gostar do que via ou era indiferente, me dizia apenas,

quase apenas murmurando, *mumbling*, tropeçando nas palavras, o que me levou a perguntar-lhe uma e outra vez *o que de fato estava dizendo*, que o presente dura tanto quanto o passado e o futuro juntos e que tudo que vivera, que tudo naquele país Brasil entre os anos 60 e 80 e começo dos 90 e no meio dos 90 e depois nos anos 2000 em seguida a um breve *intermezzo* que mais parecia ocasional e intrometido, um descuido da história sinistra do país Brasil que parecia dar inteira razão a Kant quando disse que da madeira torta da humanidade nada de reto havia jamais saído, ela disse, embora eu mesma prefira dizer *da madeira podre da humanidade nada de bom jamais saiu*, ela disse, todos aqueles anos haviam transformado seu presente num desmesurado e imenso presente, num tempo único imemorial e infinito preso ao passado como continuação do passado, infinitamente sem fim e sem saída e sem possibilidade de um dia tornar-se passado ou futuro embora me ocorra agora que ela disse que talvez aquele largo e elástico presente só poderia tornar-se futuro quando fosse outra vez um presente simples, um *presente do indicativo*, quer dizer, um presente que *pudesse* transformar-se em passado, ela disse, o que não era o caso ainda: mas não entendi exatamente o que ela quis dizer com aquilo, que me parecia ali na rua, talvez por efeito do frio, um tanto ininteligível: meu presente tem durado demais, ela disse, enormemente, tempo demais, quanto dura o presente é o que *está aqui*, ela disse, mostrando o envelope com os DVDs ou CD-Roms e *pen drives* na minha mão: e virando-me as costas caminhou na direção da estação de metrô de Oranienburger Tor da qual, se eu tivesse prestado mais atenção, poderíamos ter saído na ida depois de ter tomado o metrô na estação anterior sem precisar andar aqueles três ou quatro últimos longos quarteirões que tinham servido apenas para me dar uma enorme angústia e uma grande esperança e, por alguns minutos, uma *fé na História* que, sem dúvida, teria ficado evidente desde o início ser de todo descabida se eu estive pensando de uma maneira minimamente lúcida: como poderia eu ter fé na história se essa fé dependia de uma majestosa coincidência em tudo ocasional, eu pensei, quer dizer, se dependesse de um grafito continuar no lugar onde o havia visto várias vezes no passado: nem podia falar em *acaso & escolha* porque eu não escolhera nada, nem fazer aquele grafito nem descobri-lo no passado nem nada e certamente Júlia não escolhera nada do que me contara embora pudesse ter escolhido outras coisas: os acontecimentos acontecem do modo como acontecem e o fato era este: admito que naquele curto trajeto cheguei a imaginar que a partir dali eu poderia ter até mesmo um pouco de fé na história e que a história arma, sem que saibamos, sistemas de sentido que um dia se despejam sobre a nossa cabeça, fé que me distinguiria enormemente de Josep Marília e dele me distanciaria, mas de fato não havia base para isso porque a pergunta na empena do prédio desocupado era outra: o céu não estava claro e por isso eu não esperava ver aquela imagem que então via agora nitidamente acima dos prédios relativamente baixos com seus cinco andares no máximo enquanto Júlia se afastava na direção da estação Oranienburger Tor do U-bahn, e no entanto o que via naquele instante era a lua em quarto crescente na imagem que ela dá de si mesma no hemisfério Norte, quer dizer, uma imagem invertida em relação àquela visível do hemisfério de Júlia e que originariamente e por acaso era o meu também, o hemisfério Sul, sem que eu desse a esse fato uma importância desmesurada por estar longe de lá há bastante tempo, imagem invertida, quer dizer, a parte direita iluminada em arco e não a parte esquerda: e o arco visível da lua estava visivelmente avermelhado, o que sempre me impressiona um pouco, como prefiro acreditar:

durante um tempo pensei se abriria ou não os DVDs ou CD-ROMS e *pen drives* que Júlia me entregara: não me interessava o tipo de informação que, eu imaginava, poderiam conter, se fosse mesmo *aquele* tipo de informação que eu pensava estar ali contido isso seria um assunto para a história coletiva e político-policial daquele país Brasil, repleto de histórias político-policiais, e não para a história pessoal de Júlia, a única história que me interessava: os DVDs e *pen drives* ficaram intocados sobre minha mesa no estúdio diante do lago de Wannsee durante um bom tempo: e depois minha curiosidade foi finalmente maior que a aversão e os abri: vários arquivos continham a letra completa de *Águas de Março*, cada um com um tipo diferente da fonte tipográfica, cada arquivo acompanhado quase sempre por uma gravação diferente, só instrumental ou cantada na voz do dueto memorável que dera o pulso emocional correto e *entusiasmante* do país naquele momento lá atrás, bem lá atrás agora (um momento do passado *para mim* embora um momento *presente* para Júlia, como ela disse), entusiasmante mesmo se eu me lembrasse da advertência de Kant, talvez porque Júlia acabara de mencioná-lo, e advertência certamente repudiada também por Trotsky e todos os outros *dirigentes das massas*, advertência segundo a qual o entusiasmo é a privação momentânea da consciência: e aquela privação momentânea da consciência em relação àquele tipo de assunto e àquele país Brasil, privação que nunca mais se repetira, havia durado tempo demais para algumas pessoas: e ao lado daqueles primeiros arquivos que abri ao acaso havia dezenas, centenas de outros com fotos da autoria de José Medeiros, cada arquivo com uma única foto, fiquei com a impressão certamente falsa de que ali estavam todas as fotos que José Medeiros fizera sobre o país, como a do índio ao lado do avião na Serra do Roncador e a da praia do Arpoador num Rio ainda sem calçadão e com os carros estacionados a 90 graus quase sobre a areia, uma cena de possessão em ritual de candomblé, a final da Copa de 50 no Maracanã que meu pai fora ver de avião talvez em sua primeira viagem de avião na vida e da qual retornara com o estado de espírito que se pode imaginar depois da derrota inesquecível além de uma terrível dor de ouvido uma vez que os aviões da época eram precários, e uma foto de grupo com Niemeyer, Vinicius, sua linda mulher Lila Bôscoli e Tom Jobim nos bastidores da montagem de *Orfeu da Conceição*, e a foto de um *brotinho* na praia quando ainda havia *brotinhos* e não meninas vestidas no estilo *fuck me now* como diz a personagem de *Ninf( )maníaca*, uma foto da Avenida Atlântica tirada do nível do asfalto, o deus das moléstias no candomblé, inúmeros trilhos de bonde antes do assassinato desse sistema de transporte público, como se diz, levado a cabo quando da entrada das montadoras automobilísticas no país Brasil amparadas pela cumplicidade dos governantes locais, dezenas e dezenas de arquivos de fotos em p&b da autoria de José Medeiros e depois fotos a cores da construção de Brasília tiradas por outras pessoas, várias anônimas, mostrando edificações provisórias de madeira que se sabia ou se pensava que seriam provisórias, como foram, mas que surgiam naquele instante da foto tão esteticamente interessantes e fortes sobre a terra vermelha de Brasília como depois não se viu por ali com frequência nem nas novas construções definitivas em concreto assim como não se via mais na cidade a terra vermelha enterrada sob asfalto, incríveis exercícios arquiteturais de estilo destinados à destruição, dezenas de fotos de Brasília: e dezenas de imagens de fotojornalismo, entre os arquivos de Júlia: e cenas de filme e transcrições digitais, como se diz, de filmes inteiros, dois em particular com mais de uma cópia, *Terra em Transe* e *Idade da Terra*, do qual tive vontade de rever o longo plano sequência inicial do sol se erguendo sobre Brasília, cidade sobre a qual talvez o sol nunca se erga de novo agora que a idade desta terra está irremediavelmente arcaica sem ter sido velha: e poemas transcritos na íntegra ou só em alguns versos evidentemente escolhidos por alguma razão que não me era clara e que eu não tinha vontade de investigar: e imagens virtuais de cartões-postais de obras de arte famosas e menos famosas pertencentes a museus famosos e menos famosos que certamente Júlia havia colecionado ou em todo caso juntado, reunido, guardado e em seguida escaneado: havia outros arquivos naqueles DVDs e *pen drives* e no entanto por alguma feliz coincidência e um pouco de intuição abri apenas aqueles que indicavam não ser os que eu preferia ignorar por seu material político-policial e por não ter eu nenhum interesse em uma material de algum modo já divulgado e sabido e que iria de novo me causar engulhos só de ler: passei horas e horas de dias diferentes abrindo e vendo e revendo e reouvindo os arquivos dos DVDs e dos *pen drives* de Júlia:

PESAR E PRAZER

The after life has to start somewhere.*
Joseph Brodsky

passou-se um bom tempo antes que eu voltasse a encontrar Josep Marília: num dado instante, como é comum dizer-se, Josep Marília havia se levantado da mesa do restaurante em Cap de Creus onde nos encontráramos pela primeira vez e sem qualquer pré-aviso, sem sobremesa e sem café, deixou uma nota de alto valor em euros que pagou quase toda a conta e disse que não mais havia clima para uma conversa ali mas que entraria em contato comigo porque eu *sabia ouvir*, ele disse, eu sabia ouvir: sim, parece que sim, que sei ouvir, reconheço, serve-me de bom escudo, aliás: um dia cheguei a considerar tornar-me psicanalista, num momento em que talvez ainda não soubesse (embora pudesse imaginar) que eu *sabia ouvir*: mas nunca me vira a mim mesmo sentado ouvindo queixas e lamúrias e lamentações e acusações e problemas sem fim e sem solução:

um bom tempo depois, eu estava em Berlim para assuntos totalmente outros, e na verdade para nada porque era meu ano sabático, sem pensar muito ou quase nada naquela história que começara despretensiosamente com meu encontro com Josep Marília, quando recebo um e-mail dele dizendo saber que eu estava em

* A vida depois da vida tem de começar em algum lugar.

Berlim, sem dizer como soubera disso, e propondo um encontro em Potsdam de onde ele tampouco estava longe: propunha que nos encontrássemos numa das entradas do parque Sanssouci em Potsdam, esse parque com seus tantos palácios e mansões e o que chamam de castelo, o castelo de Charlottenhof, deveríamos nos encontrar numa entrada secundária como depois entendi, na Geschwister-Schollstrasse quase esquina com a Kastanienallee que por sua vez, como eu mesmo procurei me informar em seguida de modo a me orientar melhor e a me perder o mínimo possível, saía da Zeppelinstrasse sobre a qual ficava a estação do trem regional que passava por Potsdam-Charlottenhof: eu não deveria descer na estação central de Potsdam, se fosse de trem, Josep Marília advertiu, e eu iria de trem, mas em Potsdam-Charlottenhof: e me deu a indicação das ruas, com nomes difíceis de esquecer por motivos óbvios, pelo menos aquelas duas, a Kastanienallee e a Zeppelinstrasse que ele não mencionara e que eu mesmo descobri sozinho *in loco*, como se diz:

era um domingo extremamente frio, temperatura abaixo de 0°. C, um céu tão baixo e pesado sobre Berlim, quando fui pegar o trem em Friedrichstrasse, que não foi possível ver a ponta da Torre de TV com seu restaurante giratório, uma torre não tão alta assim cravada no coração da Alexanderplatz, perto dali: durante o trajeto até Potsdam no trem regional relativamente vazio àquela hora de um domingo, e que peguei em Friedrichstrasse por estar no centro da cidade naquele instante, apesar da hora, o nome do parque, Sanssouci, entrava e saía de minha consciência: Sanssouci: muita coisa era Sanssouci, muita coisa tinha o nome de Sanssouci, aquele parque, um hotel em Viena, tantas *villas* de fim de semana na Alemanha, tantas casas de montanha nos bairros de europeus em Campos do Jordão ou nos bairros europeizantes de Campos de Jordão, tudo era *sans souci* sobretudo quando dizia respeito a reis e imperadores, como Frederico II da Prússia que a certa altura resolveu oferecer-se uma residência de verão onde poderia ficar *distante dos problemas* da corte em Berlim: a noção de distância no século XVIII me surpreendeu de repente, no trem a caminho de Potsdam, o parque de Sanssouci está hoje a pouco mais de meia hora de Berlim, como poderia ser tão difícil assim transpor uma distância dessas mesmo naquele tempo de cavalos a ponto de permitir a um imperador um refúgio dos problemas diários da corte, me perguntei: mas, era alguma distância mesmo para um cavalo: e não era tão longe assim da capital caso houvesse algum problema a exigir o retorno do poderoso: nada muda: enquanto via a paisagem passar sem olhar a mim mesmo refletido na janela, algo que decididamente não gosto de fazer e evito fazer, e sem me ver refletido tampouco na paisagem, tive curiosidade de saber quando essa expressão, Sanssouci, teria passado a existir, na história: talvez não antes daquele mesmo século XVIII, o mesmo que introduziu a ideia do *prazer* ou a ideia de que o prazer pudesse ser um componente da experiência de vida e de mundo e uma *questão de filosofia*, como fora para Voltaire que escrevia *Oh le bon temps que ce siècle de fer / Où le superflu, chose très nécessaire/ Réunit l'un et l'autre hémisphère** e esses dois hemisférios de que falava poderiam ser tantos e mais de dois: *sans souci*, não só *sem preocupação* mas *suave, agradável, descontraído*: todos aqueles lugares que se chamavam a si mesmos Sanssouci e também aquele palácio no parque de Sanssouci com sua Orangerie cheia de árvores de frutas e a mansão rococó apropriada para um momento suave e descontraído: estava bem que Josep Marília tivesse escolhido aquele lugar, talvez ele mesmo estivesse *sans souci*, fosse um *sans souci*, vi naquela sua escolha um bom sinal:

---

* *Como é bom este século sério / Em que o supérfluo, de tanto desidério / Reúne um e outro hemisfério.*

à saída da estação de Charlottenhof em Potsdam, estação precária, como que abandonada, sem funcionários, sem nada, no início de uma reforma ou no fim da decadência, um cenário que poderia ter servido de sinal nefasto em tudo contrário ao primeiro sinal favorável que eu identificara a caminho do parque, e que mostraria toda sua carga negativa se eu tivesse sabido interpretá-lo no momento, à saída da estação de Charlottenhof em Potsdam, propriedade dos Hohenzollern desde 1415 e residência dos imperadores prussianos e depois do Kaiser alemão e depois sob o manto escuro da Alemanha soviética, eu sentia tudo ainda mais frio e talvez estivesse mesmo mais frio, além de deserto, naquela imensa e longa e larga e reta avenida que em seguida soube que não era uma avenida mas apenas uma rua larga e longa, a Zeppelinstrasse: Josep Marília não me dera as coordenadas suficientes, eu percebia naquele instante, e eu mesmo não me havia preparado o necessário com informações sobre o lugar, as indicações dele tinham-se proposto a mim como evidentes mas não o eram: perguntei a duas mulheres num ponto de ônibus na tarde escura onde ficava o castelo de Charlottenhof no parque de Sansssouci e sem hesitar elas me apontaram a direção: perguntei se era longe e disseram que não, bastaria andar um pouco pela Zeppelinstrasse e virar à direita *logo ali* no primeiro semáforo: perspectivas são enganosas em termos de distância, mais ainda num dia cinzento em que as distâncias se borram, e depois de andar um bom tempo sem praticamente sair do lugar nem ver chegar o *logo ali* me dei conta de que fizera a pergunta errada e para pessoas acostumadas a andar: deveria ter indagado do ônibus ou do bonde para o castelo de Charlottenhof, não adiantaria perguntar por um táxi porque não passava nenhum, não havia nenhum à vista: a Zeppelinstrasse, larga e comprida e com esse nome cuja permanência no tempo também me surpreendeu outro tanto (embora não houvesse razão para apagá-lo, afinal era um orgulho para a Alemanha e não estava forçosamente vinculado aos horrores da guerra), não terminava nunca e o semáforo não se aproximava, e se o aspecto do lugar e minha sensação no centro dele já eram desoladores na Zeppelinstrasse, o foram ainda mais quando enfim, gelado, entrei na Kastanienallee: os prédios se apoiavam uns nos outros ao longo de toda a rua, como na Zeppelinstrasse, iguais na altura e na conformação geral, vários naquele cinza-claro anódino aguado ou verde ralo desbotado que me incomodava enormemente por sua falta de caráter e consistência, não se tratava de falta de *bom gosto* porque era muito mais e muito menos do que mau gosto, um cinza e um verde aguados como se fossem o *vazio* da cor, não a ausência da cor mas *o vazio da cor*, a recusa da cor, um cinza e um verde ralos como a moral religiosa e como a moral protestante que, eu supunha, era ou fora mas deveria ser ainda a moral imperante por ali embora Potsdam um dia houvesse sido o lugar da tolerância religiosa muito lá atrás no tempo, não uma cor forte como aquela que se poderia encontrar na *realpolitik* de Maquiavel e que me dava enorme desconforto, e não sabia dizer qual era pior, o cinza ou o verde, o cinza talvez, um cinza claro e diluído só visto na Alemanha e talvez na Suécia e na Dinamarca e que deveria existir por outros lugares da Europa do norte, uma cor sem qualquer personalidade à beira do nada, lavada, imprecisa, uma cor sem moral, antes camuflando e anulando do que revelando prédios que ora davam a impressão de serem resultado da reconstrução, ora de terem permanecido intocados pela guerra e portanto iguais a si mesmo e à sua nulidade há muito tempo, desde sempre, como um deles que ostentava à entrada um par de ovos tipo "fabergé" sobre colunas onde normalmente, num prédio afirmativo e em situação semelhante, se veria um par de altivos leões: estava frio demais para deter-me ali e tentar descobrir algo sobre aqueles horríveis ovos de quase um metro de altura à entrada de um prédio de resto modesto mas que aspirava a alguma grandeza com aqueles ovos ali plantados, estava frio e eu já atrasado pelo cálculo errado da distância, Josep Marília deveria estar à espera e eu não tinha tempo para pensar no sentido certamente banal que teriam aqueles ovos para mim à beira de um surrealismo que não poderia ser surreal: e de fato Josep Marília já estava à minha espera quando enfim cheguei apressado mas ainda com fôlego, o frio forte não me deixava faltar ar nos pulmões, incomum, apesar da caminhada puxada:

iríamos ao café de um hotel dentro do parque Sanssouci, ele disse, e naquele momento pela primeira vez me pareceu extremamente exagerado marcar um encontro num café de hotel no parque de Sanssouci em Potsdam, ao lado do castelo de Charlottenhof, num domingo gelado: talvez Josep Marília não tivesse se informado sobre o tempo que teríamos naquele domingo, a maioria das pessoas nunca o faz, mas me pareceu naquele instante excessivamente exótico escolher aquele lugar ermo numa zona da cidade onde não se via quase ninguém nas ruas, literalmente quase ninguém nas ruas assim como não havia quase ninguém no parque imenso e escuro num domingo gelado: caminhávamos pelas alamedas de areia cinza molhada do parque Sanssouci e Josep Marília não parecia saber qual caminho tomar: andamos e andamos e nada: passamos por uma pequena mansão branca em estilo neorromano ou isso, com colunata e uma espécie de anfiteatro à frente da entrada principal e que me fez pensar estar de novo em outra Vila Adriano fantasma como a romana, um palacete todo fechado com tapumes diante de suas principais portas e com todas as janelas igualmente fechadas e certamente aferrolhadas por dentro: continuamos andando sem ver nada de hotel por perto e desembocamos num edifício menor e ocre sujo misto de pequeno forte e mansão e que havia sido local de termas romanas, quer dizer, ao estilo romano porque os reis de Prússia gostavam de tudo que fosse romano: tudo abandonado e fechado, depauperado, bancos de mármore e ferro encostados a um lado, um cenário mais de esquecimento que de destruição, como um cenário de filme, cenário já sem uso e que não foi destruído ou demolido: numa parede, uma grande lâmina de vidro tampava uma porta ou janela atrás da qual se adivinhava uma sala no escuro, totalmente às escuras, não se via quase nada de seu interior salvo o que se mostrava como uma grande banheira de um material que poderia ser mármore escuro, talvez mármore verde-escuro: enquanto tudo na Alemanha ou quase tudo se mostrava em reconstrução ou novo, aquele parque era como o lado esquecido do país: não me senti bem ali naquele dia ainda mais cinza e gelado vendo aqueles restos de arquitetura como num pesadelo romano: tudo ali se mostrava direta e abertamente inspirado num estilo romano e neorromano e *italiano* a demonstrar, como diria um folheto de informação, uma *Italiensehnsucht,* uma busca do italiano, uma busca do *espírito italiano,* uma nostalgia das coisas italianas que os alemães nunca tiveram, uma nostalgia evidente nos telhados que se projetavam para além da cota das paredes que os sustentavam numa referência à arquitetura toscana mas com um espírito completamente abandonado e fechado e decaído, e poucas coisas existem de mais dolorosas que um *espírito abandonado*: como se fosse um sonho: ou uma alucinação consciente: uma fantasia fracassada: uma fantasia do fracasso: e quando essa ideia me veio à mente entendi que meu desconforto, ali no parque como antes na Kastanienallee, vinha da sensação de me ver sem pré-aviso dentro da *invenção de Morel* e suas casas ora cheias de vida e gente e festa e ora vazias e apodrecidas e abandonadas como Bioy Casares as imaginara, sensação tanto mais aguda quanto aquelas termas ou banhos romanos de Sanssouci nunca haviam sido de fato usados, me disse depois um historiador, tudo não passava de uma fantasia romântica *alla* italiana da aristocracia *sans souci* da Prússia: uma italianada, uma *italianaccia*: eu não estava irritado no meio daquele cenário francamente desolador e desmoralizador mas me sentia longe de *sustentar o espírito*, meu espírito, numa condição suave, agradável, descontraída, *propícia* (talvez a melhor tradução para *sans souci*): não era propício, o lugar não era propício, eu não era propício: sentia-me incômodo, exasperado com aquelas ruínas e com aquelas *villas* fechadas e tapadas, tudo acentuava meu mal-estar iniciado na chegada a Postdam com a caminhada pelas ruas desertas e iguais que me levavam ao parque de Sanssouci e sans souci era como eu não me sentia: Josep Marília andava apressado um pouco à minha frente, eu não estava disposto a acompanhar seu passo, já andara bastante naquela manhã: ele não dizia nada, uma mulher que encontramos em outra alameda do parque não sabia de hotel algum por ali, é normal que as pessoas não saibam de nada em suas próprias cidades mesmo se as coisas procuradas estejam ao redor delas, e continuamos às cegas, quase literalmente às cegas, passando outra vez pela grande mansão branca com todas as janelas pintadas de azul e branco e fechadas dando-me uma sensação ainda mais forte de desolação: de esquecimento:

não compreendia por que Josep Marília escolhera exatamente aquele lugar, tanto mais quanto dizia ter horror à história, por que motivo então escolhera Potsdam dentre todos os lugares a que poderíamos ter ido naquele domingo gelado, Potsdam lugar da conferência de Potsdam que marcou o fim da II Guerra em agosto de 1945, como sempre se vê em todo canto na foto que mostra Churchill à esquerda, Truman ao centro e Stálin à direita embora Stálin possa estar à esquerda se a foto for considerada na perspectiva dos retratados, o que destaco mesmo se for um hábito firmado considerar as fotos na perspectiva de quem as observa, e como sempre se vê naquela outra foto de todos eles juntos menos Churchill já nesse momento substituído por Clement Attlee e mais tantos outros, entre eles Molotov, sentados ao redor de uma conveniente mesa redonda sem cabeceira e duplamente conveniente porque uma anáfora da divisão da pizza da Alemanha que naquele agosto fizeram os Três Grandes em Quatro Fatias: Josep Marília deveria saber disso ou será que para ele Potsdam era apenas mais uma dessas pequenas e olvidáveis cidades cinzentas da Alemanha Oriental que não mais existia 25 anos depois da Queda do Muro, um quarto de século depois da Queda do Muro, uma geração inteira: eu mesmo antecipara ou esperara, de início, quando ele me fez o convite (ou a convocação), ver em Charlottenhof os fantasmas de Churchill, Truman e Stálin sentados à frente de alguma daquelas arquiteturas do parque de Sanssouci e sem qualquer esforço quase os via ali sentados à entrada de algum daqueles prédios fechados embora eles ali tivessem se encontrado num agosto e portanto sob um calor sem dúvida forte (ainda que as roupas que sempre mostravam e continuariam a mostrar para todo o sempre naquelas fotos onde eram vistos juntos não fossem propriamente roupas de verão: eram roupas normais para tempos formais: e não havia ainda o aquecimento do planeta): mas a conferência de Potsdam, como vi depois, acontecera em outro *hof*, o Cecilienhof, em outro parque embora mandado fazer pelo mesmo Frederico II que tinha por hábito mandar fazer parques e castelos, o que no fundo é melhor do que mandar fazer tanta outra coisa como se faz hoje: Josep Marília deveria saber de algo assim mas naquele instante não me preocupei muito em interpretar sua escolha, apenas a registrei na memória:

não havia hotel nenhum à vista e o parque de Sanssouci era como um labirinto, víamos setas indicando a direção do *Hipódromo* e do *Novo Palácio* mas nenhuma indicando o hotel ou o restaurante ou *algum* restaurante e a situação se tornava já exasperante, eram 2:30 da tarde, naturalmente não comêramos nada ainda e estava cada vez mais frio: observei a Josep Marília que, se ele quisesse, poderíamos ir até o apartamento ou estúdio ou suíte que eu estava ocupando num bairro de Berlim diante de um desmedido lago, a quinze minutos, vinte dali onde estávamos pelo mesmo trem que eu usara para vir: pensei que ele não aceitaria e que minha sugestão serviria pelo menos de alavanca para rompermos aquele impasse, qualquer opção seria melhor do que ficar ali procurando algo que não encontrávamos: para minha surpresa, ele aceitou: saímos do parque de Sanssouci, um homem saía ao mesmo tempo de um prédio de apartamentos em frente, a única pessoa à vista num domingo gelado, e ele indicou, uma vez que tampouco ele conhecia a estação de Sanssouci, minha referência e a mais próxima de onde estávamos, como chegar rapidamente à estação de Charlottenhof, a mesma onde eu começara meu trajeto de ida poucas horas antes: aquele homem nunca ouvira falar de uma estação em Sanssouci e no entanto eu sabia que ela existia e estava por ali pois vira a referência a ela na tela do monitor digital dentro do trem, na ida: paciência: deveríamos pegar o bonde 94, ou o veículo leve sobre trilhos 94 uma vez que ninguém mais sabe o que é um bonde, deveríamos pegar ali perto o VLT 94 que de fato por sorte e coincidência passou logo em seguida para meu forte alivio, eu que já sentia os lábios rachados pelo frio e os dedos gelados que já deveriam estar brancos sem que eu quisesse ter certeza se estavam de fato brancos ou não, talvez também para o alívio de Josep Marília, e com o VLT 94 cruzamos rapidamente a distância feita de ruas desertas (pelo menos dentro do VLT 94 havia algumas pessoas) e vi como teria sido fácil chegar ao parque na ida com o VLT 94, o que teria quem sabe me dado um outro espírito para enfrentar aquele cenário bastante desolador pelo menos para mim, mas o fato é que nenhum espírito leve e descontraído subsistiria muito tempo diante da visão daqueles lugares decaídos no parque Sanssouci, diante da *villa* toscana abandonada com seus banhos romanos que nunca foram desfrutados no interior de uma sala que deveria um dia ter tido mármore vermelho nas paredes atrás da grande banheira de mármore verde-escuro, o mesmo mármore verde-escuro com o qual se fizera uma estátua de Minerva que certa vez vi em algum lugar ou com o qual se fizera a banheira de um hotel antes luxuoso e depois decadente que um dia eu me permitira, talvez em Palermo na Sicília:

chegamos gelados a meu apartamento de frente para o grande lago e nos sentamos no escritório ou estúdio, eu usava uma palavra ou outra conforme fosse meu ânimo e meu interlocutor, apartamento ou estúdio com as quatro altas janelas, duas de frente para o lago e duas laterais que deixavam ver outra mansão ao lado e alguns poucos carros que passavam pela rua mais distante, para além deste outro parque bastante verde apesar do inverno e diante da estação: como sempre, aquele silêncio total, dentro do apartamento e fora dele: nada mais do que uma garrafa de vinho já aberta e um pedaço de queijo era o que eu podia oferecer assim de improviso: mais tarde, imaginei, sairíamos para comer no centro de Berlim, perto de meu estúdio não havia nenhum restaurante decente: sentado onde eu estrategicamente me colocara podia ver tanto Josep Marília como o lago cujo cinza chumbo se confundia com as árvores cinzas ao longe, com as árvores cinzentas próximas de minhas janelas e com o cinza do céu baixo que se unia à outra e distante margem do lago: e assim eu podia mudar de cenário quando quisesse sem demonstrar que o fazia:

Josep Marília me perguntou se eu havia conversado com Júlia, era previsível que perguntasse, eu estava esperando que o fizesse: uma tristeza, ele disse, uma história emblemática, a vida dela foi posta em xeque *por uma ideia*, ele continuou, Degas sempre insistiu que os problemas do mundo vinham de duas classes de gente, os arquitetos e os pensadores, Josep Marília disse, não sei o que mais poderia ter feito por ela, ele disse: não vim aqui para falar dela, ele continuou sem me dar tempo de responder, o que para mim estava bem: melhor assim: é só uma curiosidade, saber se você a encontrou, ele disse, não me interessa saber o que ela falou, menos ainda o que disse de mim ou de quem, não gosto que pessoas que conheço falem de mim e não me interessa saber de que falam quando falam de mim, se falarem de mim: está bem, pensei, eu também: a cada tanto, Josep Marília disse, e exatamente para que as pessoas não soubessem o que dizer dele, ele procurava mudar tudo, mudar de trabalho, por exemplo, por assim dizer: mudar de ocupação, mudar do modo de usar a vida, mudar do modo de gastar a vida, mudar o modo de ganhar a vida e mudar de nome porque Josep Marília tinha de trabalhar para ganhar a vida: a vida de Josep Marília não era e nunca havia sido uma vida de cinema ou de romance no qual o trabalho, a profissão, é um obstáculo para o desenvolvimento de uma narrativa focada em outras questões mais atraentes, como o amor ou o dinheiro ou a ambição ou a guerra ou a própria arte ou a *causa*, qualquer uma delas em si mesma bem pouco sustentável salvo talvez o amor e a arte, todas elas bem pouco sustentáveis à exceção da arte e do amor: a vida de Josep Marília era uma vida a ser ganha a cada dia, dinheiro sempre fora um problema, às vezes não tivera dinheiro, não só ele mas sua família, nem para comer, como podia ter acontecido na infância se não fosse por alguns parentes, dinheiro sempre fora um pesadelo para ele: e isso marca fundo quando acontece na infância, ele disse: e que gerara nele, compreensivelmente, um medo do futuro, para dizê-lo desse modo: assim Josep Marília havia feito da ideia de trocar de atividade ou de profissão e de vida e de nome a cada tanto um princípio firme: ele agia assim por livre e espontânea vontade não só porque não queria se cristalizar em alguma coisa, como ele disse, como por esperar que desse modo ampliaria seu horizonte de possibilidades profissionais (ou talvez porque não se sentisse bem ou convincente ou *verdadeiro* em nenhuma de suas atividades ou vidas passadas ou pregressas, como se diz): mas me ocorreu (não lhe disse nada, claro) que assim fizesse para repetir de algum modo, compulsiva ou compulsoriamente, a vida do pai que a cada cinco anos ou algo assim havia sido obrigado a mudar de profissão ou de atividade e inventar uma *vida nova* porque assim se impunha a quem nesse país patrimonial e patrimonialista chamado país Brasil não tivesse relações de família ou riqueza de família ou formação profissional ou educacional, como se diz, que valesse um sustento mais tranquilo ou, em todo caso, à altura do mérito pessoal de cada um, palavra essa, *mérito*, que a fé ideológica naquele momento em vigor no país Brasil não admitia mais: a cada cinco anos ou mais, ou menos, o pai de Josep Marília havia sido obrigado a mudar de atividade e de vida porque os negócios assim lhe haviam ditado e imposto: uma falência aqui, um desastre no investimento ali (investimento, quer dizer, quase sempre apenas de trabalho e tempo, investimento de emoção, Josep Marília disse), uma inesperada e improvável retomada e ressurreição econômica seguida por nova queda pouco depois e outro inacreditável reerguimento, numa gangorra atroz: me perguntei se Josep Marília havia decidido agir assim por masoquismo, para repetir uma experiência nefasta, para compartilhar uma dor, por dizer assim, e compartilhá-la intencional e imaginariamente, como se assim pudesse expiar uma culpa que não lhe cabia, ou se havia algum outro motivo mais *filosófico*, digamos, nessa procura de alternância de horizontes: as duas coisas eram prováveis: ele disse também que não era nada fácil fazê-lo, quer dizer, mudar de vida: posso entender: ter a força suficiente para deixar o que se está fazendo e partir para o desconhecido, mesmo quando o que se estava fazendo parecia ter *algum futuro*, como se diz: ele havia feito coisas que pareciam ter futuro, era possível que crescesse profissionalmente com o que esteve fazendo em vários momentos da vida *e chegasse a algum lugar:* mas, como ele mesmo notou, o mais provável era que não chegasse a lugar algum e, nesse caso, não fazia mesmo muita diferença continuar seguindo o caminho anterior ou mudar de rumo: o país Brasil destruía tudo, corroía tudo, nada ou muito pouco nesse país se consolidava, nada ou pouco se mantinha ou se construía, nem bens nem nome, a *força destruidora* desse país, a força destruidora *nesse país* apesar de todos os lugares comuns que se repetiam sobre ele (como um alemão que um dia lhe dissera "como é fácil gostar do Brasil"), a *força destruidora* era muito forte naquele país entregue a congelamento de poupanças e alterações de contrato e assassinatos entre outras tantas violências de tantos outros tipos, um dos mais violentos do mundo, nada podia permanecer em pé muito tempo nesse país, nem em termos de *nome*, como ele disse, nem em termos econômicos, por não haver, nesse país Brasil, respeito pela pessoa e pela vida humana pura e simplesmente, nem apreciação de valor, só destruição de valor salvo nos casos incomuns, nos casos excepcionais de fortunas que quase sempre tinham origem em cadáveres guardados mais ou menos cuidadosamente em algum armário, *mais ou menos* porque as pessoas nem mesmo se preocupavam muito em ocultá-los nestes dias que correm, como se diz e como Josep Marília disse, *sans souci*: e Josep Marília, ele, não tinha nem cadáver, nem armário:

as profissões terrestres, foram as palavras que usou: Josep Marília foi *depois* trabalhar com molduras, vender molduras e, mais que isso, foi fazer molduras, molduras para quadros, molduras para gravuras, molduras para qualquer tipo de arte ou *coisa semelhante* que precisasse de uma delimitação física ou proteção ao redor:

essa era uma profissão terrestre: ao lado de Paris, em Vaucresson: Vaucresson: de cujo existência não estou certo de ter notícia antes que Josep Marília mencionasse o lugar e, suspeito, nem ele mesmo antes de ir parar ali (porque se trata quase sempre disso, na vida, de *ir parar* em algum lugar): não ficou claro para mim por que Vaucresson, não me ficou claro como Josep Marília tinha *ido parar* em Vaucresson e não o interrompi para pedir-lhe que explicasse: eu não estava fazendo uma entrevista com ele, não estava colhendo dados para algum tipo de documento sobre ele, história ou biografia, ele é que me pedira para conversar mais uma vez comigo, para mim estava bem se fosse Vaucresson ou outro lugar qualquer, por exemplo Shibukawa no Japão, lugar que, ouvindo-o falar de Vaucresson, me parecia equivalente (guardadas as proporções e diferenças geográficas e topográficas, claro, de fato inteiramente outras) depois que ele indiretamente me descreveu Vaucresson: lá fora, do lado de lá das janelas altas de meu escritório, nevava suavemente e parava e depois voltava a nevar, em quantidade que me pareceu pequena mas aos poucos suficiente para começar a deixar muita coisa branca no chão lá fora ao redor da mansão: a temperatura era de -3ºC e baixaria mais:

passavam-se dois, três dias seguidos sem que ninguém entrasse na loja de molduras, ele disse, localizada numa esquina diante de um grande bosque que era também sede de um campo de golfe *exclusivo* e no qual ele naturalmente nunca entrou: do ateliê no fundo da loja, Josep Marília podia ver muito pouco da rua, mas do balcão de atendimento conseguia enxergar bem longe nas duas direções opostas uma vez que a loja ficava numa esquina: quase ninguém dentro da loja e quase ninguém nas ruas, nem na mais movimentada e paralela ao bosque, por onde passavam os carros que iam para o centro da cidade e para Paris ou para outras periferias na direção oposta, nem nas ruas ainda mais *típicas* de Vaucresson, para usar uma ideia feita: as ruas pequenas e estreitas do lugar: Josep Marília não entendia por que alguém precisaria de uma segunda pessoa naquela pequena embora bela loja de gravuras de uma cidade na periferia de Paris, por que motivo seria necessário ter ali um assistente, um auxiliar, e de início não entendia como alguém conseguia lhe pagar um salário com o que a loja aparentemente vendia: mas o fato é que a loja vendia e um salário lhe era pago e ele se sentia inesperadamente satisfeito, se não feliz, com sua nova atividade: um grande cliente e bom sustentáculo da loja era um holandês colecionador de arte que vivia sozinho numa enorme mansão art déco comprada de um diplomata russo de passado obscuro e de atividades, pelo que um dia o colecionador lhe contou, ainda mais sombrias, um holandês que, por uma longa combinação de detalhes históricos, falava português, o que não era tão raro assim em se tratando de um holandês: esse colecionador quase não tinha móveis em sua mansão apenas um pouco decadente ou apenas um pouco mal cuidada além de visivelmente velha, não havia móveis pelo menos nos dois andares a que Josep Marília tinha acesso, o térreo e o primeiro com seu alto pé-direito e as amplas janelas francesas abrindo para um largo e comprido balcão e para o parque lá embaixo, como nas grandes mansões dos filmes e das revistas de arquitetura e dos romances de formação e da vida real, um balcão capaz de abrigar amplos *ombrelones* e se abrindo para um enorme jardim abaixo, um grande parque já então mal cuidado: não havia móveis naqueles dois andares, ou bem poucos, porque todos os espaços estavam tomados por *obras de arte*, como se diz: os espaços estavam tomados por elas mas não atulhados com elas, ele disse, e me lembrei de ter visto antes um caso passível de ser descrito legitimamente como patológico, numa mansão situada no país Brasil e pelo visto muito maior do que aquela do colecionador holandês e que tinha todos seus cômodos tomados por obras de arte ou assim chamadas e por objetos de coleção que muitas vezes se empilhavam uns sobre os outros e umas sobre as outras sem que se pudesse ver o que era exatamente cada uma e cada um, sem que se pudesse ver a superfície pintada das telas quando se tratava de telas, aposentos e cômodos tão cheios que, alguns, mal permitiam dar um ou dois passos dentro deles: os grandes acúmulos, os grandes armazéns, os cidadãos Kane espalhados por toda parte: não se inventa muita coisa no cinema, nem na arte, tudo se copia da realidade (a menos que seja a arte que *infecta a realidade*, escreveu Brodsky, se lembro bem: arte infecta a realidade): no térreo da casa do colecionador holandês, uma reduzida cozinha cujas paredes livres mostravam pequenas telas assinadas por nomes famosos, cozinha que parecia não servir a suas funções específicas, imaculada que era e desproporcionalmente pequena para o tamanho da mansão: o colecionador vivia ali e no entanto era como se a casa não tivesse vestígio de sua presença, o que incomodou Josep Marília, ele disse, porque Josep Marília viu-se a si mesmo naquele personagem e talvez tenha sido ali, ele disse, que mais do que nunca tomara consciência de sua prática de auto-apagamento, se assim pudesse chamá-la, embora talvez não lhe ocorresse que assim costumam ser as casas e mansões dos colecionadores de arte, que precisam mantê-las mais ou menos como se fossem galerias de arte ou stands de arte nas quais *estranhos*, como se diz, podem entrar a qualquer momento para ver e admirar e elogiar o que ali existe: mas havia o terceiro andar da casa, o andar íntimo da casa, Josep Marília supunha porque nunca fora admitido naquele andar que deveria, pelo menos aquele andar, conter alguma marca pessoal, ninguém poderia viver numa casa rodeado de arte sem deixar algum rastro pessoal de não-arte em algum lugar (uma vez que a arte, como sabido, não deixa rastros, não deixa vestígios, talvez apenas uma marca mais clara na parede se a arte tiver sido fixada a uma tela emoldurada num quadro, e marca que se revela somente *depois* que a arte se foi, uma sombra da arte, uma sobra de arte): o grande salão do primeiro andar e o térreo, como a cozinha, tampouco tinham vestígios maiores de presença humana salvo, de vez em quando, e apenas de modo indireto, um grande cão de uma raça que Josep Marília nunca vira antes e que o colecionador lhe apresentou, por assim dizer, como sendo um *briard*, um cão da região de Brie, entre os vales do Marne ao norte e do Sena ao sul, tendo a Île de France a oeste, Brie, a mesma região que dá o queijo, um cão pastor com uma pelagem ampla tosquiada no mesmo momento em que se tosquiavam as ovelhas do lugar pouco antes da chegada do verão, por um motivo relativamente evidente até mesmo para um ignorante em coisas de cães como Josep Marília ou, de resto, como eu, eu que não poderia nem corroborar o que ele dizia nem contrariá-lo: Artiste, era o nome do cão como lhe contara o colecionador: Artiste, venha cá, Artiste, pára, Artiste, pare, saia Artiste, dizia o colecionador ao cão, em francês, contou Josep Marília: Artiste: desde o dia 1º. de maio de 2004, lhe contou o colecionador e dono do cão num desses momentos em que Josep Marília com ele tomava café ao levar-lhe um quadro emoldurado e depois de discutir os detalhes da moldura afinal escolhida (ou feita especialmente para o caso), desde o dia 1º. de maio de 2004 os *briards* tinham outra vez o direito de manter e ostentar as enormes orelhas com as quais nasciam e que lhes caíam pelos lados da grande cabeça, o cão era enorme, pesado: antes daquela data, as orelhas dos *briards* eram diminuídas de tamanho, *podadas* com grandes tesouras para dizê-lo com todas as palavras, e artificialmente erguidas sobre a cabeça tanto para dar-lhes uma aparência julgada mais estética *e afirmativa*, menos bonachona, como para arejar as partes interiores dos ouvidos e assim evitar as constantes e extremamente mal cheirosas infecções do canal auditivo comuns naquela raça de cães e em tantos outros, isso Josep Marília sabia por experiência própria e eu também: mas a partir de

1º. de maio de 2004, a lei francesa, de acordo com a *convenção europeia sobre os animais de companhia*, uma vez que alguns europeus se preocupam com muitas das dimensões da existência humana, dimensões que incluem os cães incapazes de sobreviver hoje no mundo sem a presença humana, uma lei francesa (talvez não europeia), buscando certamente *humanizar os homens*, como se diz, para assim proteger os animais e os próprios homens, estabeleceu que todos os cães nascidos na França ou no exterior a partir de 1º de maio de 2004 e que tivessem as orelhas cortadas não poderiam participar de concursos e exposições nem serem inscritos no Livre des Origines Français, o Livro dos Pedigrees da França, conhecido como LOF, o único com o poder de atestar a ascendência dos cães, o pedigree de cada um, enfim: L'Artiste não tinha as orelhas cortadas mas Josep Marília ficara com a impressão de que não as tinha cortadas não porque o colecionador de arte seu dono quisesse obedecer à legislação e ver assegurado o pedigree de seu cão ou porque quisesse mostrá-lo em algum concurso canino, simplesmente não as cortara por nunca ter desejado cortá-las, e tudo no Artiste era natural, suas orelhas, seu longo pelo, a sujeira de seu longo pelo, seu enorme tamanho, sua falta de jeito, seu costume de pousar a cabeça fétida sobre os sapatos e a barra da calça dos visitantes, entre os quais Josep Marília se incluía: o colecionador vivia sozinho, aparentemente, com sua coleção de arte contemporânea e seu cão L'Artiste cuja presença naquele contexto lotado de obras de arte não deixava de ser admirável dada a total falta de jeito e de atenção do animal, que no entanto parecia não derrubar ou danificar as peças de arte expostas (ou talvez o fizesse ocasionalmente mas o colecionador simplesmente as mandava restaurar, como se diz em arte, ou jogava fora, algo que ele podia permitir-se: e talvez ele fosse desses que, mesmo colecionando arte, não a coloca num patamar acima da vida humana e animal e a considera passível de destruição, Josep Marília refletiu):

caía mais neve agora e se eu olhasse distraidamente por uma das janelas da frente de meu apartamento não podia dizer onde começava o céu e onde as águas do lago, e a margem do outro lado sumira de vista junto com a imagem do barco que de hora em hora cruzava o lago saindo de Wannsee em direção a Klatow: e de vez em quando, durante suas visitas profissionais, Josep Marília disse, ele que não parara de falar, eu é que interrompi minha escuta para olhar para fora (o que demonstrava que talvez eu não soubesse ouvir tanto assim), de vez em quando Josep Marília encontrava na casa do colecionador uma mulher, portuguesa, que devia servir de empregada, como se diz, e que surgia inesperadamente de algum lugar do fundo da propriedade, sem fazer barulho, para preparar um café ou dizer rapidamente em baixa voz alguma coisa, de vez em quando ao lado de um homem, um português, que devia ser seu marido e faz-tudo naquela propriedade e mansão art déco relativamente descuidada em seu estado de manutenção externa e lotada de obras de arte moderna e contemporânea, para usar os dois termos uma vez que parece haver uma distinção entre ambos, distinção sempre necessariamente móvel, algo assim como uma festa móvel, a *moveable feast* como no livro de memórias de Hemingway, o único de Hemingway que Josep Marília lera até o fim porque não gostava nada do modernismo literário de Hemingway e, de resto, de nenhum outro modernismo, algo que eu podia entender: de todo modo, Josep Marília contou que pela primeira vez em sua vida tivera uma sensação reconfortante diante da arte contemporânea, que ocupava os espaços e paredes da grande morada do colecionador quase do mesmo modo como antes aqueles espaços e paredes, na época do diplomata russo, certamente deviam ter sido ocupados por alguma forma de arte moderna ou acadêmica ou simplesmente de algum modo de arte desqualificada, aquela que se podia comprar nas duas galerias de arte de Vaucresson que eram galerias de *comerciantes de arte*, não de galeristas no sentido contemporâneo da palavra, caso exista alguma real distinção entre os dois sentidos: Josep Marília via obras dadaístas nas paredes, aparatos elétricos com neon onde se liam frases deslizando da esquerda para a direita em vermelho num mostrador de fundo negro colocado sobre uma rude mesa de jantar que um dia deveria ter servido de mesa de jantar ou de café da manhã e também de jantar e de preparação da comida e de tanta outra coisa numa tosca casa de fazenda de camponeses em algum lugar do interior da França ou da Holanda, quer dizer, pela primeira vez na vida Josep Marília sentia-se bem com a arte contemporânea porque ali a arte contemporânea era usada do mesmo modo como os aristocratas de França ou da Alemanha ou da Itália haviam usado a arte de seu tempo em seu próprio tempo, no século XVII ou antes, e mesmo um pouco depois, mesmo em seguida à Revolução, e assim como os milionários americanos haviam usado a arte moderna das últimas décadas do século XIX e das primeiras do século XX: mesmo colecionando também arte contemporânea e não só moderna, o colecionador frequentemente precisava de molduras e quem as fornecia era a loja onde Josep Marília trabalhava em Vaucresson, a loja que aceitara o trabalho de início legalmente *irregular* de Josep Marília que naquele tempo não tinha permissão para trabalhar em França, nem *carte de séjour*, nem *carte de résident*: mas eram outros tempos e os imigrantes, relativamente poucos quando comparados aos números de hoje pois não havia ainda nem invasão de Roms ou ciganos, como se diz, ou de búlgaros e romenos e muçulmanos rezando nas ruas francesas e bloqueando a passagem de carros e pedestres em aberta contestação às leis locais, ele disse: naquela época ninguém se importava muito com o trabalho ilegal de algum imigrante que procurava abrigo antes moral e filosófico em França do que econômico, como era o caso de Josep Marília que deixara o país Brasil exatamente porque acossado pela ausência de *conforto filosófico*, como se diz, e pela total falta de moral e ética e vergonha, além de ausência de puro e simples respeito pela vida de seres humanos que lá nada valia, a vida, como ele disse, num país que se tornava a cada dia mais bárbaro sem que ninguém se dispusesse a fazer alguma coisa, se houvesse algo a fazer: o colecionador precisava de molduras e a loja de Josep Marília as fornecia: L'Artiste aprendera a respeitar todas as obras espalhadas pela casa, na verdade praticamente expostas de modo natural pela casa embora o andar térreo antes parecesse um pequeno museu do que uma casa privada: o primeiro andar tinha um pouco mais o aspecto de casa particular mas quase não havia ali espaço para os seres humanos, como se diz, embora o colecionador parecesse ali encontrar seu próprio espaço: mesmo assim, Josep Marília sentia-se confortável no meio de toda aquela arte, com L'Artiste a seu lado: o cão fedia enormemente, um fedor que saía dos pelos longos e dos canais auditivos infeccionados e que aparentemente nunca poderiam ser cuidados adequadamente: mesmo assim, Josep Marília o acariciava de vez em quando sem que o animal parecesse sentir o toque da mão incapaz de varar a densa camada de pelo impermeabilizado do animal:

havia uma história algo estranha a respeito daquela casa, contada pelo dono de um restaurante que Josep Marília frequentava em outra esquina, uma história que era plausível em se tratando de um diplomata russo que a ocupara antes do colecionador naqueles tempos pós-fim da URSS em que russos ficavam milionários literalmente da noite para o dia, como os chineses da China de capitalismo de Estado onde também pessoas, quer dizer, homens de cinquenta anos ou menos, e mesmo algumas mulheres, ficavam milionários da noite para o dia quando ninguém num lugar respeitável consegue ficar milionário da noite para o dia, não na grandeza que Josep Marília via e ouvia contada: mas Josep Marília não prestava maior atenção nesse tipo de comentário: naquele tempo,

Josep Marília já estava ele mesmo fazendo molduras, construindo *ele mesmo* as molduras, desenhando ele mesmo as molduras e entalhando ele mesmo as molduras *com suas próprias mãos* caso requeressem detalhes, e nesses casos era ele mesmo quem fazia os desenhos preliminares: nessa altura ele estava já entregue por inteiro a seu *métier* terrestre: aprendera a manejar o formão e toda aquela grande variedade de instrumentos cortantes expostos no ateliê da loja: aquela era o que Josep Marília chamava de *profissão terrestre*: sentir a mão sobre um material, sentir a mão tocando a matéria, ainda mais uma *matéria* como a *madeira*, duas palavras que pelo menos em português, por coincidência a língua natural dos dois serviçais do colecionador que também a falavam, duas palavras, como eu dizia, madeira e matéria, que ressoam uma na outra como numa estranha e rude poesia e que se reforçam mutuamente em anagramas quase perfeitos e talvez totalmente perfeitos porque esse *d* que uma tem e esse *t* que tem a outra são consoantes dentais, as duas, *d* e *t*, com bem pequena diferença fonética na pronúncia de uma e outra, e Josep Marília gostou, naqueles tempos, de acreditar que a madeira era a alma da matéria, de toda matéria quer dizer, como ele dizia, uma alma que ele modelava *com as próprias mãos* e alguns instrumentos de ferro e corte: as mãos: ele disse que, havia um tempo, vinha dando atenção toda particular às mãos, fazia um tempo já que pensava recorrentemente nas mãos e no que podia fazer com elas, as mãos, uma extensão da alma, ele disse, e chegara a pensar em cultivar vinhas e fazer vinho não só com as mãos mas também com os pés como várias vezes vira na infância seu avô fazer em casa, vinho para beber em família, não para vender: mas, claro, vinho não se fazia mais com as mãos e os pés, embora os cachos de uva tivessem de ser colhidos com as mãos, mas vinho não se fazia mais com as mãos e com os pés, além disso não mais havia tempo para Josep Marília produzir vinho porque dez anos se passam entre os primeiros cuidados com a planta e a primeira garrafa e Josep Marília não tinha tanto tempo assim pela frente, ou tanto tempo assim pela frente *na vida*, nem capital, como se diz, para comprar uma propriedade pronta e ter vinho logo na primeira temporada: então ele precisava fazer algo com as mãos uma vez que não era pianista e não tinha as mãos de Horowitz, que ele tivera a sorte de ver algumas vezes sem precisar se limitar a *ouvir* o que aquelas mãos faziam num disco e depois num cassette e depois num MP3 e depois num iPhone e depois em *streaming*: mas mãos pianistas não eram as mãos terrestres que Josep Marília buscava: pensou em trabalhar com ferro, aquecer o ferro até o rubro e o amarelo como se fosse um imenso sorvete de fogo e depois moldá-lo como bem quisesse, fazer um saca-rolha por exemplo assim como se torce um pirulito ou preparar a lâmina cortante de um punhal batendo num pedaço de ferro aquecido ao rubro e ao amarelo até obter uma lâmina fina e também pensou em soprar vidro e com ele gerar vasos e copos e outras coisas e outra vez aquecer ao rubro e ao amarelo um pedaço de vidro e depois dar-lhe a forma que quisesse soprando nele ou dobrando-o com longas pinças assim como se dobra um caramelo aquecido: ou cultivar cogumelos, encontrar uma caverna ou algum depósito subterrâneo talvez saído diretamente de alguma instalação militar da segunda guerra mundial ou da primeira ou alguma cave de uma vinícola falida e ali à sombra e *al fresco* cultivar cogumelos, enormes cogumelos brancos plantados em caixas rasas de madeira com terra e alinhados no escuro e no frio de uma caverna protegida, dezenas e dezenas de caixas, centenas delas, milhares de caixas e nelas produzir cogumelos, plantá-los, olhá-los e colhê-los, talvez pesquisar algumas novas espécies híbridas, cogumelos agradáveis ao toque pelo tamanho, cor e textura: cogumelos sob a terra, numa cave rudimentar, simplesmente cavada em algum lugar insuspeito e produzidos às centenas de toneladas por ano, cogumelos macios e enormes, surpreendentes e como se de um outro mundo, alheios a este mundo que os devoraria: mas para isso, para o ferro e o vidro e os cogumelos, Josep Marília precisava de mais coisas, de mais espaço, de mais gente, de mais dinheiro e então Josep Marília foi fazer e fez molduras durante um bom tempo porque podia fazê-las sozinho, em particular quando se deu conta de que a madeira era a essência mesma da matéria, como preferia vê-la: cinco anos da vida de alguém são um bom tempo, mesmo que não pareça: depois que passam, parecem um instante, parecem nada: enquanto não passam, ou enquanto estão passando, são uma eternidade: duram como a eternidade, algo que na verdade Josep Marília não sabia mensurar nem avaliar, ele disse, razão pela qual usava, pelo valor que pudessem ter, essas ideias pedestres e essas ideias feitas do tipo *durar como a eternidade*, que alegremente odiava:

e Josep Marília então, num longo desvio de sua vida anterior, algo de que pouca gente é capaz (a não ser seu pai, que tinha sido forçado a fazê-lo pelas circunstâncias, como se diz, embora não se tratasse exatamente de *circunstâncias*, Josep Marília acrescentou, mas de muita outra coisa relacionada à história perversa de um país), Josep Marília se pôs então a fazer molduras: talvez, como ele comentou, não tivesse começado a fazer molduras e, sim, apenas *trabalhado* numa loja de molduras se não tivesse percebido e sentido, desde o primeiro instante em que entrou na loja, como ele disse, a *presença da madeira*: certamente já a sentira alguma outra vez em algum outro lugar mas naquela loja, ou naquela casa que era uma loja, essa presença era forte demais para não ser notada por alguém que soubesse aterrissar sua sensibilidade em coisas concretas: na parte de dentro da porta, já no interior da casa, ou da loja, ele contou, havia duas colunas de madeira que ele notou apenas quando saía depois do primeiro encontro com o proprietário e durante o qual definira sua situação: e se naquele instante não se detivera mais de alguns segundos a observá-las, nos dias seguintes, de modo imperioso, empregava todo seu tempo livre, de início nada pequeno, a vê-las e revê-las: eram duas colunas de madeira, polidas como se fossem mármore e com manchas mais escuras a cada tanto que eram como manchas no mármore, duas colunas em madeira que convocavam ao toque tanto quanto convoca o mármore ou quem sabe mais do que o mármore e que sustentavam ou davam a impressão de sustentar um entablamento num estilo compósito raro, entre renascentista e barroco e neoclássico e algo mais do que tudo isso junto, um entablamento sem frontão por cima mas com um friso ostentando três cabeças de leão, uma em cada extremidade e uma no meio, cabeças de leão que, naquele contexto helenizante, pareceriam fora de lugar, como se diz de certas ideias no país Brasil, e que poderiam chocar algum observador menos informado sobre os elementos da arquitetura clássica, quer dizer, helênica, e que no entanto podiam ser vistas também no templo de Minerva em Priena, projetado por Pythius, embora as cabeças de leão da Grécia fossem menos elaboradas e talvez nem vistas direito por quem estivesse embaixo, à entrada do templo (talvez fossem para serem vistas apenas pelos maus espíritos), mas cabeças de leão que de fato não entravam em conflito formal, nas colunas de madeira da loja em Vaucresson, com o capitel jônico das colunas logo abaixo e que na verdade não eram, cada uma, uma coluna inteira, tridimensional, mas uma meia-coluna encrustada na parede também de madeira, tudo aquilo em madeira avermelhada da mais nobre espécie possível, possivelmente carvalho vermelho ou canjerana ou o equivalente europeu disso se é que a Europa um dia pôde ter algo como isso: e a meia altura em cada uma das colunas, ao nível dos olhos, estava a efígie, em alto-relevo, talhada na própria madeira, do rosto de uma dessas crianças a que se dá o nome de elfos, com suas satânicas orelhas pontudas (que voltaram depois à consciência de Josep Marília quando soube da história dos *briards*, momento em que acreditou, como disse, ter entendido muito e tanto da mitologia contemporânea e do misticismo contemporâneo e da teologia substitutiva dos contemporâneos e do papel de *erzats* dos animais de companhia, em forte domesticação dos deuses assim como naqueles dias de Vaucresson predominava já uma total domesticação da cultura, toda ela, levada a cabo não tanto pelos produtores culturais mas pelos intelectuais que diziam *refletir* sobre a cultura): e ele notou a face rechonchuda desses elfos, algo satânicas, Josep Marília acrescentou, porque, enfim, os elfos participavam da lenda dos faunos e dos sátiros, todos eles componentes ditos negativos da cultura e no entanto fundamentais à cultura para que ela atue como deve atuar e represente seu papel de um modo como os intelectuais e ensaístas contemporâneos, corroídos pelo politicamente correto e pelo ideologicamente correto, não conseguiam mais perceber, as faces rechonchudas e agressivas desses elfos ostentavam um nariz, claro (eram faces fotográfica e realisticamente esculpidas), e o nariz do elfo na coluna da esquerda de quem entrava na loja já estava quase totalmente gasto pelo repetido toque das pessoas que se veem compelidas a tocar em coisas assim quando se trata de obras de arte ou assemelhadas, tocar num nariz, num dedo do pé, num modesto pênis grego quase nunca circuncidado (num pênis circuncisado não se toca, um pênis circuncisado impõe respeito, é forte, visível, ameaçador), ou tocar na nádega de alguma escultura, em um movimento instintivo e animal que Josep Marília dizia entender perfeitamente, enquanto o nariz do elfo à direita de quem entrava estava intacto porque a coluna que o ostentava permanecia protegida pela porta quando ela se abria: e Josep Marília revivia à minha frente, em meu escritório que se projetava para fora do edifício diante do grande lago, aquelas emoções fornecidas por seu encontro com a madeira enquanto desenrolava seu relato, encontro com uma nova realidade que ele nunca pudera antecipar ou imaginar no país Brasil em que vivera antes: os rostos dos elfos estavam, ele disse, rodeados por uma guirlanda de flores e plantas magnificamente entalhadas como hoje não é mais possível porque essa técnica se perdeu, como se perderam as profissões terrestres, e essa guirlanda transformava-se, na parte superior da cabeça do elfo, numa espécie de coroa triunfal com cinco folhas como a dizer que naquela casa os elfos e os sátiros e os faunos imperavam, num paganismo a que Josep Marília se mostrou desde logo sensível e que deve ter penetrado fundo em seu corpo e sua vontade e no que lhe aconteceria em seguida, imaginei: e o chão da loja, Josep Marília contou, era de tacos longos e não muito largos de madeira que se dispunham como sucessivos vértices de triângulos encadeados na forma das antigas cantoneiras que seguravam as fotos antigas em seus álbuns do mesmo tempo antigo, álbuns que tampouco se usam mais: e o teto, ele disse, era deslumbrante, todo em madeira com intricados desenhos barrocos em alto-relevo e em madeira de duas cores, uma maravilha, Josep Marília disse, além de um piano de meia cauda (que um amigo pianista me disse depois não existir, piano "de meia cauda", porque o que existe são pianos de 9 pés e pianos de 7 pés, por exemplo, embora esse amigo americano tivesse a tendência para acreditar que a língua inglesa que ele usava fosse a única capaz de expressar *a verdade das coisas*, e como em inglês não se diz *piano de meia cauda* ele sustentava que pianos de meia cauda não existiam, o que era claramente excessivo mas eu não quis então argumentar), um piano de meia cauda ao lado da escada levando para o segundo andar e sobre o qual se viam sempre, num vaso de vidro transparente e redondo, tulipas quando era tempo de tulipas e outras flores quando era tempo de outras flores e perto das quais sempre se podia encontrar um jornal quase sempre sem sinal de ter sido lido, tudo formando um cenário perfeito para uma loja de molduras ou *ateliê de molduras* naquilo que parecia ser a parte que restara de uma grande e senhorial mansão do último quarto do século XIX: e *mansão* porque só uma mansão poderia ter uma sala de madeira como aquela: alguma tragédia deveria ter acontecido com aquela casa da qual com toda evidência restara apenas aquela parte da frente agora em tudo distinta do restante da propriedade, parte da frente pequena e incompatível com a grandeza sugerida por aquela rica sala em madeira, um incêndio talvez ou outro acidente ou incidente sobre o qual Josep Marília não tinha muita informação e que se lhe oferecera como uma questão de arqueologia arquitetural a respeito da qual ele preguiçosamente buscara mais dados sem os encontrar: o mais relevante para ele, como disse, era que existisse aquela sala a servir de parte principal da loja de molduras, com toda a madeira escuramente avermelhada e polida como mármore e que lhe passava uma *sensação material* como nunca experimentara antes e que devia ter representado decisivo papel na sua decisão de fazer molduras, desenhar e construir molduras e que, era evidente, criava uma atmosfera, com aqueles elfos gozosamente satânicos e narizes tocados pelas mãos, uma atmosfera, como disse, propícia às experiências decisivas que em seguida Josep Marília teria na casa:

os dias em Vaucresson eram como os dias em Clichy, ele me disse: quietos, dias tranquilos: na parte de Vaucresson em que Josep Marília morava e trabalhava, a mesma onde ficava a casa do colecionador e seu cão Artiste, uma área toda ocupada por casas e mansões e tranquila e aparentemente vazia, poucos carros passavam pelas ruas e as casas que mal se viam da calçada por causa dos altos muros que as escondiam, como a do colecionador e como as que se viam no país Brasil, pareciam quase inabitadas não fosse por alguma janela aberta num segundo andar visto da rua indicando de vez em quando a presença invisível de um morador ou, pelo menos, de algum cuidador da casa: o restaurante, também numa esquina, mostrava os pratos do dia numa lousa pendurada à porta e na qual se escrevia com giz: o restaurante era também um bar com seu balcão de bar, um balcão recoberto por uma folha de zinco como nos antigos bistrôs franceses, e zinco era mesmo o antigo modo de referir-se a um *bistrô*, já não mais, claro, no tempo de Josep Marília em Vaucresson: naquele momento, alguns bistrôs já se chamavam, por exemplo, Bistrot Le Zinc, o que, pela tautologia embutida mas nada visível para a maioria das pessoas, só pode passar a existir quando o objeto ou uma prática a que alude já não mais existe, no caso a prática de recobrir com zinco o balcão onde se servem bebidas: Josep Marília comia com frequência no restaurante cujo balcão ainda era recoberto por uma folha de zinco e ia a pé dali para a loja e da loja para a casa de L'Artiste e para as outras casas ricas que com frequência precisavam de molduras: o dono da loja de molduras havia escolhido bem sua localização, afinal: a cidade era rica, os ricos de Paris e de regiões próximas tinham residência ali e molduras eram mais negociadas do que muita outra coisa na cidade: em dois anos Josep Marília era um artesão reconhecido, a loja, pequena, mostrava-se sempre abarrotada de molduras *de bom gosto* e outras que nada tinham a ver com o *bom gosto* e que, pelo contrário, punham o *bom gosto* em xeque, e a lista de encomendas só crescia de um ano para outro, com crise ou sem crise: molduras caras, molduras inventivas, molduras de época: Josep Marília frequentemente viajava pelo interior da França em busca de molduras originais do passado, do século XVIII e mesmo do XVII, mais raramente do XVI, e também fim do XIX e do início do XX que, ao contrário do que o senso comum poderia supor, fornecera excepcionais molduras, incomuns molduras que eram obras de arte elas mesmas, mesmo já no século XX que se supunha moderno, molduras que muitas vezes ainda carregavam suas telas originais que quase sempre Josep Marília arrancava e jogava fora embora pudesse vendê-las a bom preço para algum falsificador em busca de uma tela *millesimée*, uma tela autêntica de época, uma tela *vintage*: Josep Marília logo se mostrou atento, como disse, ao fato de que molduras podiam ser mais preciosas e valiosas que as *obras de arte* por elas enquadradas: mas o negócio de Josep Marília eram as molduras, ou melhor, o negócio do dono da loja era com as molduras e molduras era o que ele, mais que o dono da loja, buscava sempre para comprar e vender e fazer: as coisas andaram tão bem que no final do segundo ano Josep Marília fazia molduras para clientes excepcionais, além de recuperar molduras antigas e vendê-las a peso de arte, por assim dizer, sobretudo para compradores no exterior, compradores dos EUA e, acima de tudo, da Rússia e, um pouco menos mas sempre cada vez mais, da China e do Oriente Médio (que descobrira não poder viver eternamente de areia e óleo), não mais tanto compradores do Japão: e reservava as molduras especiais que *ele mesmo* fazia, e que já começavam a ser identificadas como de sua autoria, para alguns clientes ainda mais diferenciados: combinar vinho com comida é uma arte especial, combinar arte com moldura é um refinamento, um colecionador lhe disse: logo foi necessário comprar um velho galpão arruinado na periferia de Vaucresson para ali guardar o tesouro em molduras que a loja, L'Amie, acumulara; a origem do nome da loja nunca havia ficado clara para Josep Marília mas o nome parecia adequado e pertinente e todos em Vaucresson, mesmo em Paris e, em alguma medida, no mundo, sabiam o que era e onde ficava a loja de molduras L'Amie, um nome que de início pareceu a Josep Marília de todo improvável para uma loja de molduras ou para um negócio de molduras e que, francamente, como ele disse, parecia um nome de loja de lingerie ou um nome de ficção para qualquer coisa, uma brasserie por exemplo, mas cuja expressividade e pertinência ele acabou por perceber:

no início do terceiro ano da vida de Josep Marília em Vaucresson, o dono da loja repentinamente morreu: não lentamente, como é horroroso morrer, mas de repente: não que houvesse um modo realmente melhor de morrer do que outro, Josep Marília observou, e embora Josep Marília admitisse pensar com frequência na morte, não chegara ainda ao ponto de se preocupar com aspectos que a envolviam, como o modo de morrer ou o que acontecia depois da morte, se acontecia alguma coisa, e o que aconteceria se todos morressem e não apenas uma pessoa, como ele mesmo, Josep Marília: se havia algo que na sua infância o deixara com frequência absolutamente desconsolado fora a ideia de que ele morreria e as coisas continuariam *depois dele* tal como haviam sido sempre, totalmente alheias à sua ausência, a ideia de que as coisas continuariam acontecendo como haviam acontecido, isso fora insuportável para ele durante muito tempo embora reconhecesse haver nessa ideia uma carga enorme de egoísmo, com o que de resto ele não estava preocupado: não estava interessado em seu próprio egoísmo, estava interessado na possibilidade de que o mundo continuasse depois que ele morresse, isso era insuportável para Josep Marília ou fora insuportável durante um largo tempo: Josep Marília nunca conhecera parentes do dono da loja, que nunca lhe falara nada da família ou de qualquer coisa que dissesse respeito a algo parecido: coube a Josep Marília, depois da autópsia necessária em casos como aquele, pois o homem morrera no meio da noite sem ninguém por perto e não havia nem mesmo um médico do morto que pudesse atestar as causas do falecimento, como se diz, coube a Josep Marília, como dizia, enterrá-lo do melhor modo possível: nos intervalos que lhe sobravam entre as iniciativas burocráticas que devia cumprir com relação ao enterro, Josep Marília, como me disse, se preocupava um pouco com o que lhe aconteceria a ele mesmo, com o que aconteceria à loja: depois da morte do proprietário, ficou uma semana com a loja fechada embora ele permanecesse lá dentro, abrindo a porta de vez em quando para entregar alguma moldura antes encomendada: depois, uma manhã, sem ter muito pensado a respeito e mais por impulso, pendurou na porta de vidro, outra vez, o aviso de "Open", em inglês apesar de estar na França, e continuou a fazer negócio como sempre, *business as usual*: ninguém lhe perguntou nada, a todo mundo parecia normal que a loja estivesse aberta, que ele estivesse ali e ele ali ficou: um ano se passou desde a morte do proprietário e nenhum herdeiro apareceu para reivindicar nada, nem nenhum agente do governo lhe cobrou qualquer coisa ou o incomodou com o que fosse: uma loja de molduras é quase nada, uma loja de molduras é inofensiva, quase invisível, parece, e o depósito mais distante, na periferia da cidade, ou mais na periferia da cidade do que a loja, grande e algo arruinado por fora, não parecia provocar o interesse de ninguém e era igualmente invisível: Josep Marília, graças a seu *métier* terrestre, era de repente um comerciante cômodo, se não abastado, como se diz:

Josep Marília, que durante todo esse tempo vivera sobre a loja na metade dos fundos do apartamento ocupado pelo dono da L'Amie, como me contou, ao final daquele ano após a morte do ex-patrão mudou-se para um hotel próximo enquanto reformava o primeiro andar e, quando o lugar ficou pronto, com mobília nova e tudo, lá se instalou: foi quando conheceu Amélie, que começara a frequentar a molduraria e que naquele primeiro momento foi conhecida por Josep Marília com seu nome inteiro, Amélie Auvergne de Caumont, o nome exatamente esse, um tanto incomum e pomposo em excesso, que incluía a menção a uma região da França: Josep Marília conhecia pessoas, mulheres sobretudo uma vez que a França é toda ela feminina em seus territórios, que ostentavam no próprio nome o nome de uma região ou cidade da França, por vezes um nome cativante como Lorraine por exemplo, mas nunca alguém com o *sobrenome* de uma região da França, o que poderia quem sabe não ser assim tão raro se ele conhecesse melhor a realidade daquele país: e talvez aquele fosse afinal um *prenome* duplo, *Amélie Auvergne* de Caumont, não Amélie *Auvergne de Caumont*: e de todo modo, para Josep Marília ela seria mesmo só Amélie: as obras que Amélie trazia para emoldurar chamaram a atenção de Josep Marília desde o primeiro instante, não estava preparado para o que via, não esperava por nada nem num sentido nem em outro, apenas teve a atenção fortemente despertada para o que via: desenhos e em particular aquarelas *com caráter*, com personalidade, não coisas diluídas e anódinas e impessoais, trazendo pelo contrário visíveis todas as marcas do domínio da linguagem por parte de quem os havia feito e que eram *em tudo contemporâneos*, como Josep Marília disse, e firmes, estabelecidos, como se já tivessem uma tradição por trás: ele não me descreveu com detalhes os desenhos e aquarelas de Amélie, suponho que não deva ser fácil descrever coisas assim de um modo objetivo se o recurso for servir-se de palavras e me pareceu que Josep Marília não queria cair no subjetivismo vazio típico de vários textos que falam sobre arte, que apresentam a arte de alguém: mas pude entender que havia nos desenhos e aquarelas de Amélie, sobretudo nas aquarelas, pelo que ele me disse, uma qualidade que impressionou a Josep Marília desde o início: Josep Marília fez questão de destacar esse ponto: de início, o que o interessou em Amélie foram suas obras, não ela em si mesma, provavelmente se a encontrasse na rua depois do primeiro encontro na loja não a reconheceria tão pouca foi a atenção que dedicou a ela nas primeiras vezes em que a viu: as obras dela chamaram sua atenção, ele que era exigente sobretudo com a linguagem do desenho e da aquarela, meios amplamente abertos ao amador e aparentemente fáceis de operar e os mais fáceis de serem usados pelos amadores para dizerem-se *artistas* ou *criadores*, algo que ele detestava (ele admitiu que era comum sentir um profundo desprezo pelas "obras" que lhe traziam para receber molduras e pelas pessoas que as traziam, ele que sabia o que falava quando falava de molduras: e de arte): Josep Marília interessou-se com sinceridade pelas aquarelas e ficou um pouco surpreso quando Amélie lhe disse que eram dela: Josep Marília fez questão de destacar aquele ponto para mim, em meu escritório diante do lago gelado, como percebi em seguida, quer dizer, que primeiro havia se interessado pelas obras de Amélie e não por ela, porque Amélie era pelo menos vinte anos mais jovem que ele, quem sabe mais, sem que ele de início percebesse essa diferença de idade porque a qualidade daqueles desenhos e aquarelas só poderia vir em princípio de alguém mais velho e no entanto não, vinham dela, Amélie, e Josep Marília não conseguia projetar sobre o rosto e o corpo de Amélie outra idade a não ser aquela que ele deduzia intuitiva e inconscientemente das obras ou que não intuía nem deduzia, porque de início não pensara em coisas como idade e outras do gênero por não imaginar o que viria pela frente, e o fato era que Amélie tinha pelo menos vinte anos menos do que ele, quem sabe mais, quer dizer, talvez fosse mais jovem ainda, ela mesma originária do país Brasil apesar do nome, nascida de pais filhos de franceses mas brasileiros, filha de um fabricante de prosaicos instrumentos cirúrgicos que morava em Vaucresson, tinha escritórios em Paris e fábrica na Normandia, um pouco estranho todo esse triângulo geográfico negocial feito de vértices distantes mas afinal não tão longe assim uns dos outros: a idade de Amélie surpreendeu ainda mais Josep Marília quando ficou sabendo que ela, jovem como era, podia dizer-se amiga deste e daquele artista conhecido não pela atuação nas artes visuais, como se diz, mas pela presença profissional *na música e no canto lírico* a que ela também se dedicava e, pelo que disse depois, talvez mais que a suas aquarelas e desenhos, ela que era quase o exato oposto de Josep Marília, ele disse, solta, aberta, sorridente, expansiva, alegre, solar, porém elegante nos gestos e até mesmo um tanto romântica mas firme como Josep Marília intuiu sem de início dispor de nenhuma base precisa para tanto: e forte: o primeiro encontro com Amélie na loja foi anódino, nenhum impacto físico dela sobre ele e ele, obviamente, não poderia dizer se houve algum impacto dele sobre ela, só a força daqueles papéis deitados entre eles no balcão da loja e que Josep Marília observava mais do que aquela que os trazia: só depois de um segundo e terceiro encontros com Amélie foi que para Josep Marília aqueles dias em Vaucresson começaram a se transformar de fato em dias tranquilos como os de Clichy, como ele disse e como voltaria a dizer mais de uma vez, *quite days* em Clichy, ele lembrou, dias tranquilos em Clichy *alla* Henry Miller, como ele mesmo disse, embora uma coisa fossem dias tranquilos em Clichy e outras *aqueles* dias tranquilos em Vaucresson, a eufonia do nome *Clichy* se perdia no nome *Vaucresson*, um nome cheio de arestas, asperezas, cheio de galhos e arbustos, enfim, não tanto porque fossem dias especialmente *calmos*, como sempre eram os dias de Vaucresson, mas porque foram dias com sexo em profusão: Amélie ia à loja, Josep Marília colocava do lado do "Closed" a tabuleta presa ao vidro e subia com Amélie para o apartamento onde não raro ficavam o resto do dia e parte da noite, até que Amélie dissesse que tinha de voltar para casa, ou para a casa da família, quer dizer, ou para o ensaio ou para as aulas de voz ou para o apartamento dela na mansão dos pais, que haviam desistido do país Brasil e voltado para a terra de seus próprios pais, quer dizer, dos avós de Amélie, filha de mãe brasileira e pai francês-brasileiro como Josep Marília depois soube, algo assim: depois ele ficou sabendo que havia uma entrada particular para o apartamento de Amélie, o *appartment privé* de Amélie, na mansão dos pais, porque Amélie tinha uma intensa vida pessoal e uma vida profissional que se iniciava: Josep Marília não sabia se a iniciativa de aproximação íntima partiu dele ou dela, quem sabe numa tarde em que, ao passar a moldura buscada por Amélie, deixou sua mão mais tempo do que necessário segurando a peça de modo que as duas mãos se tocaram, a dele e a dela: mesmo com toda essa iniciação favorável, mesmo com esse entendimento tácito, na primeira vez em que subiram para o apartamento Josep Marília não conseguiu sustentar uma ereção, como se diz de modo razoavelmente cômico: sustentar uma ereção: Amélie comentou de imediato, bem direta, que para ela sexo era importante e que sem sexo não haveria possibilidade alguma de relação, sobretudo porque ela fazia tudo que fazia com toda a força de sua vida, como ela disse, com meu corpo, meus hormônios, meus líquidos, ela disse enquanto olhava tranquila para Josep Marília na cama, o rosto apoiado nas mãos e os cabelos soltos pelos lados sorrindo sedutoramente: para ela o corpo era importante, ela que cultivava a voz, como se diz, e portanto o corpo com sexo: mais jovem do que ele pensara de início, embora ele não tivesse pensado em nenhuma idade específica porque os desenhos e aquarelas que vira eram fortes e sólidos e *instalados* na vida, por assim dizer: e tão firmemente, adultamente sedutora, Amélie: e tão forte e firme falando assim em seus *líquidos*, uma mulher pode falar que faz tudo com seus hormônios e seu corpo, que se entrega à arte com seu corpo e com seus hormônios mas é preciso uma força diferente para falar em seus *líquidos* e ela usou a palavra, *essa* palavra: mas Amélie voltou uma segunda vez, mesmo após aquele fracasso inicial, e então Josep Marília, embora ansioso e literalmente morrendo de medo, como de modo incomum reconheceu, pôde funcionar ou atuar ou simplesmente ser como ele mesmo esperava, provou os líquidos todos de Amélie e a partir dali o gelo estava definitivamente quebrado e nunca Josep Marília teve tanto sexo e tanto sexo líquido na vida, nem mesmo com Júlia antes: Amélie se comportava como a insaciável com que todo homem sonha sem imaginar o delicado e complicado que isso pode ser: mas, talvez fosse o caso de que Amélie apenas gostasse imensamente de sexo como toda mulher na sua idade, no auge de sua idade e de seu corpo, e estava pronta para o sexo a qualquer momento e em qualquer lugar: e dizia que com Josep Marília era capaz de experimentar orgasmos repetidos, *orgasmos múltiplos* como ela dizia, como nunca antes lhe fora possível sentir, orgasmos que Josep Marília na verdade, como ele disse, nunca era capaz de perceber ou diferenciar dos outros instantes em que Amélie murmurava algo delicadamente ou delicadamente emitia os sons modulados que marcam um sexo *in progress*, como se diz de vez em quando, orgasmos múltiplos dos quais ele podia apenas vagamente suspeitar e que procurava explicar a si mesmo, mas não a Amélie, que talvez soubesse disso ou não, que ele procurava explicar a si mesmo como mero resultado da diferença de idade entre eles: nunca diria isso a ela, nunca seria ele a pôr esse fato em evidência diante dela, ele que estava consideravelmente surpreso de poder despertar tudo aquilo em Amélie e fazer tudo aquilo nela, algo que não pensava mais ser capaz de fazer ou querer fazer e que ele atribuía simplesmente ao fato de não estar tão preocupado com o próprio prazer, como estivera antes, lá atrás na sua vida, mas em *dar prazer a ela*, Amélie: Josep Marília queria dar prazer a ela e esse era o prazer dele, ele disse, embora ele mesmo tivesse seu prazer pessoal, claro, ele disse: talvez Amélie soubesse de tudo isso: e, claro, Josep Marília se enamorou delicada e reservadamente, melhor, se enamorou suficientemente e surpreendentemente (para ele) de Amélie: ou penetrou numa esfera habitualmente descrita por essas palavras ou outras com o mesmo efeito, como ele disse:

Josep Marília perguntou-se com frequência, como me disse, se alguma vez poderia ter pensado que se apaixonaria por uma mulher chamada Amélia, algo que lhe parecia de todo improvável: mas apaixonar-se por *Amélie* ou gostar alegremente dela era fácil, o nome caía tão bem em Amélie, era como um prolongamento de sua personalidade suave e florida, não suave e florida como pode ser alguma flor de cheiro enjoativo, mas suave e florida do modo como se diz de uma mulher delicada, simples e direta de personalidade, elegante com simplicidade, com uma voz arredondada e bem-posta e atraente e com um ar de desarmante inocência e ingenuidade não fosse pelo sangue quente que mostrava na cama e por sua força e assertividade, que exercia de modo civilizado: Amélie era descomplicada e revelava para Josep Marília um lado da vida de que ele certamente suspeitava, do qual era obrigado a suspeitar por já ter lido a respeito em livros e visto nas telas impressionistas e observado de longe no cotidiano, mas que não lhe parecia realmente factível ou ao alcance da mão ou sequer real, como se diz: não ao alcance da mão dele, em todo caso, e não depois de sua relação com Júlia: e Josep Marília se deu conta de algo ainda mais importante quando a relação com Amélie já estava tão estabilizada que tinha a sensação de estar com ela havia muito tempo, a vida toda, embora tivessem se passado pouco mais de alguns meses desde o primeiro dia em que ela pisara na loja: e aquilo de que Josep Marília se deu conta naquela altura de seu relacionamento com Amélie foi que até aquele momento seu modo privilegiado de entrar em contato com o mundo, se não com a vida, e Josep Marília estabelecia uma clara distinção entre as duas coisas, era e tinha sido através das obras-primas: Josep Marília, até aquela altura de sua vida, só se ligara ao mundo, e talvez à vida, pensando agora no que ele me disse depois, por meio ou com a ajuda das obras-primas: os livros que lia eram sempre os grandes livros da literatura, como se diz, assim como a arte que via nos museus imensos à sua disposição, a alguns pouco quilômetros de Vaucresson, era sempre a arte da grande arte, do mesmo modo como a música que ouvia na Ópera ou em outras salas de Paris era sempre a grande música e os filmes que via eram sempre os grandes filmes dos grandes momentos da cinematografia mundial, como se diz, e mesmo se aqueles filmes, especialmente os filmes, muito mais do que a pintura ou a música, mostravam a miséria do mundo como mostrava *Alemanha Ano Zero* de Roberto Rosselini ou a miséria altamente simbólica e codificada e intelectualizada de um *personagem de cinema*, como em *Acossado*, cujo título original era bem melhor e mais expressivo, *A bout de soufle*, sem fôlego, toda aquela miséria econômica e moral e espiritual só chegava a Josep Marília através de obras-primas indiscutíveis, aquelas que movem o mundo e que se propõem como os grandes padrões estéticos e éticos: e essas duas dimensões vinham juntas porque Josep Marília acreditava que uma estética forte propõe uma ética impossível de demolir-se por meio de qualquer discurso ideológico e populista como aqueles que ouvira no século XX e voltaria a ouvir como uma dízima periódica, dessas que não têm fim, no século 21 quando voltou ao país Brasil por pouco tempo e dos quais me disse que falaria depois: fosse como fosse, e talvez isto seja mais um modo de dizer, um modo de relatar as coisas do que algo de fato real, Josep Marília precisou ver-se solidamente entrado na vida para dar-se conta de que seu modo de relacionamento privilegiado com o mundo, e talvez com a vida, sempre fora através das obras-primas do mundo, algo que estava longe de ser necessariamente ruim em si mesmo, de ser um mal em si, mas que era realmente algo singular, para dizer o menos: Júlia ficara definitivamente para trás:

foi exatamente naqueles meses de seu caso com Amélie que Josep Marília finalmente se deu conta de que, sem perceber, havia posto em prática algo que dizia para si mesmo estar sempre procurando e que só *depois* percebeu ter encontrado, muito depois de já o ter encontrado, como é comum acontecer: e o que havia procurado desde o final da adolescência, ou mesmo antes, numa época em que a adolescência vinha mais cedo, aos treze ou catorze anos, era misturar vida e arte, objetivo do qual se desiludia com frequência e que outras vezes achava ainda possível alcançar e que de fato havia alcançado sem dar-se conta até a chegada daqueles meses de *extrema felicidade*, como se costuma dizer, que experimentou ao lado de Amélie e, com muita freqüência, *dentro* de Amélie, *dentro* daquele universo cativantemente morno e úmido e por vezes áspero nas bordas e estupefaciente e extasiante que era Amélie: Josep Marília finalmente se deu conta de que havia mesclado vida e arte e poderia dispensar as *obras-primas* por mais que elas retratassem, como se diz, o esplendor do mundo e a miséria do mundo e a baixeza do mundo e a cotidianidade do mundo e o prosaísmo do mundo e a *nothingness* do mundo, o *nada* do mundo ou a poesia do mundo, como dizia nos primeiros anos mornos de Vaucresson gastos em seu mergulho num *métier* terrestre como ele o chamava e que o deveria proteger do mundo e de suas memórias e do passado e da História:

quando conheceu Amélie, quando conheceu a interioridade de Amélie em aquarelas e desenhos que o surpreenderam, que o pegaram inteiramente desprevenido para falar a verdade, ele que se considerava exigente, e aquarelas e desenhos aos quais Amélie parecia não dar muito importância porque seu objetivo era de fato ser uma cantora lírica embora a voz profissional de Amélie ele nunca tivesse ouvido, e quando conheceu também o lado de fora de Amélie, Josep Marília percebeu que ela era como o exato oposto de uma obra-prima, quer dizer, ela era algo *dali* mesmo, algo *daquele dia*, daquele lugar, daquele corpo, algo que pertencia àquele lugar prosaico e banal que era Vaucresson, algo que pertencia à vida e não ao mundo (porque Josep Marília sempre acreditara, é provável que tivesse acreditado, que as obras-primas pertencem ao mundo ao passo que a existência pertence à vida): em suma, algo que pertencia a ele também, Josep Marília: sabia, ele disse, que Amélie não *pertencia* a ele, disse que nunca havia dito e nunca diria "minha mulher" quando tivesse de apresentar uma mulher que fosse "sua", Amélie por exemplo, a alguém: nem minha amante ou minha namorada ou o que fosse: ninguém é mulher *de* ninguém, partícula forte demais, esse *de* genitivo, e ele nunca diria isso: no entanto, experimentava a sensação de que Amélie era *sua* mulher muito mais do que Júlia havia sido talvez porque Amélie se entregasse mais: dessas conversas guardei uma forte imagem imaginária de Amélie tal como Josep Marília a descrevia:

claro que Josep Marília logo pensou que podia estar equivocado e que Amélie fosse, ela mesma, uma obra-prima, com aqueles desenhos e aquarelas desconcertantemente firmes e atraentes, e ele tinha a sua frente todos os indícios necessários para chegar a essa conclusão: Amélie poderia ser uma obra-prima, uma obra-prima da vida ou, em todo caso, da vida dele, e se o fosse Josep Marília continuava se relacionando com o mundo por meio de obras-primas: mas referir-se a Amélie como uma obra-prima implicava automaticamente admitir a existência de um autor dela: havia pelo menos uma dimensão de Amélie que ela mesma não podia ter feito e que era sua beleza cativante, uma beleza que não vinha apenas do rosto e do corpo embora viesse muito do rosto e do corpo delicadamente arredondando por vezes recoberto por algum abundante tecido branco que lhe multiplicava as formas quando ela se alongava na cama ou numa *chaise longue*, uma beleza que vinha antes de dentro dela, de alguma coisa imaterial dentro dela, uma beleza que talvez só alguma arte do século XVI ou XV poderia representar ou uma beleza agressivamente bela como a que os pintores vienenses de antes da II Guerra Mundial poderiam fazer e que nunca seria reconhecida como obra-prima assim como na verdade Amélie nunca seria uma obra-prima porque Amélie não era facilmente representável assim como a Amazônia não é representável porque é quase o que resta de natureza pura no mundo e o ser humano não pode entender o que não faz e não fez e o ser humano não fez a natureza, motivo pelo qual talvez a odeie (e esse foi um paradoxo que, segundo Josep Marília, consumia vários minutos repetidos de seus pensamentos quando se deitava para dormir, sozinho ou ao lado de Amélie, ele que sempre precisava de muitas imagens para adormecer, de imagens e não de palavras): Amélie, não a Amélie Auvergne de Caumont que ela nunca havia sido para ele, mas apenas Amélie (Amélie Auvergne de Caumont jamais poderia ser uma obra-prima, as obras-primas não pertencem a uma família, não se enquadram numa família), Amélie era a vida ela mesma e não uma obra-prima, num outro paradoxo, segundo Josep Marília (não estou tão certo que o fosse), um paradoxo que o incomodou durante um tempo e que durante um tempo ele não conseguiu deslindar nem pôr de lado: Josep Marília não chegou a me mostrar uma foto de Amélie mas, de um modo que deveria ser significativo, mostrou-me em seu celular a foto que tirou de uma pintura de Louise, irmã de Friedrich Willhelm III, tal como pode hoje ser vista no minúsculo Neue Pavilion ao lado do imenso castelo de Charlottenburg em Berlim e que Friedrich Wilhelm III, que o fizera construir, preferia ao grande palácio: Louise surgia de fato atraente e misteriosa naquela pintura neoclássica que a retratara em seus vinte e poucos anos, quem sabe trinta, difícil avaliar a idade de uma mulher daquela época pintada numa tela, mas Josep Marília não comentou sobre a relação que poderia haver entre Amélie e Louise, se é que quis armar uma relação entre as duas mulheres: fiquei com a imagem de Louise muito tempo na memória e tive de ir vê-la ao vivo depois, mais tarde, quando Josep Marília já havia saído de minha vida, e me pareceu (deve ter sido mera sugestão) que aquela poderia de fato ser Amélie, tão desejável e viva como Amélie trezentos anos depois:

a certeza de que ele havia se relacionado com o mundo apenas através das obras-primas não deixou de ser para Josep Marília, naqueles dias em que finalmente percebia muito do que fora sua vida, entre aquelas molduras raras e caras ou simples e banais, uma *iluminação retrospectiva*, uma vez que se deu conta de que seus pais jamais haviam se relacionado com o mundo por meio de obras-primas, eles que não haviam passado do primário e que tinham atravessado a vida de crise econômica em crise econômica ao longo de todos aqueles anos no país Brasil, as décadas medianas do século vinte e depois as décadas finais do século vinte e depois a primeira década do século 21, um século árabe para não dizer muçulmano, a única década do século 21 até agora, décadas perdidas em cima de décadas perdidas, décadas pessoais perdidas em cima de décadas pessoais perdidas e décadas coletivas perdidas em cima de décadas coletivas perdidas no país Brasil, e depois a década inicial do século 21 quando a propaganda oficial queria fazer crer, junto a todo mundo e ao mundo todo, inclusive o mundo daqueles que vendiam *subprimes* a peso de ouro e que depois desencadeariam a crise que se conhece, queriam fazer crer, como dizia, que o país havia enfim se tornado uma potência mundial e podia então falar de igual para igual com o mundo, o que era uma sandice total porque o país continuava invisível para o mundo todo como jamais Josep Marília ele mesmo conseguira ser em sua vida privada: e mesmo assim Josep Marília havia se relacionado com o mundo através de obras-primas do mundo, mesmo que em vários momentos tivesse ouvido o pai pedir-lhe chorando e envergonhado uma parte do dinheiro que Josep Marília ganhava trabalhando como menor de idade, e quando não era o pai era a mãe quem pedia, embora a mãe nunca tivesse chorado quando lhe pedia dinheiro porque talvez fosse mais comum a uma mulher e a uma mãe pedir dinheiro mas o pai sim, chorara, o que havia sido excruciante e horroroso e terrível *no momento do fato* e ainda anos depois, décadas depois, quando o pai já morrera mas não morrera, em Josep Marília, a marca viva corrosiva daqueles pedidos envergonhados, o que deu a certeza a Josep Marília de que os mortos são enterrados na alma dos vivos e ali vivem eternamente vampirizando a vida ou a pouca vida que lhes chega através do invólucro do vivente, o que por outro lado levou Josep Marília a entender pela primeira vez as origens gerais e a morfologia dos contos de assombração e de vampiro, o que o fez indagar-se do motivo pelo qual naqueles anos iniciais do século 21 muçulmano as histórias de zumbi haviam se multiplicado tanto nas séries de TV e nos filmes de cinema e nos romances góticos, como se diz, motivo que na verdade não era difícil de descobrir e que ele logo entendeu: pior, ele pensava, era que esses mortos enterrados na alma não apodreciam e se decompunham para depois sumir no pó: ficavam ali, apenas:

estranhas como as coisas são, foi exatamente naquele instante, um largo instante digamos, que Josep Marília se deu conta, como disse, do exato contrário de suas relações com as obras-primas: foi naquele momento largo que Josep Marília se deu conta do *gosto de viver*, como se diz: Amélie, nascida no país Brasil e que por uma dessas em tudo incríveis coincidências da vida que acontecem todos os dias Josep Marília não conheceu no país Brasil para ir conhecer em outro país, Amélie lhe havia revelado o *gosto pela vida*, como se diz, como nas mais banais novelas românticas ou nos relatos da literatura de autoajuda, um gosto pela vida que era algo que nem mesmo Júlia lhe havia oferecido, como ela nunca provavelmente *poderia* ter oferecido porque o *gosto pela vida* era exatamente algo que faltava a Júlia ela mesma: algo que faltava a Júlia *de modo especial*, mais ainda que a Josep Marília, pelo que ele contava, embora eu seja obrigado a reconhecer que isso pudesse ser a versão dele, Josep Marília: mas a falta de gosto pela vida em um dos membros de um casal, como é o nome que se dá a esse arranjo entre as pessoas, arruína o gosto pela vida que possa aparecer ou subsistir no outro: Josep Marília não podia dizer que algum dia, *antes*, no passado, tivesse sentido em si mesmo, de modo claro, esse gosto pela vida, embora isso não fosse de todo impossível: mas Amélie era o gosto pela vida feito mulher, mulher atraente e encantadora e desejável e ciente de ser bela e desejável embora não o demonstrando acintosamente e insultantemente e que a cada dia conseguia mostrar-se ainda mais desejável do modo mais simples possível, como se fosse o exato oposto da desejabilidade e como se não tivesse consciência alguma de que era perturbadoramente desejável, inocentemente desejável, sabendo-o perfeitamente, claro: mesmo porque era bem mais jovem que Josep Marília, coisa que Josep Marília disse não ter percebido a princípio por não ser bom em calcular a idade dos outros só de olhar para seus rostos, tanto mais numa época como agora em que as pessoas parecem permanecer longamente jovens: Amélie lhe havia trazido o gosto pela vida e era também por isso, tanto quanto por Amélie ela mesma, que Josep Marília se apaixonara, não *perdidamente*, como se diz (ele fez questão de destacar que continuara senhor de todos seus atos e emoções e reações), mas *profundamente*: no fundo, Josep Marília se apaixonara pelo gosto da vida que reencontrara em si mesmo, o que significa dizer que Josep Marília se apaixonara por si mesmo, como qualquer manual ou tratado da psicanálise falida no século XX poderia ter-lhe dito e como poderia ter-lhe dito de modo melhor e mais completo e pertinente qualquer boa obra de literatura ou, em todo caso, qualquer obra-prima da literatura mundial, como se diz:

Josep Marília queria doravante evitar todo tipo de mediação, mesmo o da arte: toda mediação seria feita por Amélie ela mesma, com quem Josep Marília se encontrava e se deliciava quase todo dia ou toda tarde e por vezes toda noite no apartamento do segundo andar da L'Amie, acima das molduras, e pode haver algum exagero nisso por parte de Josep Marília, digamos que ele se deliciava com Amélie e vice-versa algumas vezes por semana ou talvez fossem algumas vezes por semana que lhe pareciam muitas sem que eu possa saber como pareciam a Amélie, ou simplesmente passeando com Amélie em alguma rua discreta e tranquila de Vaucresson, passeio que de resto ele não precisava esconder, não ele em todo caso:

todo esse conjunto de fatos e ações convinha bem ao desejo, difícil de entender, que tinha Josep Marília de *passar despercebido*, algo no entanto fácil de conseguir-se em razão da própria natureza e situação da loja de molduras em Vaucresson, na verdade fora do pequeno centro comercial de Vaucresson e, assim, ainda mais afastada de tudo, e em razão daquele tipo de relação com Amélie com quem passeava pelas ruas do bairro de Vaucresson geralmente desertas de carros e pessoas durante a maior parte do dia e com mais razão ainda à noite: claro que duas pessoas passeando, quer dizer, ostensivamente caminhando sem uma destinação precisa pelas ruas desertas de Vaucresson, chamavam desde logo a atenção de qualquer um olhando por uma janela ou passando dentro de um carro, tão forte era a ausência de pessoas naquela parte de Vaucresson: esse deserto de gente que era Vaucresson, pelo que ele me disse, não incomodava Josep Marília, que alternava os passeios por Vaucresson e as tardes no apartamento sobre L'Amie com idas a Paris ao lado de Amélie para ver um filme, uma exposição, um concerto ou uma peça de teatro ou simplesmente almoçar ou jantar em algum restaurante: de Vaucresson a Notre-Dame, marco zero de Paris, são uns poucos quilômetros, menos de vinte, 18, mas naquele tempo essa distância era mais curta no relógio, mesmo se então, como agora, praticamente não houvesse terrenos desocupados entre uma cidade e outra e tudo fosse um só plano urbano: em meia hora Josep Marília estava em Saint-Germain, para onde preferiam se dirigir, e essas repetidas idas a Paris, com a multidão à volta nas ruas e museus, fazia Josep Marília sentir-se bem e nada isolado do mundo, ainda mais ao lado de Amélie: e o gosto pela vida tomara conta dele por inteiro: digamos que o lado bom da vida não lhe chegava mais através das obras-primas (o lado ruim lhe chegava *de qualquer modo* e *por qualquer via*, como sempre) embora Josep Marília com frequência se surpreendesse aplicando a Amélie e às coisas que ela fazia, e ao que surgia ao redor dela, a palavra *beleza*, ou a palavra *belo*, conforme o caso, a mesma que usava em seu relacionamento com a arte e, de modo especial, com as obras-primas: trabalhando numa moldurariа, ou sendo depois o dono aparente dessa moldurariа até que sobreviesse alguma coisa que mudasse aquela situação, as palavras *beleza* e *belo* teriam mais razão para vir à tona com frequência, mas esse não era necessariamente o caso: em relação a Amélie, sim, tudo lhe parecia, a Josep Marília, extraordinariamente belo embora eu suspeite que essa palavra deva ser entendida de um modo metafórico mais do que indicial: e assim iam os dois a Paris com frequência para ver alguma *obra de arte*, como se diz, ou para comer alguma coisa simples num restaurante simples: tanto a Josep Marília como a Amélie interessavam mais os restaurantes comuns ou simples, como também ela dizia, e não os elegantes e caros: e se havia um ao qual voltavam sempre, em particular nos dias de outono e inverno quando o céu assumia as formas e cores de uma pintura, como se diz, em dias ensolarados e frios, era o banal La Fregate, um restaurante apenas mediano, cotidiano, comum, na esquina do Quai Voltaire com a Rue du Bac, praticamente diante da Pont Royal, com uma vista dramática, como se diz, para o Louvre, os prédios uniformes da Rue de Rivoli do outro lado (mais adivinhados do que vistos) e o próprio Sena (totalmente mais adivinhado do que visto, porque impossível vê-lo desde o restaurante: mas podiam sentir sua presença ali perto, sabiam que ele estava ali), sem nada que obstruísse a vista, sobretudo quando ocupavam uma minúscula mesa no bar, bem em frente à ponte, e não as mesas mais elegantes, servidas por toalhas de pano, à esquerda da porta de entrada, mais distantes da ponte, mais elegantes embora a comida dos dois lados do restaurante fosse a mesma: o canto do bar era o canto deles, e se Josep Marília me contava a cena com uma gama de detalhes, que incluía uma descrição do céu dramático, como ele dizia, carregado de nuvens pesadas cinza-chumbo e cinza-claro e algumas até brancas contra o azul forte do céu de inverno e no final da tarde algumas rosadas, era sem dúvida porque a experiência devia ter sido forte para ele: suponho que, no fundo, Josep Marília soubesse que continuava preso, naqueles tempos, a uma ideia da vida que lhe chegava pelas obras-primas uma vez que Amélie era aquilo que mais se aproximava de uma *obra-prima natural*, se fosse possível dizer isso, na forma de mulher, ou de ser humano, embora o ser humano mulher fosse aquele que interessava a Josep Marília, um homem irremediavelmente conservador nesse tipo de assunto: e registro isso porque as descrições que fazia do céu de Paris poderiam apontar também por vezes para alguma pintura de Tiepolo, por exemplo, alusão nada descabida porque o céu de Paris em algumas épocas do ano assume por completo a aparência de um céu de Tiepolo, como sei bem, e eu portanto não poderia dizer que Josep Marília tirasse aquelas imagens de alguma obra de arte apenas para se iludir ou iludir a quem o estivesse ouvindo em algum momento, como eu: uma obra-prima na forma de mulher, algo que ele jamais havia conhecido, não só como carne e sexo mas como alma e espírito, a provar que ainda havia coisas novas por conhecer na vida: e sua própria vida naqueles dias, com a molduraria, depois que descobrira os atrativos das profissões terrestres e sua própria habilidade insuspeita de entalhar a madeira, parecia-lhe também algo próximo a uma obra-prima: Amélie e sua capacidade de amoldar-se ao jogo entre esses elementos todos, incluindo a improvável Vaucresson e Paris ao alcance da mão, pareciam-lhe o mais próximo que havia chegado da vida como obra-prima: mesmo se muitas obras de referência de Amélie fossem outras, mesmo que o canto lírico fosse aquilo que ela talvez mais amasse, Amélie gostava também de histórias em quadrinhos, *bandes dessinées* ela dizia às vezes quando o português lhe faltava, e se alguns artistas das histórias em quadrinhos que ela lia ele também lia ou lera e apreciara, como Altan e Guido Crepax e Claire Bretecher, outros era mais ela que conhecia, como Tardi e Giacometti além da série dos *Pieds nickelés*, mais conhecida assim do que pelo nome do desenhista, Forton, além de Tintin, claro, que não pertencia ao universo de Josep Marília mas ao dos avós e dos pais dela, embora ele lesse ou visse também, esporadicamente, algum *manga*, em especial ou unicamente os de sexo que Amélie igualmente lia ou apenas via, porque tampouco ela falava japonês: e conhecer a música contemporânea popular pelas mãos de Amélie foi outra coisa que marcou profundamente a vida de Josep Marília naquele tempo, como a música e a expressão e a performance e o sentimento de Amy Winehouse, um sentimento que não podia ser falso ou fingido apenas para agradar Amélie, uma descoberta em tudo surpreendente para Josep Marília que ficou, ele disse, fortemente surpreso e à beira da incredulidade quando a ouviu numa casa de shows em Paris ou em Londres, não se lembrava do lugar embora se recordasse da forte sensação de estar diante de uma desconcertante obra-prima que não era o caso de qualificar como obra-prima da cultura pop mas, apenas, como obra-prima *tout court* que o punha em contato com a matéria de uma música das entranhas e de uma artista das entranhas, algo que a Amélie parecia em tudo natural: Josep Marília ficara extremamente impressionado, ele disse:

nevava consistentemente enquanto Josep Marília falava, e digo que *ele* falava porque de fato era praticamente ele quem falava sozinho, eu era um referencial, uma baliza que ele mal parecia levar em conta, algo assim como um psicanalista que não lhe cobrava nada, mesmo porque eu nada tinha a dizer ou comentar, não tendo vivido nem conhecido aqueles fatos em primeira mão, como se diz: eu via uma neve rala caindo de modo intermitente lá fora e embora os galhos da árvore próxima à janela ficassem cada vez mais tingidos de branco, como um confeito elegante, e não fosse mais possível saber onde o gramado terminava e onde começavam as águas do lago Wannsee e onde terminava o lago Wannsse na outra margem distante, não pensei que se pudesse falar de fato numa *nevasca*: quando me ergui, porém, para servir-nos um pouco mais do pouco vinho restante naquela tarde fria, olhei melhor pela janela e vi o gramado lá embaixo completamente branco: ninguém passava por ali, o jardim era fechado pela frente e pelos lados e na parte de trás desembocava diretamente no lago, não havia como chegar até ele sem uma chave especial e complicada de duas faces que apenas alguns de nós tínhamos, os convidados da mansão, e assim a neve permanecia intacta em sua brancura para mim deslumbrante: a única coisa que destoava daquela brancura era a parte lateral de um comprido banco de cimento na forma de um hemiciclo colocado bem perto da água de modo a que as pessoas nele eventualmente sentadas tivessem uma visão desimpedida do lago à frente: o resto, tudo branco: como poderiam sobreviver os pequenos passarinhos que viviam por ali e que eu não via naquele momento mas que sabia existirem naquele parque e árvores?, eu me perguntava:

Josep Marília tinha consciência de que nada daquilo teria acontecido se tivesse continuado no país Brasil: por certo lhe teria sido impossível conhecer Amélie, que no país Brasil lhe fora invisível enquanto, se é que se pode falar em algum *enquanto*, ele e ela ali estiveram em algum momento numa espécie de existência paralela, como se diz: nem lhe teria sido possível revelar-se ou transformar-se, lá, em um especialista em molduras, e não só um especialista no conhecimento de molduras e no negócio de molduras como um *artista* da moldura ou bastante próximo disso, uma condição que de resto ele nunca admitiu, como disse, isto é, que fosse um artista da moldura: e isso lhe era particularmente importante uma vez que o país Brasil jamais lhe teria aberto a possibilidade de tornar-se respeitado e conhecido num *métier* terrestre, o país Brasil que detestava e sempre detestara continuava detestando e menosprezando os *métiers* terrestres; em resumo, Josep Marília sentia-se bem com sua vida e talvez pela primeira vez sabia o que era o *gosto pela vida* que Amélie o fizera experimentar sem nunca ter pronunciado aquela expressão: e tão bem se sentia Josep Marília em sua nova pele que, naquele momento, quando uma amiga argentina que morava na porta de entrada da Patagônia, em La Pampa, naquilo que para Josep Marília parecia o interminável começo de um deserto sulino em todas as dimensões que a palavra pudesse ter, enfim, quando essa amiga argentina lhe perguntou um dia por e-mail *em que livro* Josep Marília gostaria de viver, ele não teve problema algum para afirmar *que não gostaria de viver em livro algum* e que a simples ideia de que alguém pudesse escolher viver num livro lhe era inteira e absolutamente impensável e inaceitável, embora não o dissesse de modo irado, viver num livro lhe parecia uma tortura maior do que tudo que pudera algum dia imaginar: viver num livro lhe parecia, quando sua amiga argentina lhe fez a pergunta, algo como ser deportado para a Zona Fantasma das histórias de algum super-herói, talvez o Super-Homem, uma espécie de ostracismo no cosmo, um lugar que o dicionário descreveu como "organizado e harmonioso" quando ele quis saber como se escrevia a palavra em português, cosmo ou cosmos, não se lembrava mais ao certo e teve de usar o dicionário, assim como o português por vezes faltava também a Amélie, e ele se surpreendeu, como disse, com aquele resquício de teologismo embebendo as páginas de um dicionário supostamente laico àquela altura do século, quer dizer, o cosmo como um lugar *organizado e harmonioso*, disse Josep Marília como se ainda sentisse a surpresa experimentada ao ler a definição no dicionário: pelo visto, aquele dicionário ainda acreditava na *harmonia das esferas* e divulgava essa crença, Josep Marília acrescentou: aquele dicionário ainda divulgava, sem o dizer, a teoria platônica da harmonia das esferas em pleno século muçulmano, Josep Marília acrescentou, aquele dicionário ainda acreditava em algum criacionismo, num ser superior que harmonizara tudo: algo como ser despachado para a Zona Fantasma, Josep Marília continuou o que estava dizendo, num cosmo indefinido, enfim, um limbo para o qual eram despachados os maus e os bandidos naquela história em quadrinhos e para onde Josep Marília gostaria de mandar, não seus adversários pessoais, que não os tinha tantos, que soubesse, mas despachar seus opressores e os devoradores do país, que os tivera aos montes no país Brasil disfarçados de democratas ou nem isso assim como milhares de pessoas haviam tido e continuavam a ter seus opressores na Europa na Ásia e na América torpemente designada como Latina: quando se sentia de melhor humor e mais disposto a ser coerente com suas próprias ideias e manter-se na defesa da não-violência, em vez de pensar em simplesmente eliminar seus opressores, aniquilar seus opressores, matar seus opressores, como por vezes sentia vontade de fazer enquanto tomava o café da manhã, como se diz, Josep Marília sonhava em bani-los para a Zona Fantasma: de vez em quando lhe ocorria que de fato a única solução seria mesmo recorrer à violência mais explícita, como Nelson Mandela um dia defendeu ou Georges Sorel, violência que Josep Marília não conseguia deixar de considerar no fundo intolerável: recorrer à violência era como uma recaída nas partes mais rejeitáveis de sua sensibilidade, algo que normalmente ele conseguia evitar: de todo modo, nunca pensara em mandar seus opressores para dentro de um livro, coisa que, percebia naquele momento, não era no fundo má ideia: e até já sabia quem mandaria para qual livro: era tão fácil sabê-lo: mas ele mesmo, Josep Marília, *jamais viveria num livro*: nunca pensara em viver num livro e não seria agora que essa ideia lhe ocorreria: se tanto, podia admitir que *algum dia* chegou a pensar que gostaria de ter escrito este ou aquele livro (qual, exatamente, nunca disse, ou nunca definiu): o fato é que uma mulher, Amélie, o havia libertado dos livros e da literatura e das ideias e do mundo das ideias: com Amélie estava infinitamente longe dos livros e do país Brasil e mesmo de Júlia, que obviamente nunca iria esquecer, e do pai e da tragédia econômica que fora sua infância e adolescência, do que jamais se esqueceria tampouco mas do que de todo modo estava agora incrivelmente distante: graças a Amélie, ao corpo e à cabeça de Amélie:

por vezes, a sensação de liberdade que sentia ao lado de Amélie (não bem *liberdade*: antes, a sensação de fundir-se com tudo a seu redor, de fundir-se em Amélie, sensação reforçada quando entrava *dentro* dela: mas não era *disso* que se tratava nos outros momentos comuns em que também se integrava a ela), de fundir-se na rua e no reflexo das vitrines quando andava com Amélie pelo Quai Voltaire olhando as galerias de antiguidades quando não ventava demais e não estava frio demais, e de fundir-se com a Pont Royal e com a Pont des Arts quando cruzavam o Sena, ou mesmo quando cruzava o Sena sozinho, sem Amélie ao lado, ou quando olhava o céu azul sobre o Sena visto da Petit Pont ao lado de Notre-Dame, uma série de cartões-postais, uma série de imagens estereotipadas, como se diz, *images d'Épinal*, mas que Josep Marília não sentia como tais porque naqueles momentos se sabia integrado a tudo aquilo e portanto libertado de si mesmo, de seu corpo, de suas ideias e até das *ideias feitas*, e essa sensação devia ser aquilo a que se chamava de êxtase, estar fora de si, a maior sensação de liberdade que podia experimentar e que experimentava, tinha certeza disso, não por causa da loja de molduras, nem da arte antes pequena do que grande que ajudava a proteger com suas molduras, mas por causa de Amélie e com ela e nela, a respeito de quem Josep Marília usava com frequência cada vez maior a palavra *beleza*, como ele mesmo dizia, quando não *belo*, que por razões pouco explícitas ele preferia evitar:

não era liberdade o que Josep Marília sentia, ele se corrigiu: não de início: era embriaguez: tratava-se de uma sensação de liberdade que se transformava em embriaguez e de uma sensação de embriaguez que se transformava em liberdade: um *sentimento de liberdade*, sem dúvida algo muito mais forte e que era de fato o que sentia: um *sentimento* de liberdade e um *sentimento* de embriaguez:

naqueles dias, como se costuma dizer, cheios de sentimentos de liberdade e de paixão e de sexo com Amélie e do cheiro da loja de molduras, um cheiro de cola e madeira demasiado facilmente associável à ideia de arte ao qual vinha se acrescentar um cheiro de sexo como se diz nas práticas de degustação, Josep Marília imediatamente se livrava de toda nova obrigação que lhe ocorria assumir fazendo logo em seguida o que tinha de fazer (entregar uma moldura, fazer uma pesquisa histórica sobre algum estilo de moldura em algum século passado, visitar um colecionador) porque assim, embora talvez disso não tivesse plena consciência naquele momento, como me disse, porque assim *ficava com o futuro livre e desimpedido* para fazer o que quisesse fazer e que era frequentemente, naqueles dias tranquilos em Vaucresson, não fazer nada: colocar tudo rapidamente no passado, colocar tudo rapidamente atrás de si, para ficar com o futuro livre pela frente: naqueles dias, Josep Marília ainda tinha futuro, era evidente, mesmo se um futuro traduzido em algumas poucas horas à frente: sentia-o como futuro: era já um passo adiante de Júlia:

por vezes Josep Marília sentia-se mesmo superior ou com mais sorte, em todo caso, do que alguns de seus, não faróis, que ele nunca os teve, mas balizas intelectuais: Lessing, por exemplo: lembrava-se de uma passagem de Lessing ou, quem sabe, de uma anotação dele mesmo, Josep Marília, à margem de um livro de um outro autor que lhe lembrara Lessing, Lessing teria escrito que "Gostaria de ter uma vida tão bela quanto a dos outros. Mas não consegui.": Lessing escrevera "uma vida tão bela quanto a dos outros" e não "uma vida tão boa quanto a dos outros": ter uma vida bela é mais significativo do que ter uma vida boa, isso era algo que Josep Marília, como disse, talvez intuísse há tempos mas cujo real significado levara anos para compreender: a vida bela é melhor que a vida boa: claro que Josep Marília não estava tão seguro assim que a vida dos outros fosse bela, embora talvez a de Amélie, sim: e a dele também, pela influência de Amélie, era bela: o fato era que de vez em quando uma passagem como essa de Lessing lhe voltava à memória como num exercício de auto-edificação, como se diz:

não devia ser mais do que umas quatro da tarde e lá fora o dia ficara totalmente escurecido por um céu cinza baixo sem nenhum rasgo em sua superfície, um grande invólucro cinza pouco além do vidro da janela: céus desse tipo são pouco propícios a que um relâmpago os rasgue permitindo assim que um *acontecimento* aconteça aqui embaixo: não era verdade que as pessoas não mais conseguiam passar por uma experiência real, entregar-se a uma experiência real, como sugerira W. Benjamin: Josep Marília disse que em alguns poucos anos, talvez em uns poucos meses, tudo havia mudado *radicalmente* em sua vida: Amélie parecia a alegria em pessoa, a alegria e a despreocupação e a leveza em pessoa, de um modo que nunca havia encontrado em mulher alguma no país Brasil em todos aqueles anos de chumbo sob a ditadura e nos anos que se seguiram a seu retorno ao país e que foram de chumbo disfarçado: nunca encontrara no país Brasil ninguém tão leve como Amélie que no entanto era uma natural do país Brasil: não era leviana, era como se ela não tivesse peso: Josep Marília se perguntava ocasionalmente se uma mulher que não tinha peso não seria de fato a mais indicada para um homem que, se não queria ser invisível, não se importava com a invisibilidade:

o fato foi que Amélie a certa altura não aparecia mais na *L'Amie* tanto quanto antes, não aparecia na loja e no apartamento sobre a loja: Josep Marília passava então longos dias e noites sozinho, com pouco trabalho na loja ou esticando ao máximo o trabalho existente e tentando ler alguma coisa à noite: mas ele já não lia mais como antes, preferia os jornais mesmo se fossem incompreensivelmente (embora compreensivelmente) repetitivos todos, e todos em relação a todos os outros de todos os outros países como se só um mundo existisse e só uma visão de vida existisse decorrente não de uma mesma e compartilhada compreensão do mundo mas da preguiça em ir buscar informações novas ou do desejo ou necessidade de economizar com jornalistas ou simplesmente de fato porque o mundo agora pensava nas mesmas coisas e só algumas coisas eram importantes para o mundo todo: Paris cheia de cafés e cinemas e teatros estava a poucos quilômetros mas ele se sentia preguiçoso, pura preguiça de sair: vez ou outra, quando Amélie reaparecia, Josep Marília lhe perguntava do modo mais inocente possível, do modo mais artificialmente inocente possível, aonde ela fora no dia anterior ou na noite anterior ou nos dois dias e noites anteriores ou três e Amélie respondia do modo mais autenticamente inocente possível que fora a Paris com uma amiga ou com a mãe ou que fora a um casamento na Provence ou a um ensaio de voz em Paris ou a um teste de voz em Paris apenas para, no dia seguinte, quando e se voltava a L'Amie no dia seguinte, dizer alguma outra coisa que não era bem o que dissera no dia anterior: Josep Marília não dizia nada: era inútil, ele acrescentou: seria inútil, não teria sentido algum: não estava casado com Amélie, não era proprietário de Amélie e, pior, era bem mais velho que Amélie embora essa ideia não fizesse sentido algum em si mesma, não para ele, portanto não dizia e não diria nada: não tinha por que dizer, não tinha base para dizê-lo: Amélie não poderia ser tão leve a ponto de não perceber nada do que se passava dentro da cabeça de Josep Marília: mas, se percebia, não dizia nada: e Josep Marília não dizia nada tampouco, de seu lado, porque lhe parecia inútil: Júlia muitas vezes lhe havia dito que o achava frio e distante e nada disposto a envolver-se emocionalmente, como ela dizia: Josep Marília, ele mesmo disse, nem se dava ao trabalho de responder a Amélie, quando notava o que lhe parecia uma incongruência em suas respostas, por pensar que se tivesse de reclamar de alguma coisa em relação ao lado emocional ou sexual da vida de ambos ou dela era porque já não adiantava reclamar de nada e portanto não reclamava: Júlia interpretara esse seu tipo de comportamento ou atitude como sinal de frieza e distância e indiferença, com o que ele não concordara nunca: talvez não reclamar, não insistir, não cobrar alguma coisa de alguém em relação a ele mesmo fosse parte de seu desejo de invisibilidade: não sei:

e assim Josep Marília nada dizia para Amélie e foi apenas colecionando na memória os sucessivos indícios do que lhe pareciam ser as infidelidades de Amélie, como ele disse, palavra tola segundo ele mesmo e que, acrescentou em seguida, ele recusava frontalmente por não lhe ver nenhum sentido: ou, reformando, quando via os indícios dos sucessivos *desinteresses* de Amélie, forçando-se a não lhes dar maior importância ou sem lhes dar a importância que deveriam ter, se é que deviam ter alguma importância: os dias calmos e tranquilos de Vaucresson, quase como dias clichês, estavam no fim:

Josep Marília falou demoradamente desse episódio: não posso dizer que tenha ficado particularmente animado ou agitado ou mais eloquente ao longo do relato, nada disso: pelo contrário, Josep Marília sempre se mostrou à minha frente de modo tranquilo e coerente, porém foi nesse ponto mais abundante em detalhes do que em outras passagens: a luminosidade aumentara um pouco lá fora e a neve parara de cair mas voltaria, sem dúvida: era evidente:

nada de sentimentalismos, Josep Marília disse: nunca: o impensável e o imprevisível e o imprescritível existem, continuou, inclusive na vida pessoal e portanto na vida dele também: mas a lucidez deveria sobrepor-se a toda e qualquer emoção que alguma e qualquer coisa pudesse nele provocar *sob esse aspecto*: havia sido desde sempre previsível que Amélie um dia desapareceria de sua vida: mas, ele se perguntou, não deveria ela ter-lhe dito que, ao mesmo tempo em que mantinha uma relação com ele, tinha um outro amante (ou talvez o amante fosse ele e não o outro) ou namorado ou marido, o nome que usasse para designá-lo ou, então, simplesmente outro *compromisso*, outros planos, outro *destino*, Josep Marília se perguntou: ou talvez ainda se perguntasse: concluiu que não se tratava de perdoar ou não perdoar nada nem ninguém embora sua condição, que ele hesitava em descrever como difícil e, menos ainda, incômoda ou delicada, quase dolorosa, certamente seria, como estava sendo, dura: ou não, não sei: preciso ter sempre o extremo cuidado de não concluir e interpretar pelos outros o que eles mesmos não concluem e interpretam, ainda mais em se tratando de Josep Marília por quem tive simpatia desde o início: cada um é feito da soma incômoda de impressões e marcas que os outros lhe impõem e que são tão mais fortes e intensas quando esse outro é uma amante ou assim se descreve ou pode ser descrito: descrita: era assim e o importante, segundo Josep Marília, consistia em manter, não a lucidez, mas a tranquilidade:

uma perda muitas vezes leva de imediato a outra, como ele observou, e a perda de Amélie, se essa fosse a palavra adequada para descrever o que acontecera embora ele mesmo a considerasse em tudo inapropriada uma vez que *não se perde ninguém* que nunca *se teve*, as pessoas apenas se vão ou vêm, a perda de Amélie levou à perda da L'Amie ou se relacionou por proximidade à perda de L'Amie, a loja de molduras numa esquina de Vaucresson: decisões emocionais, segundo Josep Marília, nunca deveriam ser tomadas, uma *reflexão* deveria anteceder toda iniciativa: por outro lado, e era consciente disso, se não permitisse a uma emoção ditar um comportamento, o mais provável é que nenhuma mudança alterasse esse comportamento: de todo modo, já existia anteriormente em Josep Marília a decisão ou o desejo de mudar de vida a cada tanto, e essa decisão ou desejo era suficiente para infundir no processo a dose de reflexão por ele mesmo exigida em seus momentos de aguda, quer dizer, penetrante, lucidez, que eram quase todos como ele mesmo admitiu: era hora de abandonar L'Amie:

uma decisão difícil: Josep Marília encontrara no trato com as molduras, e com a madeira das molduras, um prazer insuspeitado, de todo imprevisto: a ideia de que pudesse interessar-se por quatro pedaços de madeira esculpidos há cem anos ou mais, nos casos mais interessantes, ou quatro pedaços de madeira nova reaproveitada de velhos trens belgas (de uma época quando ainda se usava madeira nos trens belgas) e que era uma madeira macia ao toque, uma madeira que depois de lixada oferecia a sensação de um agradável e fresco lençol em contato com a pele nua do corpo, lhe teria parecido absurda lá atrás no tempo, antes de Vaucresson para onde acontecimentos ocasionais, como em tantas outras situações de sua vida, o haviam levado: em relação a essa atividade ou profissão (Josep Marília aparentemente sempre teve problemas para reconhecer a si mesmo como alguém que *tivesse uma profissão*), ele mesmo sequer um dia pensara que a exerceria ou *não* a exerceria: apenas nunca a considerara como uma possibilidade: e se tivesse pensado nela como uma possibilidade, certamente teria decidido que era algo desinteressante e menor, em particular se esse pensamento lhe tivesse ocorrido no país Brasil: e no entanto aquela profissão terrestre lhe havia aberto enormemente a cabeça inclusive para coisas que não eram terrestres: uma pintura impressionista, por exemplo, enquadrada por uma moldura em estilo Luís XV ou, como certa vez recebeu para limpeza, uma pintura renascentista delimitada por uma moldura de bronze dourado em estilo Luís XV, formavam conjuntos tão fortemente contraditórios em seus componentes que uma coisa, a pintura, deveria anular a outra, a moldura, e vice-versa: no entanto, não era o que ele via, ninguém parecia dar-se conta do choque frontal de dois modos distintos de pensar o mundo, a moldura era quase sempre invisível aos olhos dos que viam a arte nela contida, gente que não via que uma coisa era uma pintura impressionista *sem moldura* ou numa moldura neutra e outra uma pintura impressionista ou expressionista ou da Nova Objetividade ou do expressionismo em *action painting* numa moldura deste ou daquele modo que nada tinha a ver com a pintura em si salvo no caso de algumas pinturas futuristas enquadradas por molduras que eram em tudo intimamente pertinentes ao programa mesmo da obra de arte em si: não havia choque algum entre a pintura e sua moldura mesmo quando uma coisa e outra eram aparentemente incompatíveis, nos melhores casos, claro, e nisso residia, aos olhos de Josep Marília, uma pista forte para entender todo o mecanismo subterrâneo da vida da arte e das relações com a arte e portanto com a vida: em vários momentos chegou mesmo a pensar que a incongruência que poderia haver na relação entre as pinturas e suas molduras propunha-se como uma metáfora de sua vida quando observada num quadro mais amplo, mas nunca conseguiu extrair dessa percepção as consequências que talvez se impusessem, *salvo a certeza de que não havia incongruências*: ou nunca se dedicou a fazê-lo, quer dizer, extrair essas consequências: não era com isso que estava preocupado: fato era que nunca pensara que um dia exerceria ou não exerceria a profissão de moldureiro e o que lhe interessava considerar era a experiência que tivera preparando uma moldura, esculpindo uma moldura, dando numa moldura um leve banho de ouro ou de falso ouro, simplesmente segurando nas mãos uma moldura ainda em madeira não tratada, madeira que poderia ter vindo de um trem belga desativado que vá se saber por onde havia um dia rodado: um prazer material e um prazer conceitual: que o levara a Amélie: Amélie se fora (ou não se fora, poderia reaparecer ou não) e era hora de deixar L'Amie para trás: era hora de explorar, Josep Marília disse, outros caminhos, talvez até mesmo o caminho de volta para casa: Amélie não voltaria mais para casa, tinha certeza, nem para a dele, nem para Vaucresson: teria uma outra história, construiria para si mesma uma outra história: havia sempre vários caminhos de volta para casa, se ele pudesse considerar um país como sua casa (já que, pelo que entendi, não tinha propriamente *uma casa* no país Brasil no sentido que se dá a essa palavra, quer dizer, uma família: poderia até ter uma casa física mas não era a isso que se referia, claro): meu avô, ele disse, ainda pertencia a uma geração que falava português com forte sotaque estrangeiro, até o fim da vida nunca conseguiu dizer "não", sempre lhe saía algo a meio caminho do "no" e do "non": e isso não foi há séculos, foi *ontem*, ontem de manhã: ter avós que ainda falavam com sotaque depois de setenta anos no país Brasil, que para eles havia sido muito provavelmente apenas Brasil, dá bem o quadro do que podia ser *sua casa* no distante país Brasil, ele disse: a casa de tanta gente no país Brasil, Josep Marília repetiu: o país Brasil não era a casa de ninguém, ninguém tinha casa ali, não ainda, ele disse, não no meio das mortes e assassinatos de todo dia, os físicos e os conceituais, e na incerteza total que não desgruda do país embora pudesse se desgrudar da terra, ele disse, por isso *aquilo* demoraria tanto ainda a ser um país, uma casa, ele disse:

o tempo fechara-se totalmente sobre o lago de Wannsee à nossa frente, à minha frente mais que à frente de Josep Marília uma vez que ele pouco olhava para fora e, sim, mais para mim ou para dentro de si mesmo: o tempo se fechara do outro lado da janela e também, um pouco, do lado de cá das janelas: é estranho dizer uma coisa dessas, "o tempo se fechara totalmente sobre o lago de Wannsee", como se o tempo se manifestasse, aparecesse fisicamente como uma entidade física e se tornasse visível e praticamente se pudesse tocar nele assim como ele toca em nós: como se eu pudesse ver o tempo à minha frente: perguntei-me se havia sido o relato de Josep Marília que me havia feito *ver o tempo*, quem sabe pela primeira vez em minha vida, ou se fora o próprio tempo que se revelara a mim, pela primeira vez em minha vida, como um *acontecimento*: não ocorrera nenhum relâmpago físico lá fora durante nossa conversa, relâmpagos e raios e trovões ficam bem no teatro, no teatro clássico e antigo grego por exemplo, mas não numa quieta e calma tempestade de neve em Berlim: naquele momento eu não ouvia o que Josep Marília me dizia, pensava sobre o tempo: curioso que em português exista só uma palavra para designar o tempo que passa e o tempo que baixa sobre as pessoas como aquele tempo cinza baixava sobre nós: no alemão dali ao redor de Wannsee existe *wetter, tempestade, vento*, com essa raiz *we-, soprar*, numa palavra escrita com *th* a partir do século XV: e em inglês, *weather*, de início *sair a salvo, escapar*, desde o século XVII: sair a salvo do quê? do tempo, talvez: era possível então sair a salvo do tempo, imaginei, pelo menos em inglês, pelo menos caso se viva sob o império da língua inglesa, pensei depois que Josep Marília já se fora: mas o tempo em português não permite sair a salvo do tempo: pelo menos no português do país Brasil: no português do país Brasil o tempo nunca permite sair a salvo do tempo, de nenhum tempo, quase ninguém sai a salvo do tempo no país Brasil: ou *weather*, em inglês outra vez, agora desde o século XVIII, significando "desgastar(-se) por exposição a", por exposição ao tempo, claro: desgastar-se por ficar exposto à tempestade, ao vento, desgastar-se por ficar exposto ao tempo, imagino eu: como em *weather-beaten, batido pelo tempo*, que é do século XVI: estar *under the weather, estar indisposto*, desde o século XIX, esse tinha de ser do século XIX com todos seus eufemismos e delicadezas tardias, estar indisposto pelo tempo, estar indisposto por causa do tempo, estar indisposto como o tempo: ser varrido pelo tempo, como um doido varrido: descobri, depois que Josep Marília se foi, que os gregos tinham palavras para "tempo bom", "bom tempo"(*eudia*, o mesmo prefixo de *eufemismo*, a palavra boa, a palavra aceitável) e palavras diferentes para "tempestade" e "inverno", mas nenhuma palavra genérica para *tempo* no sentido de *weather*, até que a palavra *Kairós* surgisse nos tempos bizantinos para significar *tempo*, embora outros dissessem que *kairós* quisesse dizer "momento oportuno", talvez "momento supremo," , isto é, "tempo propício", "tempo supremo", ficando evidente que pouco ou nada se pode saber de Grécia antiga, menos ainda sobre o sentido que de fato davam a certas palavras como essa usada para designar "momento oportuno", *Kairós*, que era filho de Chronos, o deus do Tempo, enquanto em latim *tempestas, tempestade*, também um dia significou *tempo*: o tempo como *necessariamente* uma tempestade, pelo menos para as línguas latinas: na civilização grega, o tempo podia ser oportuno, na latina, não: Walter Benjamin talvez tivesse razão, afinal, a história, o tempo, é sempre uma tempestade e com seu vento só deixa destroços atrás de si: quando um idioma ignora isso, as pessoas que vivem sob o império desse idioma podem passar incólumes pela história: não sei até que ponto Josep Marília sabia disso mas pelo menos algo eu sabia que se encaixava um pouco nessa história, e o que eu sabia por puro acaso e uma talvez adequada associação de ideias num momento de iluminação é que Josep Marília havia feito uma tradução para uma editora de São Paulo que se chamara Kairós e o livro que traduzira tinha a ver exatamente com o tempo, *O direito à preguiça*, de um genro de Marx, Karl, Paul Lafargue, direito à preguiça, o direito de ser livre para usar o tempo como bem se entender e deixar de ser escravo dele, do tempo, como o sogro Marx não poderia entender nunca e talvez não só por ser Lafargue seu genro: Marx no fundo propunha que as pessoas se escravizassem ao tempo da cidade, contra o que a única alternativa seria refugiar-se no tempo transcendente da religião, como também sugeriu Maquiavel, ou no tempo da beleza, eu diria, no tempo transcendente da beleza, assim como alguns preferem se refugiar no tempo da ideologia que é outra forma de religião só que muito menos transcendente e muito mais corruptora, alucinante e assassina: mas não tive tempo de dizer isso a Josep Marília, que já se fora e que, me parece, conseguira ficar longe do tempo em Vaucresson *apesar da tempestade em sua alma*, como creio que ele poderia dizer (embora ele fosse mais seco do que isso, é possível que essa palavra seja mais minha do que dele: de fato, ele nunca diria isso, tenho de reconhecer): desconheço se essas questões, caso ele as conhecesse, poderiam tê-lo feito sentir que alguma coisa se *fechara bem* em sua vida, como se diz, que a extremidade de um círculo se unira à outra extremidade do mesmo círculo com isso completando o círculo ou um círculo ou algum círculo, aquele que se supõe existir: mas, desconfio que não, ele não deve ter sentido isso quando saiu de Vaucresson e da L'Amie e de Amélie: ele não deve ter sentido que o círculo se completava: mesmo porque isso não existe:

Josep Marília me olhou num daqueles momentos em que eu desviava a atenção dele e perdia parte do que me dizia, e naquele exato instante eu varria o horizonte à frente, um horizonte bem próximo devido ao céu baixo, e ele disse então, Josep Marília, que *tinha um compromisso*, exatamente o que costumo dizer em ocasiões assim quando quero interromper um encontro que já foi longe demais: e ficou claro que não iríamos almoçar tardiamente ou jantar cedo: se o tempo estivesse melhor eu o levaria à torre em forma de gazebo bem sobre meu estúdio para mostrar-lhe a vista do lago: o tempo estava completamente fechado, porém, como se diz, e, seguindo na direção oposta, descemos pela escada os dois andares até a entrada da mansão passando pelo grande vestíbulo todo em *boiserie* em perfeito estado, Josep Marília se aproximou das paredes para tocar na madeira e olhá-la de perto, aquilo era para mim um pouco pesado demais e demasiado escuro, naquele ambiente que eu identificava como do século XIX e que nunca me deixava muito à vontade pela escuridão interna acentuada pela luz fraca sempre acesa no centro da sala a qualquer hora do dia e da noite: Josep Marília, no entanto, visivelmente se encantava com tudo aquilo e me ocorreu que o lugar poderia ser, senão uma réplica, pelo menos uma continuação do interior de L'Amie, da qual eu só conhecia (se posso dizê-lo assim) o interior uma vez que ele nunca mencionara o exterior da casa: creio: certamente Josep Marília entrava em comunicação naquele instante com os *profissionais terrestres* que tinham feito aquele lugar da mansão em que me encontrava: perguntou-me de quando era a casa: de fato, eu não lhe dissera nada a respeito daquela casa, não houvera um motivo para fazê-lo de início, quando chegamos, e de todo modo eu conhecia o horror que ele sentia pela história em todas suas formas, se tivesse me ocorrido dizer-lhe antes algo sobre a mansão eu talvez teria desistido de fazê-lo por receio de que não aceitasse meu convite de irmos até ali depois do insucesso de Sanssouci e tivéssemos de continuar lá fora sob aquele frio procurando algum outro lugar naquele domingo cuja manhã já me desgastara intensamente pela exposição a todo aquele frio em Potsdam, um lugar aonde tampouco sei por que motivo Josep Marília foi parar, quem sabe apenas por um fato casual, um equívoco corriqueiro, descuido ou desconhecimento, hipótese na qual não creio muito, quem sabe ele quisesse, marcando o encontro de início em Sanssouci, enfrentar enfim cara a cara pelo menos um de seus pesadelos, é provável que exista um momento certo ou último, embora não necessariamente propício, quando se torna inevitável ou necessário enfrentar os próprios pesadelos: em todo caso, o que eu não contara a ele antes e contava então era que em meados dos anos 1880 um industrial fizera construir ali à beira do Wannsee, literalmente à beira do lago, uma mansão que um parente seu, não o próprio proprietário, o que é significativo, chamava de "castelo de Wannsee", depois vendido a outro industrial que, judeu a julgar pelo nome, Possel, Ernst Possel, abandonou a casa em 1938 diante da maré nazista que lhe confiscou a propriedade, a ele por sorte devolvida depois de finda a guerra durante a qual a Marinha nazista usou aquele conveniente lugar para um de seus quartéis centrais, e talvez a sala onde estávamos tivesse sido a sala central do quartel naval nazista, depois ocupado pelos americanos em 1945, depois transformado em hotel cassino e depois, logo após a construção do Muro de Berlim em 1961, assumido por um visionário ou idealista, como se diz, e transformado em laboratório para escritores, cineastas e *gente do teatro*, como é hábito dizer uma vez que "teatrores" é uma palavra nada eufônica embora Transtörmer, Tomas, o poeta sueco que recebeu o prêmio Nobel em 2011, também seja uma palavra nada poética e eufônica para um poeta embora não só para um poeta, Transtörmer, palavra mais apropriada para descrever um desses supérfluos personagens de metal de filme *blockbuster* mas que, por outro lado, anuncia já no nome a ideia de tempestade e, no caso, de uma dupla ou reforçada tempestade, nome de fato, pensando melhor, bom para um poeta, e quem sabe aquele nome fosse mesmo o mais adequado para um poeta que fala recorrentemente do frio sueco, o que me revelava, tarde demais para que eu pudesse aproveitar essa descoberta, a ligação entre um nome e seu destino: Transtörmer: enfim, um visionário teve e ideia de transformar o lugar num ateliê para escritores, cineastas e gente do teatro no qual sobretudo escritores e *tradutores* do Ocidente e do lado Oriental da Alemanha podiam se encontrar nos tempos da Guerra fria, algo que me fez pensar, quando soube dessa história, na relevância e pertinência desse objetivo uma vez que escritores sabidamente não têm muito o que se dizer mutuamente fora de seus livros (a não ser que sejam *poseurs*) embora os tradutores, sim: e como eu conhecia seu modo de pensar sobre esse assunto, sem dizer que o que eu podia lhe relatar pareceria até mesmo inverossímil, improvável, fantasioso e forçado quando de fato não era, de início não lhe passei uma outra informação que nada tinha a ver com a casa em si, com a mansão, mas com aquele lugar todo ao longo do lago e que eu agora me sentia mais liberado para lhe contar uma vez que ele parecia ter recebido bem a informação inicial sobre a casa: tive receio que, mencionando esse outro episódio, eu desse a entender algum suposto ânimo perverso de minha parte, uma provocação digamos: de todo modo, acrescentei que dali onde estávamos, em todo caso desde meu estúdio no segundo andar, dava para ver, num dia limpo e claro, o que não era o caso naquele momento, a *villa* na Am Grossen Wannsee 56-58 onde acontecera a *conferência de Wannsee* ou *Wannseekonferenz* como é mais dramático dizer, convocada em 20 de janeiro de 1942 pelo Oficial-Maior da Segurança do Reich, SS-Obergruppenfüherer Reinhard Heydrich, para anunciar, detalhar e definir as responsabilidades e ações necessárias à implementação da *solução final da questão judaica* que consistia em levar para a Polônia, como depois todos ficaram sabendo e esquecido, judeus de todos os lados da Europa ocupada pelas tropas nazistas a fim de lá serem exterminados como se exterminavam os ratos mostrados num filme de propaganda nazista feito para ensinar aos alemães o que eram na verdade os judeus, ratos, uma conferência que teve a presença de vários ministros do Estado alemão incluindo o das relações exteriores, o da Justiça (como se dizia), o do interior, já naquela época encarregado da repressão interna, e diversos oficiais maiores da Schutzstafel, ironicamente ou perversamente a "esquadra de proteção", a SS, a esquadra de proteção a Hitler e aos donos do nazismo, claro: num dia claro e bonito e azul (parece que a cor azul do céu tinge de azul todo o dia) dava para ver dali mesmo onde estávamos, por vezes com um binóculo mas não necessariamente, a *villa* da Am Grossen Wannsee número 56-58 onde acontecera aquela *konferenz* e que fica na outra ponta de uma ferradura imaginária da qual a ponta de cá era ocupada por mim mesmo, quer dizer, por meu escritório no *castelo* de Wannsee: mesmo sem visibilidade naquele dia eu poderia apontar com o dedo para o lugar onde estava a *villa*, o que talvez fosse um gesto excessivo, tudo aquilo iria provavelmente parecer-lhe uma fantasia, uma *narrativa de ficção* quando não o era de modo algum: se eu tivesse narrado tudo isso para Josep Marília quando sugeri que fossemos para meu escritório em Wannsee (eu poderia tê-lo chamado de refúgio ou retiro mas isso seria demasiado romântico ou dramático), ou no trem a caminho de Wannsee, duvido que ele tivesse aceitado minha sugestão: o peso do tempo cairia com mãos pesadas demais sobre ele, pelo menos assim imaginei, e ele não sobreviveria, emocionalmente quero dizer, exagerando bastante: e não aceitaria ir para lá, mesmo sem se sentir esmagado, o que era simplesmente mais provável: mas para onde poderíamos ir naquela manhã de domingo se a história retirou, dos que vivem no século 21, toda possibilidade de um *momento oportuno* ou revelador, só oferecendo um passado pesado por toda parte e que se estende num presente interminável?, foi o que pensei:

não sei: por alguma ironia da história, não Josep Marília senão eu mesmo sentia um pouco de vertigem ao levá-lo até a estação a poucas dezenas de metros de meu *castelo*, bastava atravessar a rua, não uma *vertigem metafísica* como eu imaginava que fosse ou pudesse ser a dele e da qual sinceramente ele não dava sinais naquele momento, não uma vertigem abstrata ou conceitual ou histórica ou filosófica mas uma vertigem física, se isso existe, fruto simples do forte frio que, se forte mesmo, sempre me dá essa sensação de vertigem, de um estranho quase-descolamento da realidade, quase desfocamento da realidade que, me deixando bem imerso na realidade, como sempre, dela me remove milimetricamente para me dar uma sensação de estar *fora de mim*, fora do mundo, uma sensação de não mais ter o controle total sobre mim mesmo, sensação que se eu quisesse ou tivesse coragem poderia descrever como outra experiência de êxtase: mas a rua não é lugar para isso:

a estação de Wannsee, com seus trens regionais e com os S-bahn que no centro de Berlim correm por vias elevadas como em Nova York ou Paris ou Tóquio ou Chicago, é ampla, quatro plataformas, sete pares de trilhos para todos os trens locais e regionais e outros pares de trilhos paralelos algo mais afastados destinados para uso dos trens-carro, como eles os chamam, trens que transportam carros de particulares em viagem junto com seus donos, trilhos indo para o *lado oriental* e para o *lado ocidental* que não mais existiam embora continuassem existindo 25 anos depois: e mesmo se ampla, a estação é coberta de modo econômico, sem a grandiosidade que o lugar mereceria, e varrida pelo vento, eu quase ia dizer *varrida pelo tempo*, e o frio era intenso: apesar do frio cortante e desfocante que me deixava com essa leve sensação de embriaguez sem álcool, eu ficaria com Josep Marília até a chegada e partida imediata do trem dele, o que não demoraria muito: eu nunca iria deixar de acompanhá-lo naquela circunstância, mesmo sob aquele tempo:

tínhamos mais um minuto ou dois antes da chegada do S-bahn ou do Regional, o que viesse primeiro uma vez que serviam ambos pois iam ambos na mesma direção, na plataforma gelada que no dia seguinte sem dúvida estaria recoberta por uma fina e invisível camada de gelo, o *gelo negro* como se chama, *schwarz Eis*, e Josep Marília poderia ter-me dito ainda qualquer coisa a título de continuação do que me contara sobre L'Amie e sua redescoberta das mãos, do *poder das mãos* como acho que foram suas palavras, e de Amélie, que também usava as mãos além da voz que Josep Marília, como entendi, nunca ouvira *profissionalmente*, quer dizer, num palco, e do que suas mãos haviam feito com Amélie e em Amélie tanto quanto as dela com ele e nele e em outras partes do corpo dele e dela além das mãos e talvez nas partes mais expostas da alma, porque é certo que as mãos tocam na alma, por algum motivo eu sabia que pelo menos a alma de Josep Marília podia ser tocada por mãos, provavelmente a de Amélie também: foi um pouco como se ele lesse meus pensamentos porque ele disse, naquele curto espaço de tempo (e é sempre curioso como o tempo pode afinal ser medido em *espaço*, como se dividido em metros e em alguns pouco metros), naquele curto espaço de tempo ele me disse que, claro, nenhum *relato* pode dar uma imagem completa da realidade porque a história é uma narrativa e os *acontecimentos*, não: os acontecimentos simplesmente acontecem, sem começo meio e fim ao contrário do que acontece numa narrativa e isso é o pior aspecto de uma narrativa, ele disse, o fato de dar uma falsa sensação de que os acontecimentos têm um início, um desenvolvimento, um *dénouement* como diz Aristóteles em francês na *Poétique* (porque Josep Marília não lia grego, ele acrescentou) e um fim, um *desenlace*: e que, para armar um relato, ele disse, para contar uma história (algo que eu não pensara fazer embora, confesso, àquela altura alguma ideia nesse sentido se insinuara para dentro de minha percepção desatenta), é mais importante dar primazia à clareza sobre a cronologia e eliminar as irrelevâncias ao mesmo tempo em que se dá destaque às relações de causa e efeito, de tal modo que a pergunta sobre se uma história é verdadeira não faz qualquer sentido, o que interessa é saber se uma história é pertinente: ou boa: isso de eliminar as irrelevâncias não me interessava em nada (pelo contrário, para mim as irrelevâncias são o mais importante) mesmo se eu estivesse de acordo, como de fato estou, quanto à irrelevância da cronologia, isso sim: aquela observação de Josep Marília me parecia de todo modo deslocada, extemporânea, e eu não tinha tempo para argumentar com ele ali na plataforma da estação, algo de resto inútil porque ele não me ouviria: não digo que seria inútil argumentar com Josep Marília ponto final, digo apenas que ele não me ouviria ali, naquela situação de transição, na plataforma da estação, não ali, em todo caso: um espírito perverso me deu vontade, assim do nada, de chamar aquele homem de *filósofo das molduras* mas eu não disse nada, claro, sentia simpatia por Josep Marília como já disse muitas vezes: o trem chegou e ele embarcou, sem que eu me desse conta, percebi assim que o trem partiu, coisa rara em mim que tudo observo, se ele se fora na direção de Berlim ou na direção em tudo oposta de Potsdam: que raro eu não me dar conta de algo assim:

ele mesmo foi quem me impediu de observar em que direção ia ao me dizer da porta do trem que jamais teria se *imposto* a Amélie, no sentido de argumentar com ela para que voltasse ou ficasse com ele, jamais protestaria ou tentaria convencê-la a ficar ou a ir-se ou não ir: provavelmente tinha sido um erro não fazê-lo, ele reconhecia, como me disse antes que a porta se fechasse, mas era assim: sentia-se satisfeito, como praticante de uma profissão terrestre vira e sentira coisas do mundo criado e do mundo natural a que não teria acesso de outro modo embora soubesse, como me disse, que aquela profissão terrestre que escolhera fosse uma *arte do passado* e não uma *arte do futuro*, a grande arte do futuro como a engenharia genética ou a bioengenharia que na verdade poderia ser chamada de bioarte e que iria realizar o sonho dos *autômatos* do século XVI ou do século XIX como aquele que Hoffmann descreve no *Homem de areia* cujo personagem se apaixona por uma linda boneca que parecia gente mas que havia sido construída artificialmente e era um autômato como, sem dúvida não por coincidência, em *Blade Runner*, algo que ninguém percebeu porque ninguém mais lê Hoffmann, ele disse, Josep Marília nunca chegaria a praticar essa *arte futura* que nada teria a ver com o que se entende por arte hoje, ele disse, uma arte futura que consistia em fazer gente, moldar gente, desenhar gente, ele disse, e ele se sentia contente com sua simples profissão terrestre ou com sua ex-profissão terrestre ou com sua arte do passado, algo que Júlia nunca pôde experimentar dada sua opção pelo mundo das ideias e das ideias filosóficas e ideias políticas e algo que ela nunca abrira espaço para que ele, Josep Marília, experimentasse, ele disse: eu já havia percebido isso àquela altura, creio:

o trem expresso regional, ligando municípios próximos como Berlim e Potsdam e não cidades mais afastadas, chegou e ele embarcou sem que eu me desse conta, como percebi assim que o trem partiu, coisa rara em mim que tudo observo, se ele se fora na direção de Berlim ou na direção em tudo oposta de Potsdam: que estranho eu não me dar conta de um dado assim importante:

na verdade, porém, o que me impediu mesmo de ter consciência do rumo que Josep Marília tomou naquela tarde gelada e completamente cinzenta, mais do que aquilo que ele me disse na porta do trem, foi outra coisa, algo bem material e concreto e sem nada a ver com Josep Marília e que foi a percepção de uma característica daquele trem, o R1 ou Regional linha 1, da qual eu já deveria ter-me dado conta antes sem que eu consiga explicar o motivo por não o ter percebido anteriormente apesar de já ter-me servido daquela linha dezenas e dezenas de vezes: o fato é que a locomotiva da parte traseira da composição, ao passar por mim parado no meio da plataforma, emitiu um som, ao começar a se movimentar e ganhar gradativamente velocidade, que era em tudo e por tudo um compasso musical, de fato *um verdadeiro compasso musical* claro, nítido, forte e perfeito que me fez sorrir maravilhado e encantado com o que ouvia, e o que eu ouvi naquele dia pela primeira vez, quer dizer, o que pela primeira vez ouvi *conscientemente*, me desarmando o espírito e me desanuviando a mente como se diz, foi uma escala clara *do-ré-mi-fá-sol-lá-si-dooooooooooooooo* saindo da locomotiva assim mesmo, com o *do* final se prolongando por um longo tempo até toda a composição alcançar a velocidade necessária para sair da estação, quando então a escala musical desaparecia: e era assim, a composição começava a se movimentar e da locomotiva traseira (depois percebi que da locomotiva dianteira também) vinha o som daquela escala musical *do-ré-mi-fá-sol-lá-si-doooooooooooooooo* encantadora naquela tarde gelada na estação de Wannsee e que todos que estudaram um pouco de música ou pelo menos de solfejo poderão reproduzir na quietude de suas imaginações privadas: depois confirmei que aquele fenômeno não era nenhum acaso ou alucinação minha provocada pelo frio intenso, nem uma encenação criada (como se dramaticamente) para aquela tarde em Wannsee e confirmei que o fenômeno se reproduzia todas as vezes que o R1 e outros R de mesmo formato, com aqueles vagões vermelhos de dois andares, saíam de uma estação, em Wannsee, na Friedrichstrasse, na Hauptbanhof ou outra qualquer como em Charlottenburg ou Alexanderplatz mas não na Savigny Platz ou Bellevue ou Westkreus ou Grunewald ou Nikolasee porque os Regional não param nessas estações mas param em dezenas ou centenas de outras na Alemanha, sempre emitindo aquela escala musical que me fazia pensar, sem nenhum espírito mordaz ou cínico, numa *Sinfonia do Regional* como a chamei, uma Sinfonia do Regional que eu gostaria de ter escrito se a natureza dos motores elétricos não a tivesse composto antes de mim: uma amiga berlinense, quando lhe relatei a descoberta, me disse que certamente algum engenheiro estética ou musicalmente sensível havia colocado na locomotiva um programa de computador que transformava o som natural de um motor naquela escala orquestrada mas, sem ser engenheiro, eu sabia que não era isso, que era simplesmente a passagem de um ponto de velocidade a outro num motor elétrico que, naquele equipamento, por uma razão precisa relacionada com as sucessivas fases para as quais o motor era solicitado numa progressão ascendente, assumia aquele particular som de uma escala musical simples do qual os usuários do Regional pareciam não ter consciência ou se a tinham não a comentavam uma vez que nunca vi na plataforma alguém dizer para o desconhecido ou o amigo ou amiga ao lado, sorrindo, *veja*, ou quem sabe *ouça, aí está de novo esse pequeno trecho musical simpático nos saudando em nome da Deutsch Bahn*, quer dizer, nos saudando em nome da Companhia Alemã dos Caminhos de Ferro para nos alegrar um pouco o dia, sendo bem possível que ninguém se desse conta daquela escala musical porque o trem só a produzia quando *saía* da estação e nesse momento não havia mais ninguém na plataforma e uma vez que de dentro do trem era quase impossível ouvir aqueles sons, e o motor da locomotiva não o gerava quando o trem *chegava* a uma estação, sempre cheia de gente, mas só quando partia, o que fazia com que de fato as pessoas não pudessem ouvi-lo porque já não estavam ali e só eu ficava sozinho muitas vezes na plataforma porque de vez em quando eu não tinha pressa e esperava por outro trem mais vazio ou mais conveniente: me encantou, aquele trem musical, que talvez só o chefe de estação soubesse ser musical ou ter a capacidade de gerar um breve mas encantador compasso musical (se é que um chefe de estação tinha espaço para pensar nisso dentro de sua cabeça corroída pela rotina minúscula e aterradora de uma estação ferroviária, ele que sempre fica para trás quando o trem se vai), e foi a descoberta desse som da natureza, por mais artificial que fosse a natureza de um motor elétrico de locomotiva ferroviária, reproduzindo perfeitamente uma escala musical e como se a provocasse ao mesmo tempo em que lhe servia de modelo, que me fez pensar outra vez na ideia de que a música criada pelo homem ou pela mulher, como é agora necessário dizer, simplesmente traduz em notas musicais os sons já existentes no mundo e no universo do mesmo modo como a arte contamina a realidade, tese que aquela minha amiga berlinense obviamente não aceitou sem porém nada dizer e apenas sorrindo delicadamente em silente desacordo: mas eu a ouvi pela primeira vez, essa escala musical ferroviária, naquela tarde na estação de Wannsee quando Josep Marília partiu, e num outro dia a gravei em meu iPhone mas não naquela tarde porque não tive presença de espírito para fazê-lo nem na verdade teria tempo para ligar o gravador do celular antes que o trem saísse totalmente da plataforma mas depois sim, a gravei: e tenho comigo gravada, como prova se necessário: e foi essa descoberta inesperada que não me deixou prestar atenção na direção que Josep Marília tomara naquela tarde, se a direção de Potsdam ou a de Berlim, e sem que eu soubesse naquele momento ou saiba agora se isso fazia alguma diferença para meu entendimento de Josep Marília:

*O Beauty, you are the light of the world.**
Derek Walcott

então, uma dia, uma noite, em Berlim, a ópera-cômica: *Xerxes*, de Händel, a história de um rei persa que quer construir uma ponte entre a Europa e a Ásia embora o tema dessa ópera de Händel seja tanto esse de engenharia geopolítica quanto o de amores desencontrados e perdidos e reencontrados, como de rigor numa ópera antiga, como se diz: e essa, de 1738, fora adaptada de outra anterior, de Bononcini, montada em Roma em 1694 e por sua vez adaptada ou apropriada, como se diz hoje, de um libreto usado por Cavalli, discípulo de Monteverdi, numa versão ainda mais antiga, de 1654, século XVII portanto: a informação do programa me é vagamente indiferente porque normalmente não guardo datas na cabeça e, assim, não me servem de muito: a voz, a voz como um meio único finíssimo sutil e preciso e arrebatador, que nenhum instrumento

---

* *Ah, Beleza, luz do mundo.*

pode superar, é o que eu buscava naquela noite, não as datas: sentado no melhor lugar da plateia da Komische Oper, no *ponto príncipe* da plateia do teatro, ouço a música preencher desde a primeira nota ou desde a segunda, mais provavelmente desde a primeira, desde o primeiro instante, num bloco só, todas as unidades, os átomos, as bolhas ou células de espaço disponíveis da cena e da plateia e entre a cena e a plateia e entre eu e a cena, não tanto entre eu e as outras pessoas da plateia que somem imaginariamente a meu lado embora continuem ali: ouço a música que sai das vozes das lindas cantoras líricas contemporâneas que não se pode mais chamar de divas mas que com razoável frequência são lindas e atraentes em seus corpos hoje normais como os de qualquer mulher regularmente atraente e em suas vozes excepcionais: e algumas delas estão em cena nessa noite: essas vozes, versões inexcedíveis da música: meu prazer é intenso e muscular, um prazer dos nervos, colocando cada parte de meu corpo numa posição na qual essa mesma parte menos se faz notar por mim e por meu corpo, uma alegria, para mim sempre uma leveza esfuziante movida por essas vozes e por uma ópera como essa de Händel, uma arte objetiva, direta, em harmonia com as convenções da ópera que Händel não queria contestar ou destruir, ao contrário de hoje, nada de *sentimentalisch* nela, nada de sentimentalidade arquitetada, tudo *naïf* nela, tudo permitindo que o desejo, do que for, culmine em seu próprio objeto ali disponível à frente do observador, à minha frente, em cena, e não num hipotético *depois* ou na cabeça, na razão, tudo ali mesmo, nada além daquilo que está ali à minha frente em cena: ao entrar na ópera naquela noite eu não sabia que um *desejo de música* ou de outra coisa me movia naquela direção: pensava apenas ver uma ópera, ouvir a música de Händel de que gosto:

e duas vozes me atraem em seguida, a mezzo-soprano que interpreta Xerxes e a soprano que sustenta a personagem de Atalanta: a voz da mezzo-soprano é deliciosa e picante e é a fotografia exata de seu corpo e seu semblante em tudo apropriados ao *physique du rôle*, à fisicalidade do papel que representa tal como ela mesma e o diretor o definiram para ela: Xerxes é ela, sem dúvida: e ela atua bem, os gestos beirando o kitsch sem nele cair de maneira irreparável e ela me ergue imaginariamente da cadeira para me pôr ao nível do palco diante da sala lotada enquanto tenho consciência plena de estar apenas sentado ali na cadeira que alguns chamam de poltrona e olhando para a cena à distância: e me encanta *ainda mais* a voz da soprano que faz Atalanta e que sai, essa voz, do poço da orquestra porque naquela noite a cantora que faz de modo constante o papel de Atalanta está resfriada e sua voz não rende o que tem de render e assim um porta-voz da companhia subiu ao palco antes das cortinas se erguerem para anunciar de modo simpático que naquela noite, excepcionalmente, como se diz sempre em casos assim, as partes importantes do papel de Atalanta não sairiam da boca da cantora em cena mas da boca da cantora reserva, a *understudy*, naquela noite postada no poço da orquestra e que não poderia substituir inteiramente a atriz em cena, diz o porta-voz, em razão da complexidade do jogo cênico de Atalanta e dos outros intérpretes que com ela contracenam, um jogo muito complicado para ser dominado assim poucas horas antes da substituição forçada, algo previsível mas que, como sempre, nunca se leva de fato em conta, um pouco como acontece diante da certeza da morte: mas a intérprete titular mesmo assim entraria em cena e abriria a boca *como se* estivesse cantando apenas para servir de pretexto visual para a voz da cantora no poço da orquestra, que mal posso ver sentado ali onde estou mas cuja voz ouço distintamente: e o porta-voz diz que aquela solução foi encontrada como modo de dar *continuidade normal* ao espetáculo, ele diz, sem prejuízo para os espectadores e, também, como um *exercício teatral*, uma experiência teatral, ele diz, inédita para o grupo e que o grupo decidira aproveitar e incorporar como tal ao espetáculo porque isso era em tudo compatível como o espírito daquela ópera, esperando que o público, nós, ele dizia de modo simpático (por isso deve ter sido escolhido para o anúncio), entendesse e aceitasse: a cantora titular diria pequenos trechos pouco ou nada musicais que seu estado gripado lhe permitia e as partes cruciais e esteticamente importantes seriam dadas pela substituta, no poço da orquestra, só com a cabeça por vezes à mostra: curioso, eu penso: interessante:

a ópera se desenrola deliciosamente em suas complicações barrocas ingênuas e as vozes das duas mulheres me envolvem como nunca antes: a mezzo-soprano que faz Xerxes é bonita sob ou apesar do bigodinho *alla* Johnnie Depp ou *alla* Errol Flynn que lhe deram, bonita e irradiante e alegre e eficiente, mas é a voz da soprano saindo redonda e envolvente do poço da orquestra que me encanta, voz sensual calorosa e envolvente cujas curvas consigo sentir sem nunca ter imaginado que uma voz poderia ter as mesmas curvas certamente existentes no corpo que a emite: e as cenas bufas e no entanto levemente atrevidas de sexo no palco, que me fazem perguntar se eram assim indicadas no texto ou se foram imaginadas por aquele diretor *contemporâneo*, certamente contribuem para despertar em mim uma sensualidade que me sustenta as três horas e meia na cadeira sem perceber o tempo passar, atento como estou às vozes de Xerxes e de Atalanta, e me sinto feliz por não mais usarem mezzo-sopranos *castrati* para o papel de Xerxes e, sim, as lindas e atraentes divas modernas, e feliz por terem se decidido a tentar aquele experimento teatral exatamente naquela noite em que, por acaso (apesar de ter comprado o ingresso com antecedência), eu estava ali: a soprano no poço da orquestra me fascina e tento enxergá-la entre as cabeças dos músicos e seus instrumentos, por vezes a distingo melhor, por vezes ouço apenas sua voz forte e aveludada, uma voz que convoca, que *chama para perto*: estou encantado e leve como poucas vezes me senti, se alguma vez (devo ter me sentido assim, antes, alguma vez, em algum outro tipo de situação), quem sabe também com uma leve fome insinuante que me acentua as sensações daquele momento: a cantora lírica no poço da orquestra me fascina:

no palco os cenários barrocos dos momentos mais barrocos da montagem superam e tornam irrelevantes os cenários mais teatralmente realistas de outras passagens mais realistas e por isso mais fracas e um ponto forte da narrativa é o momento do desastre, da destruição, do acidente, como em toda ópera do gênero e que coloca o ser humano representado em cena, para não dizer o agora proibido *homem*, em confronto com as limitações de sua vontade, e que neste caso é o desabamento da ponte sonhada por Xerxes para o Helesponto, unindo a Europa ainda helenizante a uma Ásia que *continuava mirando* o helênico sem querer destruí-lo, como hoje, seguido pelo afundamento de sua esquadra cujos navios pintados numa placa plana, para serem vistos apenas de frente pela plateia deixando visíveis os atores que as manipulam, se inclinam em balanço uns sobre os outros e afinal se deitam nas ondas do mar pintadas *alla* Fellini sobre longas telas de pano que também se deitam no piso do palco umas sobre as outras para indicar a ruína do sonho de Xerxes e que os atores têm de evitar pisar para não as estragar uma vez que serão reutilizadas nas noites subsequentes, o que configura a entrada em cena das *razões econômicas* de uma montagem teatral ou da arte, como se pode descrevê-las, também no mundo da ópera e apesar do subsídio forte que o Estado alemão dá à ópera: o desabamento do sonho e a destruição da esquadra, breves demais dentro da narrativa cênica embora no centro daquela ópera (mas tudo é irrelevância numa ópera *naïf* e não se pode esperar que a duração do episódio central seja maior que a dos demais episódios), poderiam indicar o final do espetáculo mas nesse caso estaria configurada uma tragédia e não uma ópera-cômica ou que por momentos é cômica ou ingênua: o espetáculo continua, então, depois da destruição da armada e da queda da ponte, e é bom que continue porque *quero* ouvir mais aquelas vozes que não deveriam calar-se nunca e que *teriam de* se prolongar, seria justo que se prolongassem por horas e horas para que eu delas extraísse toda a sensação de erótico bem-estar que quase nunca experimentei no teatro mas que sinto plenamente naquela noite na Komische Oper de Berlim: e é bom que o espetáculo continue porque a diva do poço, a mulher que está no poço da orquestra, *tem de sair dali*, tem de aparecer, terá de se erguer para receber os aplausos que já se avolumam em silêncio nas mãos do público consciente do valor daquela voz e que vai exigir vê-la sensualmente de corpo inteiro (porque é sempre isso que importa numa ópera, a sensualidade, quero dizer), isso se já não estiver previsto desde o início que ela de fato suba ao palco com os outros intérpretes, e mesmo que não esteja previsto ela terá de subir ao palco quem sabe para desencanto da intérprete gripada cuja voz talvez nem em boas condições pudesse superar em encanto a voz da substituta, mais bela que a voz titular, e me pergunto por que as posições delas não são sempre exatamente assim, a substituta em cena e a titular, no poço: sufoco em mim mesmo a suspeita ou a certeza de que é mais fácil cantar bem e melhor fora do palco do que em cima do palco, atuando: não quero pensar nisso naquele instante:

a cortina se fecha e o espetáculo chega irremediavelmente ao fim com o coro habitual como pede a tradição operística que a Händel nunca ocorreria contestar porque ele não escrevia manifestos, que são sempre sintoma de revolta intelectual não necessariamente ancorada numa razão justificável, como se vê na arte moderna, nem queria ele contestar as regras da ópera de seu tempo, Händel que queria apenas, *naïvement*, compor uma ópera que desse prazer às pessoas como era a finalidade da arte em seu tempo: e depois o espetáculo continua um pouco mais quando as cortinas se abrem outra vez para mostrar as personagens e os atores e cantores principais sentados na parte posterior do cenário e é como se os atores aos poucos se desfizessem de seus personagens e outra vez se tornassem atores e intérpretes, algo surpresos por estarem ali ou, mais provável, *representando essa surpresa*, e eles se levantam, atravessam a distância de alguns poucos metros e chegam à boca de cena como se um pouco espantados ou fingindo esse espanto e se aproximam do poço da orquestra não tanto para receber os aplausos generosos e merecidos, como se diz, *mas para dar ao público a chance de se manifestar e existir teatralmente* e assumir seus próprios corpos e seu papel assim como está de fato previsto implicitamente pelo código teatral não escrito do qual o público faz parte: e a soprano substituta e que naquela noite atuara de modo quase invisível de fato *sai do poço da orquestra* chamada pelos colegas como deveria estar previsto ou tacitamente acordado e sobe ao palco e é bela e elegante como eu a imaginara em uma saia e blusa pretas e ajustadas mas não muito e em seu sapato preto e cabelo castanho puxado para trás e é realisticamente bela como tinha de ser: Amélie: eu a vejo de corpo inteiro agora e é Amélie, a imagem mesma da irmã do imperador do castelo de Charlottenhoff tal como se pode ver no irrelevante pavilhão anexo ao castelo em Berlim e tal como se vê na foto desse quadro que Josep Marília me mostrara em seu iPhone: é óbvio, Amélie não se parece com a mulher naquela tela e naquela foto, é mais atraente e de traços mais equilibrados nas feições e mais cativante do que a mulher na tela e na foto sobretudo porque *ela existe de fato ali à minha frente* e é no entanto pela foto que a reconheço como Amélie e sei que é Amélie: não preciso dizer que naquele instante aquela ópera assumiu para mim seu sentido completo, sentido, tenho certeza, inacessível para qualquer um dos outros espectadores que a viram naquela noite e em todas as noites anteriores e que a veriam em todas as noites posteriores, um sentido que no entanto era também o dela, a arte é assim, seu presente é ao mesmo tempo seu passado e seu futuro eternos: eu me sentia especial:

tenho de falar com Amélie, o teatro se esvazia rapidamente apesar do relativo tumulto organizado ao redor das pessoas recuperando no vestíbulo seus casacos pesados e saio à calçada fria mas aparentemente sem gelo negro e fico olhando sem objetivo e um pouco como um tolo, suponho, para a fachada da ópera esperando alguma coisa que só poderia ser a saída de Amélie, o que seria improvável, que ela saísse por ali, quero dizer, ela sairia pela saída particular dos intérpretes (que numa ópera não se deve chamar de atores) e no entanto Amélie sai pela frente, não percebi por onde saíra mas saíra pela frente e passava agora por mim sem me olhar uma vez que não havia razão alguma para me olhar e uma mulher na Alemanha normalmente não olha para um homem na rua se não houver uma razão forte, precisa e específica para fazê-lo: quase ninguém a reconhece fora do palco, um ou outro que percebe quem ela é lhe diz umas palavras um pouco à distância sem se deter e sem se aproximar, ninguém irá lhe pedir um autógrafo: uma grande coincidência, uma grande coincidência mas apenas mais uma numa longa e extraordinária lista de coincidências que me acompanham e sobre o que terei de pensar um dia, e nem tanto coincidência assim na verdade, antes acaso & escolha, um pouco de acaso e muito de escolha, dela Amélie e de mim: eu digo em voz pouco mais alta: Amélie: nem verificara no programa o nome da intérprete mas não havia margem para erro: Amélie: ela está sozinha e me pergunto como uma bela mulher elegante e atraente como ela com aquela voz que era a dela poderia sair desacompanhada do teatro às onze e pouco da noite de uma noite fria de Berlim onde estou em meu ano sabático como brazilianista mas o fato é que aquilo é Berlim e uma mulher como ela pode sair sozinha à rua às onze da noite em Berlim e ela está convenientemente sozinha e eu poderia tê-la deixado passar sem a chamar, apenas olhando-a de longe e permitindo que se fosse e desaparecesse para sempre como habitualmente eu teria feito de modo a deixar as coisas *seguirem seu fluxo próprio e natural* sem minha intervenção, o que é um delírio e um erro gigantescos, normalmente teria agido assim mas de algum modo pronuncio o nome de Josep Marília no meio de uma frase que a faz parar e me ouvir com um pequeno sorriso nos lábios: perto dali, na outra esquina, a um cômodo alcance, o Gendarmerie que, eu sei, costuma ter um vinho especial, o Tignanello, pelo menos esse vinho sei que têm, adequado para uma homenagem a uma voz como a de Amélie embora não o único para isso, claro, importante sendo o fato de eu saber que àquela hora eu poderia encontrar pelo menos esse vinho naquele restaurante cômodo pela proximidade: e lhe pergunto se aceita uma taça de vinho, queria conversar um pouco sobre Josep Marília, o que era em pequena parte um pouco verdadeiro ou pouco verdadeiro e em enorme parte apenas um pretexto para alguma coisa de todo indefinida, e ela me diz meio gole apenas e entramos no restaurante com sua atmosfera neo-decadente e neo-ameaçadora com seu enorme painel de madeira ao fundo como se fosse uma gigantesca xilogravura que me faria sentir mal e pouco à vontade sob aquela luz mortiça se Amélie não estivesse a meu lado e um pouco daquela voz que saía do poço da orquestra não estivesse ainda comigo embora sua voz fosse agora ligeiramente outra ainda que nela eu continuasse ouvindo o eco da voz que ela sustentava com tranquilidade no poço da orquestra e quase pensei que ela cantaria melhor no poço da orquestra do que sobre o palco, é sempre mais fácil cantar meio escondida e de todo modo o público *está ali ao lado* para transmitir à cantante seu necessário calor de apoio, nunca é a mesma coisa do que estar no palco, de frente para o público, é verdade, mas é quase: uma noite leve e alegre e estimulante e esfuziante que eu devia a Händel, àquela montagem *e a ela*, eu disse, dizer que estou contente é dizer pouco, é uma ocasião especial encontrar uma voz como a sua e saber que essa voz é *sua*, especificamente, e ela desenhou na boca com os lábios um sorriso minimalista em recatado agradecimento e modesta aceitação: eu tinha apenas um pretexto para estar ali com ela e o nome de Josep Marília surgira de maneira previsível e inevitável, suponho: não tenho muito o que dizer sobre ele, Josep Marília era um mundo inacessível para mim e não me ocorreu que fosse diferente, ela disse, um mundo paralelo e, se não pensar que exagero, diria até que cheguei a pensar nele como uma espécie em extinção sem consciência que o fosse, como sempre acontece nesses casos, não sei por que estou sendo assim tão dura com ele agora, desculpe, não é isso, estou exagerando de uma maneira absurda, devo estar cansada, toda a tensão de cantar assim à última hora, ela falou quase nesses termos que certamente agora eu mudo um pouco, não intencionalmente mas porque a conversa com ela ainda se misturava em minha cabeça naquele instante com a música e as árias e o jogo de cena da ópera e provavelmente misturo esses universos todos ainda agora: em extinção, ela disse, nada daquilo fazia muito sentido, nossa relação quero dizer, era um pouco, como posso dizer, não um passatempo, seria um insulto dizer isso e não traduziria toda a verdade, não é isso, mas um entendimento amigável por um tempo, como descrever?, sempre me surpreendo com o que as pessoas me dizem, eu lhe contara de início apenas rapidamente quem eu era e que estava coletando material para uma história da ex-mulher dele, o que não chegava nem perto da verdade sem que no entanto eu estivesse conscientemente mentindo naquele instante, é impressionante o que de repente sai da boca das pessoas, e da minha, sem premeditação e sem maldade: nunca soube do passado dele, do qual ele nunca falou, e eu não poderia fazer parte da vida anterior dele, do passado dele, Amélie continuou, mesmo se voltei ao Brasil diversas vezes depois de ter saído definitivamente de lá, como de fato voltei, não sei se ele lhe disse, não, não disse, não sei o que era aquela história toda para ele, que significado poderia ter toda aquela história embora pudesse imaginar que tudo aquilo tinha um significado muito forte para ele, talvez um significado definitivo, ela disse, se é que eu um dia pude compreender alguma coisa de tudo aquilo: eu compreendia: e havia notado que ela dissera "Brasil" e não "país Brasil", o que me teria deixado alarmado: mas não disse nada: ele tampouco me disse coisas muito precisas, não falava *daquele tempo*, nunca me falou da ex dele, eram mundos à parte, o meu e o dele, quero dizer: acho que ele viu em mim exatamente isso, alguém fora de seu *passado anterior*, ela disse, sugerindo de modo instigante que o passado pudesse ser outra coisa: não sei sequer, e nunca teria pensando nisso se não fosse estar aqui agora conversando com você, não sei sequer se ele teve a impressão de que nossas vidas poderiam seguir a mesma trajetória ou ter trajetórias compartilhadas, não sei bem como dizê-lo agora, é a imagem que me ocorre, uma vida entrando por dentro da outra em alguns pontos mesmo que não em todos, acho que não, ele era bem consciente disso, sabia que nossas vidas eram paralelas, talvez tangentes, epidermicamente tangentes se posso dizer assim, a pele teve um papel importante em nossa relação, você deve saber: e é assim, de fato: se entrei na vida dele, mas será que ele disse isso?, foi apenas como, não sei, um acaso, claro, no fundo tudo é, mas ele pode ter ficado com a impressão de estar contracenando comigo, ela disse, ou que eu contracenava com ele, mas não era assim: sim, Amélie: autismo é uma condição muito estranha, ela disse, há um tipo de autismo que se chama, acho, *high-functioning*, não sei qual a tradução, ela disse, autismo de alto desempenho, as pessoas ao redor podem achar um pouco estranho ou incomum o comportamento de um autista de tipo *high-functioning* mas nada mais que isso, esses autistas de alto desempenho quase sempre têm muito sucesso na vida, são muito bem-sucedidos mesmos, ela disse, e para mim é um pouco o que Josep Marília demonstrava, Amélie disse, talvez a ex dele lhe disso isso, ela disse: não, não disse, mas aquele detalhe não mudava muito o quadro para mim: e talvez eu mesma seja um deles, ela disse: aquele detalhe não mudava em nada o quadro para mim: provavelmente meu objetivo ao puxar conversa com ela tinha sido apenas prolongar os efeitos suavemente embriagantes da ópera, não sei se conscientemente eu tinha alguma outra coisa na cabeça embora fosse evidente para mim que a beleza dela e a voz dela e a luz que se desprendia de seu rosto e seus olhos, a luz solar que envolvia seu rosto, me atraíssem de maneira incomum: os garçons preparavam a sala para encerrar o expediente por aquela noite:

naquela noite eu me sentia leve e solto e em paz com a ópera e com Händel e com aquelas vozes que eu não podia reproduzir na memória do modo como reproduzo uma imagem mas cujo simulacro imaginário e vazio continuava na minha memória e, mesmo não sendo eu um artista, que é quem arma essa sensação quando consegue ser de fato falsamente *naïf*, mesmo não sendo artista e apenas por ter de algum modo participado daquela noite, a alguma distância mesmo se bastante próximo de tudo aquilo, eu me sentia inteiro e integrado ao mundo natural das coisas que já quase não existe mais e inteiramente livre de qualquer consciência de tudo e de mim mesmo: como Amélie:

Posfácio
Sob o riso sarcástico da história, a beleza

Celso Favaretto

Como ocorre em outros livros do autor, aparece aqui a exigência de atualidade que preside às suas singulares tentativas de configuração da relação com o tempo, a indeterminação dos estados de espírito e a imprecisão dos sentimentos: o insuportável da experiência contemporânea. Neste horizonte, este país, o Brasil, é um motivo sempre privilegiado. Instância contudo denegada, com horror, este país é continuamente referido – desbastado porém das características emblemáticas dos discursos oficiais e das imagens turísticas: belo, forte, impávido colosso. Na forma de um relato, por entre fatos e nomes, livros, quadros e filmes, rastros e vestígios da história deste país são reiterados, rememorados, falsificados e projetados numa superfície em que o curso dos acontecimentos indicam um movimento em direção a alguma coisa indeterminada, que não inscreve nada de substancial. Sob o riso sarcástico da história, a narrativa se perfaz por digressões na perseguição de uma moldura que conteria os sinais dessa história toda feita de sintomas, em que a angústia passeia sob o ritmo da repetição dos mesmos tristes périplos. Na escrita, marcas arbitrárias indiciam um tempo que baixa sobre *os personagens sem qualquer fixação, indicando a ausência de toda profundidade: referências contextuais e de vidas são caldeadas em fingidas lembranças de peripécias e enganos – pois o narrador se nega a* contar a historia de uma pessoa e *a refletir sobre ela.* Blocos descontínuos de supostas experiências, *fingindo uma rememoração cuja eficácia estivesse na busca de uma pupila que as refletisse, figuram uma vida que foge a qualquer identidade, a qualquer retrato de estados de consciência. Operação de distanciamento, a narrativa não produz efeitos de personificação e nem uma unidade da experiência que pudesse justificar, que desse consistência, que, enfim, representasse a atualidade como um campo de experiências possíveis em que um eu em devir se inscrevesse numa imagem da história.*

Mas *o livro pode também valer por outra coisa: a persistência da* beleza, *não como uma espécie de sucedâneo ao fim da possibilidade de representar, de narrar a incomensurabilidade da experiência contemporânea: problematiza especificamente a possibilidade de uma outra ordem de beleza, daquela que* infecta a realidade ; *a beleza que é insolente, às vezes abusiva e cruel; sempre desejável. Parece dizer que a arte não salva nada nem ninguém, mas a beleza, surgindo do indeterminado, manifesta o impossível. Pensamento da opacidade, irredutibilidade do não-conceitual, esta arte desce sobre as pessoas como uma nuvem – disse o autor em outro lugar – nomeando o que não se deixa ver. Assim: colossal é a afirmação da beleza, convulsiva ou indiferente, cintilando na obscuridade do presente. Citando e deformando, faz ranger as molduras que circunscrevem as representações de alguns lances, aleatórios, de uma vida: imaginando a plausibilidade de passadas experiências, históricas, amorosas, sexuais.* Na perspectiva do impensável, do imprevisível, do imprescritível, *instala-se o engano como vulto da ficção, com que é corroída toda imaginada possibilidade de plenitude ou de pacificação que um dia teria sido possível em existências até gloriosas. Assim, a narrativa vai intensificando a beleza, que,* luz do mundo, *atesta aquilo de que não se pode nunca escapar.*

Colocando-se sob a perspectiva do presente, o livro indaga se toda esta arte que é referida repetitivamente nos relatos não figura apenas a pulsão que teria conduzido as ações dos personagens. Porque tudo é depois, *tudo o que é narrado torna-se* interessante: *isto é, superficial, curioso, às vezes picante, nada contemplativo, excitando a imaginação, até gerando a impaciência das narrativas policiais: afinal quer-se satisfazer, embalde, a expectativa que se vai montando no enredo, na história dos personagens, o entrelaçamento das paixões e do sentimento de morte, com as narrativas da história* desse *país. E tudo isto, e muito o mais que aparece no acúmulo de referências artísticas – que incitam a imaginação ao preenchimento dos relatos inconclusos armados, sempre se abrindo para uma outra hipótese de desenlace dos acontecimentos, que não cabem na narrativa – afinal se constitui em reflexão sobre ao fracasso da narrativa em* contar *uma vida: depois de tudo.*

**CADASTRO
ILUMINURAS**

Para receber informações sobre nossos lançamentos e promoções envie e-mail para:

cadastro@iluminuras.com.br

Este livro foi composto em Scala pela *Iluminuras* e foi impresso nas oficinas da *Paym gráfica*, em São Bernardo do Campo, SP, sobre papel off-white 80 gramas.